KB059749

여명으로 빚은 집

혜움
이음

여명으로
빚은 집

N. 스콧 모머데이 지음
이윤정 옮김

아내 가예에게

일러두기

1. 이 책은 *House Made of Dawn*(50th Anniversary Ed), Harper Perennial Modern Classics(2018)을 번역한 것이다.
2. 본문의 고딕체는 원문에서 스페인어나 헤메즈어 등으로 표현된 것이다.
3. 독자들의 이해를 돕기 위한 주석을 책 뒤에 붙였다.

서문

이 작품의 제목인 '여명으로 빚은 집House Made of Dawn'은 나바호족이 겨울 치유 의식 때 부르던 밤 노래의 기도문 도입부에 나오는 것으로, 19세기 후반 워싱턴 매튜스Washington Matthews[1]에 의해 번역되었다. 이 기도문은 예부터 숭고하면서도 미적이고 영적인 것을 중시했던 문화에서 신성을 불러내는 역할을 했는데, 내가 아는 한 가장 아름다운 이 기도문을 나는 수년간 머리와 가슴 속에 간직해왔다.

아주 어렸을 적에 부모님과 나는 처음으로 오클라호마주에서 뉴멕시코주로 이사했다. 당시 미국은 대공황을 겪고 있었고 부모님은 일자리를 구하는 중이었다. 그러던 중 부모님께서 나바호족 자치 지구에 일자리를 구하셔서 나는 뉴멕시코주의 쉽락, 애리조나주의 투바 시티와 친리에서 유년 시절을 보내게 되었다. 내게 나바호족 자치 지구의 풍경은 미국 개척 시대의 거친 서부 그 자체로 다가왔다. 그 광활함은 비할 데 없이 아름다웠으며 성스러웠다. 무엇보다도 그곳은 지구에서 가장 오래된 장소 같았다. 창조가 시작된 곳이랄까. 원주민들에게서도 이러한 원초성, 즉 영구한 정신이 잘 드러났다. 내가 『여명으로 빚은 집』을 쓰기 시작할 때 그곳의 풍광을 마음에 품었었는데, 그곳은 나바호족의 밤 노래를 여는 기도문의 배경이기도 하며, 나바호족 인물은 소설 속에서 베날리로 인물화되었다.

나바호 국가의 동쪽에는 리오 그랑데 계곡의 푸에블로[2] 인디언들이 거주한다. 그중 헤메즈 푸에블로는 작품 속에서 예전 명칭인 왈라토와로 불리는 곳으로, 이 작품의 중심지 역할을 하고 있다. 이곳은 주인공인 아벨의 고향으로, 여기서 모든 이야기가 시작되고 끝을 맺는다. 남서부 풍광의 일부는 나의 시 「매혹의 땅La Tierra del Encanto」에서도 잘 묘사된다.

밤 그늘이 서서히 옅어지며
북쪽 산마루에 구름이 쌓이고
연기 자욱한 비가 더디 내린다.
산맥은 흐릿하게 저 멀리 물러난다. 그리고
그 아래, 암갈색 대지에 얽은 자국이 남는다.
그곳에선 시간의 거리가 무효하고
정신은 한계를 넘어선다.

나는 바람의 소용돌이 속에서

풍경이 끊기는 것을 보았고

날아가는 매들의 뻔뻔한 울음소리를 들었다.

첫 새벽빛이 협곡 벼랑에 융단을 깔고,

그림자들은 환영의 웅덩이를 드리운다.

나는 먼 옛날 대지의 인간이다.

동틀 녘 사막을 이미 알고 있으므로.

　　1946년 부모님과 함께 헤메즈 푸에블로로 이사할 당시 나는 열두 살이었다. 감수성이 가장 예민하던 시절을 거의 그곳에서 보낸 것이다. 그곳은 대부분의 나바호족 자치 지구와 마찬가지로 협곡으로 이뤄진 지역이며, 나는 그 풍경을 감상하며 몹시 행복해했다. 그곳은 진정 그 자체로 하나의 세계였으며, 이국적이고도 꽉 찬, 전적으로 자족적인 곳이었다. 푸에블로 인구는 약 천 명 정도였다. 북쪽으로는 산타페 국유림을 품은 산맥이 높이 솟아 있었고, 동쪽과 서쪽으로는 붉고 푸른 암석 대지가, 남쪽으로는 광활한 모래 평원이 펼쳐졌다. 고도는 약 1800미터 정도였다.

　　나는 헤메즈에서 이전에는 알지 못했던 일종의 자유를 경험했다. 그곳에는 물리적인 경계라고 할 만한 것이 없었다.

부모님께서 내게 말 한 필을 주셨는데, 그 붉은빛이 도는 말에게 나는 페코스라는 이름을 붙여주었고, 이후 몇 년간 그 말에 올라타 신비로운 땅의 구석구석을 돌아다녔다. 내게 그 땅은 여명으로 빚은 집이자, 꽃가루, 비, 그리고 경이로움으로 빚어진 곳이었다. 호기심을 품고 두려움도 모른 채, 예상치 못한 것을 기대하면서—특히 젊음에는 그런 기질이 있다—그곳 삶의 리듬 속으로 걸어 들어가기까지 어려움이 거의 없었다. 그곳에서 내 상상력이 날기 시작했다.

부모님과 나는 같은 천막촌 내에서도 한 막사 동지로서 다양한 방식으로 서로를 도왔다. 어머니는 작가였고, 영어와 영문학에 단단한 지반을 갖고 있으셨다. 어머니 덕분에 나는 글과 책을 사랑하게 되었다. 아버지는 미국 원주민 출신의 시각 예술가로, 카이오와족의 언어가 모국어였다. 아버지에게서 그림에 대해 상당 부분을 배운 나는 그림도 그리게 되었다. 더군다나 아버지는 내가 단어들을 알아듣기 시작할 무렵부터 카이오와족의 구전 전통을 들려주셨다. 이후 구전 전통에 대한 흥미와 지식 덕분에 나는 작가가 되고 대학에서 문학을 가르칠 수 있었다. 부모님께 선물로 받은 영감 덕분이었다.

제2차 세계대전 직후부터 헤메즈를 비롯한 인디언 부족

들은 대부분 위태로운 시기를 지나게 되었다. 젊은 남성과 여성들이 자신들의 전통 세계에서 벗어나 낯선 세계의 전쟁터에 머물러야 했다. 그들은 극심한 정신적 전이를 겪어야 했고, 다수가 그 경험으로 상처를 입었다. 아벨은 그중 하나였다. 작품 초입부에서 독자들은 전쟁과 기억상실로 망가진 아벨을 만나게 된다. 시종일관 그는 부분적으로나마 심각한 외상 후 스트레스 장애를 앓고 있다. 나는 헤메즈에 거주할 때 이 같은 상황에 놓인 사내들을 몇 명 알았다. 그들은 자신들이 태어나 자라다가 갑작스레 단절되어버린 그 세계로 다시 들어가기 위해 고군분투했다. 그리고 인디언 국가 전반에 걸쳐 많은 이들이 이런 일을 겪고 있었다. 아주 많은, 너무 많은 이들이 그렇게 고군분투하다 사라졌다. 알코올 중독으로, 살인으로, 자살로, 그리고 어떤 영적 고립으로 그들은 죽어갔다. 사실 몇몇 생존한 이들은 예의 안정감과 소속감을 되찾고 살아남기도 했다. 이 작품에는 물론 그런 이야기를 담았고, 나는 그 이야기를 전할 기회를 얻었다.

부모님은 헤메즈 푸에블로에서 교사로 재직하던 중, 푸에블로에서 북쪽으로 몇 킬로미터 떨어진 마을인 헤메즈 스프링스에 집을 사셨다. 그곳은 협곡이 장관을 이루었고, 양쪽으로 몇십 미터 솟아난 형형색색의 벼랑 사이로 반짝이는 강이 흘렀다. 그 집, 1870년에 지어진 그 거대한 석조와 점토 벽돌 건축물이 소설에 등장하는 베네비데스 하우스이며, 나는 그곳에서 『여명으로 빚은 집』을 쓰기 시작했다.

처음에는 연습 삼아 써본 것이어서, 초반에 쓴 그 글이 소설로 완성되리라고는 감히 상상하지 못했다. 뉴멕시코대학교에서 학업을 시작했던 나는 시인이 되고자 했다. 이제 막 싹을 틔우던 소설 쓰기는 제쳐둔 채, 딜런 토마스Dylan Thomas, 하트 크레인Hart Crane, 월리스 스티븐스Wallace Stevens, 에밀리 디킨슨Emily Dickinson의 작품들에 푹 빠져 지냈다. 나는 시 창작 대회에서 수상하며 자신감을 얻었고, 첫 시집을 출간해 내가 작가가 되었다는 것을 알렸다. 졸업 후 한 해 뒤에는 스탠퍼드대학교에서 주최하는 스테그너 펠로우 시 부문에 선발되었다. 스탠퍼드에서 대학원을 다닌 4년간 뛰어난 시인이자 문학 비평가인 이버 윈터스Yvor Winters 교수님께 훌륭한 지도를 받고 영감을 얻었으며, 1963년 영미문학 박사학위로 스탠퍼드를 졸업했다.

이후 산타바바라에 있는 캘리포니아대학교에 영문학부 조교수로 들어가게 되었다. 스탠퍼드에서 4년간 집중적으로 시를 썼던 나는 뭔가 다른 것을 써야 할 필요성을 느꼈다. 그렇게 산타바바라에서 나는 다시 소설을 쓰기 시작했다.

그것은 환영할 만한 방향 전환이었다. 남서부의 풍경을 회고하며 소년기의 자유와 모험을 다시 떠올리게 해주었으니까 말이다.

당시엔 강의 일정을 조정해 오전 시간은 창작을 위해 비워두었다. 날마다 새벽 5시면 일어나 근처 식당에 가서 커피와 베이컨을 아침으로 먹고 『로스앤젤레스 타임스』를 읽었다. 7시가 되면 다시 집으로 돌아와 타자기 앞에 앉았다. 그리고 정오가 될 때까지 글을 썼다. 그것이 나의 주중 글 쓰는 시간이었다. 단조로웠지만 그렇게 지내며 가장 생산적인 시기를 보냈다.

1966년 구겐하임 펠로우십에 선발되었다. 매사추세츠주의 애머스트로 거처를 옮겨 1966년부터 1967년 두 학기 동안 에밀리 디킨슨의 시 원고를 읽으며 『여명으로 빚은 집』의 마무리 작업을 했다. 디킨슨의 원고―약 1775편의 시―는 애머스트칼리지의 로버트 프로스트 도서관과 하버드의 호튼 도서관에 거의 다 보존되어 있다. 나는 두 도서관을 오가며 공부했지만, 소설을 마무리 지었던 곳은 뉴잉글랜드의 겨울 눈이 소용돌이치며 펑펑 내리는 아름다운 풍경이 내다보이던 애머스트칼리지였다.

1968년, 산타바바라로 돌아간 나는 퓰리처상을 받게 되었다는 소식을 들었다. 내 소설이 후보에 오른 줄도 몰랐던 상황에서 그것은 정말 놀라운 소식이었다. 첫 소설이 그런 대단한 상을 받게 된 것은 내 삶에서 정말 경이로운 일이다. 나는 엄청나게 축복받은 사람으로서 지대한 감사의 마음을 가지고 있다. 카이오와족 출신인 아버지가 태어났을 당시만 해도 아메리칸 인디언들은 시민권을 받지 못했다. 백인과 체로키 인디언 혼혈인 어머니도 비천한 출신이었지만 어쩌다 출간 작가가 되셨고 내게 문학에 대한 사랑과 영어라는 언어에 대한 지식을 물려주셨다. 많은 분이 내게 영감을 주셨고, 내가 스스로 믿고 작품을 쓸 수 있게 독려해주셨다.

『여명으로 빚은 집』이 출간된 지 이제 50년이 지났다. 이 작품이 앞으로 50년간 더 읽히게 될지도 궁금하다. 물론, 그럴 가능성이 있다는 것이지 그렇게 될 거라 기대한다는 뜻은 아니다. 일반적으로 소설의 수명은 그리 길지 않지만, 문학의 범주는 호머에서부터 오늘날에 이르기까지 베오울프, 초서, 셰익스피어, 제임스 조이스, 헤밍웨이 등을 거쳐왔다. 그리고 구전의 범위는 헤아릴 수 없을 정도로 더 거대하다. 문학이란 융단을 펼쳐보면 영원함이라는 한 가닥 실이 있는 것이다.

    만일 언어가 사고의 도구라면

그리고 누군가 하나의 의무로써 이치에 의존한다면,

보고 찾아낸 것에 타협이란 없다.

　이후 한동안 나는 내가 쓴 산문을 자주 읽지 않았다. 하지만 시는 달랐다. 나는 꾸준히 나의 시를 다시 읽었다. 어떤 시들은 기억해두었다가 스스로 인용하기도 하며 내가 쓴 시를 늘 들었다. 그렇게 지속해서 듣지 않으면 온전히 내 정신의 것으로 만들 수가 없다.

　이 소설에 등장하는 사람들은 다 지어낸 인물이지만, 단 한 사람의 인물을 제외한 모두는 내가 어딘가에서 마주쳤고 알았던 사람들의 복합체라고 할 수 있다. 물론 당연한 말이지만, 문학적 창작에서 가장 결정적인 것은 상상력이다. 주인공인 아벨은 어떻게 보면 소설에 등장하는 각각의 조연들을 통해 만들어졌다. 조연들이 아벨을 파악했고, 그는 그러한 인식들의 총체인 것이다. 문학적 경험이라는 취지에서 그는 이러한 정의 밖에서는 존재하지 않는다.

　아벨의 할아버지인 프란치스코가 하나의 예외다. 내가 헤메즈에 살 때 가까운 이웃 중에 프란치스코 토사라는 분이 있었다. 그는 온갖 풍파를 겪어낸 노인으로, 나이에 걸맞게 태도가 너그러웠다. 나는 그가 푸에블로 노인들의 거의 완벽한 표본이라 생각했다. 그는 자부심이 있었고 존재에 대해 안정감을 느꼈다. 하얗고 긴 머리칼을 땋고 다녔으며, 뒤틀리고 챙이 넓은 밀짚모자 아래로 밝고 빨간 두건을 사계절 내내 두르고 다녔다. 그가 대체 몇 살인지는 알 수가 없었다. 등이 약간 구부정하고 느리게 걸었지만, 그는 몇 킬로미터의 거리를 걸어 다닐 수 있는 사람이었다. 그는 아담한 양 떼를 이끌고 다녔고, 매일 아침이면 마을에서 멀리 나가 풀을 먹였다. 나는 학교에 갈 때마다 그의 양 떼가 머무는 목장 울타리를 지나쳤는데, 그는 나를 보면 반갑게 인사를 하듯 "좋은 하루!" 하고 외쳤다—그 역시 사계절 내내 변함이 없었다.

헤메즈를 떠나서도 수년간, 나는 그 마을과 사람들, 온 세상이 어슴푸레 빛나던 뉴멕시코주의 아침을 잊은 적이 결코 없었다. 1976년 출간된 회고록 『이름들The Names』에서 나는 이렇게 쓴 바 있다.

이제야 헤메즈 골짜기의 그 길고 긴 풍경을 되돌아보면 이 세상의 대부분을 다 본 것만 같다. 그 광경을 보며 기뻤고, 그 기쁨은 어떻게 말로 표현이 안 된다. 하지만 지금은 이렇게 생각한다. 저녁녘 강가 도로를 지나는 마차들 소리와 옥수수밭에서 뛰노는 아이들의 목소리를 듣는다면, 동틀 녘 서쪽으로 뻗어 나가는 기다란 그림자와 떠오르는 빛을 받아 붉게 타오르는 절벽들을 본다면, 혹 서늘한 오후 비를 뚫고 달려가다 저기 어딘가에서 양 떼를 모는 노인 프란치스코를 본다면, 형형색색 다채로운 들판 깊숙이 서 있는 이 모든 것을 내 가슴속에 다시 간직할 수 있을 것이다.

밤 노래의 기도문은 아래 구문과 함께 끝을 맺는다.

제 앞에 놓인 길이 아름답게 하소서,
제 뒤에 놓인 길이 아름답게 하소서,
제 밑에 놓인 길이 아름답게 하소서,
제 위에 놓인 길이 아름답게 하소서,
주변이 온통 아름답게 하소서.
아름다움 안에서 삶은 완성되옵나이다.

그렇다. 꽃가루로 빚은 집, 여명으로 빚은 집.

2018년 8월
N. 스콧 모머데이

차례

프롤로그

다이팔로Dypaloh[3]. 여명으로 빚은 집이 있었다. 그 집은 꽃가루와 비로 빚어졌으며, 대지는 아주 오래되었고 영원했다. 언덕은 온갖 색으로 덮여 있었고, 평원은 가지각색의 진흙과 모래로 반짝였다. 빨강 말, 파랑 말, 그리고 얼룩빼기 말들은 들판에서 풀을 뜯었고 저 멀리 산으로는 어두운 황야가 펼쳐졌다. 대지는 고요하고 강했다. 주변은 온통 아름다웠다.

아벨은 달리고 있었다. 처음에는 힘차고 묵직하게, 그러다 가볍고 경쾌한 발걸음으로 혼자서 달리고 있었다. 달리는 앞쪽으로 난 길은 굽었고, 멀리 보이는 경사는 솟아 있었다. 거기서는 마을이 보이지 않았다. 비가 내린 골짜기는 회색빛이었고, 모래언덕은 눈으로 덮여 있었다. 동이 틀 무렵이었다. 엷은 안개 속에서 그윽하고도 뿌연 첫 빛이 나타났고, 이내 태양이 번쩍이며 구름 아래서 거대하고 노란 광채를 뿜었다. 길은 향나무와 관목들이 모여 있는 곳과 합쳐졌고 아벨은 딱딱하고 하얀 껍질 속 꺾이고 뒤틀린 검은 나무들을 볼 수 있었다. 얼음 위로 빛이 반짝거렸다. 그는 달리고,

또 달리고 있었다. 평원에는 말들이 보였고, 그 아래로 강이 굽어 흐르고 있었다.

얼마간 태양은 구름 아래서 온전한 모습을 드러냈다가 이내 구름에 가렸고, 어둡고 선명한 그림자가 대지에 드리웠다. 그리고 아벨은 달리고 있었다. 그는 허리춤까지 벗은 채였고 팔과 어깨에 재와 검댕을 칠해놓았다. 차가운 빗발이 비스듬히 내리쳐 그의 살갗은 흘러내린 얼룩들로 범벅이 되었다. 굽어지는 길이 저 멀리 비 내리는 두둑으로 이어졌고, 아벨은 달리고 있었다. 여명이 비치는 겨울 하늘과 기다랗고 환한 골짜기를 배경으로, 그는 아주 조그맣게, 혼자서, 거의 정지한 듯 보였다.

1

긴 머리칼

1945년, 왈라토와 샌디에이고 협곡

7월 20일

　언덕과 평원으로 둘러싸인 골짜기에 강이 지난다. 골짜기의 북쪽 끝은 좁고 산맥에서 협곡으로 강물이 흘러내린다. 협곡 사이로 볕이 드는 시간은 하루 중 몇 시간에 불과해 겨울이면 벼랑 틈에 쌓인 눈이 오래도록 녹지 않는다. 골짜기에는 마을이 하나 있고, 협곡에는 다른 마을이 들어섰던 흔적이 남아 있다. 마을에서 세 방향으로 경작지가 펼쳐진다. 대부분 서쪽으로, 강 건너의 평원 경사면까지 뻗어 있다. 겨울이면 이따금 거대하게 각을 이룬 거위 떼가 골짜기 위를 날아가고, 이내 하늘과 색이 같아진다. 공기는 매섭고 축축하며 마을의 집들에서는 연기가 피어오른다. 계절은 땅 위에서 완연하다. 여름이면 골짜기는 무덥고, 강가에 선 잎갈나무로 새들이 날아든다. 마을 사람들은 파랑새와 노랑새의 깃털을 귀하게 여긴다.

　밭들은 작고 모양도 가지각색이라, 저 멀리 서쪽 암석 대지[4]에 올라 바라보면 정자와 정원으로 된 조각천을 다닥다닥 붙여놓은 듯하고, 마을 규모에 비해 밭은 지나치게 넓어 보인다. 마을 사람들은 여름 내내 경작지에 나가 일을 한다.

달이 차면 밤에도 밭에 나가 조상들이 손수 만들어 물려준 쟁기와 괭이로 땅을 일군다. 날씨가 좋고 비가 충분히 내리면 수확이 풍성하다. 그들은 옥수수, 칠리고추, 자주개자리 같은 저장이 쉬운 작물을 기른다. 마을 쪽 강가에는 멜론, 포도, 호박 따위를 심어둔 과수밭이 있다. 6년이나 7년에 한 번씩은 마을 동쪽 멀리까지 펼쳐진 소나무 숲에도 열매가 주렁주렁 달린다. 산속에 사는 사슴처럼, 이 열매도 신의 선물이다.

7월 말이 되자 날이 찌는 듯이 더웠다. 마을 노인 프란치스코는 얼룩빼기 암말들을 몰아 강물이 미루나무 한 그루를 끼고 굽어 흐르는 쪽으로 갔다. 모래밭과 강물과 나뭇잎이 햇살로 반짝거렸고, 자갈들 위로 희미한 열기가 일렁였다. 강둑에 깔린 온갖 색색의 자갈들은 작고 매끄러웠는데, 마차가 지나자 바퀴 아래서 저들끼리 부딪고 깨어졌다. 얼룩빼기 암말이 한 번씩 머리를 치켜들어 짙은 갈기를 휘날리며 숨어 있던 쇠파리 떼를 쫓아버렸다. 강 하류 모래톱에 덤불이 무성하게 자라 있었고, 그곳에서 노인은 갈대를 보았다. 그는 암말들이 물에 발을 담그게 두고 모래밭에 발을 디뎠다. 참새 한 마리가 갈대에 매달려 있었다. 거꾸로 매달린 참새의 날개가 약간 열렸고 목 뒤에 난 짧은 깃털도 늘어졌다. 눈은 감은 것도 뜬 것도 아니었다. 프란치스코는 실망했다. 가슴 깃털이 4월 하늘이나 터키석, 아니면 호수의 엷은 빛깔을 머금은 파랑새 수놈을 바랐는데. 아니면 여름 풍금조라도. 기도를 올릴 때는 아름다운 깃털을 써야 하니까 말이다. 노인은 갈대를 모래밭에서 끄집어내 참새 발을 묶은 말총을 느슨히 끌렀다. 강물로 떨어진 새는 물살에 떠내려갔다. 노인은 두 손으로 갈대를 이리저리 굴렸다. 매끈한 갈대는 독수리 깃털의 뼈대처럼 반투명해 보였고, 볕과 바람에 많이 그을리지 않아 아직 빛이 바래거나 까슬까슬하지 않았다. 노인은 말총이 너무 짧았다고 생각하며 옆에 있던 암말의 꼬리털을 하나 더 뽑아 다시 덫을 만들었다. 갈대가 활처럼 팽팽하게 휘어지자 노인은 그 끝을 조심스레 모래 속에 묻었다. 휘어진 갈대 위에 집게손가락을 살짝 얹자 갈대가 휙 튀어 오르더니 말총으로 만든 하얀 고리가 손가락에 탁 걸렸다. "잘 만들었구먼." 노인이 큰 소리로 말하고는 갈대를 옮기지 않은 채 그 자리에 다시 묻어두었다.

태양이 더 높이 떠올랐고 노인은 암말들을 다그쳐 강에서 벗어났다. 그러다 산 이시드로로 가는 옛길로 들어섰다. 때때로 그는 마차 소리보다 더 크게 들리도록 혼자 노래하거나 중얼거렸다. "요 헤야나 오…… 헤야나 오…… 헤야나 오…… 아벨리토… 늦게도 오는구나…….” 암말들은 고개를 늘어뜨린 채 느긋하게 마차를 끌었다. 그는 은근한 긴장감으로 고삐를 당기며 늘 하던 대로 속도를 냈다. 도마뱀 한 마리가 암말들 앞으로 휙 지나가더니 널따란 바위 위에서 몸을 웅크렸고, 꼬리로 바위 가장자리를 감쌌다. 저 멀리서 회오리바람이 강가로 다가왔지만, 이내 세력이 잠잠해져 대기는 다시 완벽하게 고요해졌다.

노인은 마차 길 위에 홀로 있었다. 동쪽으로 난 언덕바지 포장도로가 저 높이 마차 길과 나란히 놓여 있었다. 마을의 트럭들—그리고 팔리차와 발레치토스 캠프로 오가는 하역 인부들이 모는 화물차들—의 끝없는 행렬이 고속도로 위로 줄줄이 이어졌지만, 마차 길로 다니는 이들은 남쪽과 서쪽 들판에서 일하는 목동과 경작꾼 들뿐이었다. 세이토콰라 불리는 곳에 다다르자 프란치스코는 사냥과 수확이 잘되길 기원하며 벌였던 예의 그 경주가 떠올랐다. 한번은 그도 경주에 나간 적이 있었다. 그는 몸에 검댕을 칠하고 동틀 녘 그 마차 길을 달렸었다. 얼마나 열심히 달렸던지 이마와 팔에서 땀이 날아가는 것이 느껴질 정도였다. 때가 겨울이었고 온통 눈발이 날리고 있었는데도 말이다. 그는 숨이 차올라 목이 타들어가고 발놀림이 올랐다 내렸다 제멋대로 이상하게 반복되기까지 달렸다. 마침내 그는 마리아노를 추월했다. 마리아노는 어딜 가든 인정받는 최고의 장거리 달리기 선수였다. 한참 동안 마리아노는 누구도 도저히 따라잡을 수 없을 만큼 앞서 달렸다. 그러다 마을 가장자리의 울타리 근처에서 프란치스코가 속력을 내기 시작했다. 더 바짝 붙어선 그는 순간 마리아노의 얼굴을 보았다. 땀에 젖은 얼굴이 패배감으로 뒤틀려 있었다. ……"포기했군."……그러면서 프란치스코는 손등으로 그의 얼굴을 쳐서 입과 턱 주위로 검댕이 묻었다. 마리아노는 쓰러진 채로 기진맥진했다. 프란치스코는 마을 중앙 광장에 이르도록 내내 속도를 유지했고, 도착하고도 계속 달릴 수 있을 것 같았다. 이렇다 할 이유는 없었고 단지 달리기 그 자체를 위해서였다. 그리고 그해 그는 수사슴 일곱 마리와 암사슴 일곱 마리를 죽였다. 수년이 지나 이제 몸도 늙고 병으로 다리가 굳었을 때, 그는 자기 방 서까래에 기도용 깃털들과 같이 고이 모셔둔 장부 첫 장에다 연필로 그림을 그렸다. 그것은 눈 속에서 달리고 있는 곧고 검은 남자였다. 아래에는 '1889'라고 적어두었다.

　　노인은 산 이시드로에서 다리 아래로 흐르는 강을 건넜다. 얼룩빼기 암말들은 마차를 제방으로 끌어 포장도로로 오르려고 안간힘을 썼다. 때는 정오에 가까웠다. 너무 더운 탓에 집집마다 문을 닫았고, 으레 옷을 홀렁 벗고 소리를 지르며 노인을 놀려대던 아이들도 집에서 나오지 않았다. 여기저기서 조그마한 그늘을 찾아 하릴없이 누워 있던 개들이 고개를 들고 쳐다보았지만, 축 늘어진 몸으로 짖지도 않고 가만있었다. 나들목에 이르기 한참 전부터, 쿠바와 블룸필드 도로 위에서 자동차 바퀴들이 느리게 흐느끼는 소리가 들렸다. 이상한 소리였다. 처음에는 높은 데서 내려가는 음이다가, 지나가고, 다시 높아지다 마침내 들리지 않는, 근처 마차 말발굽 소리에 묻혀버리는—심지어 파리 떼의 느리고 방향 없는 윙윙거림에도 파묻히는 소리였다. 그러나 그 소리는 되풀이되었다. 한 차에서, 또 다른 차에서. 그리고 그는 나들목에 접어들어 교역소로 마차를 몰았다. 대략 11킬로미터를 온 것이었다.

한 시가 조금 지났을 때, 버스 한 대가 저 아래 들판에서 언덕길을 올라왔고 이따금 차창에서 햇빛을 반사했다. 빛이 점점 밝아지자 노인은 눈이 부셔 얼굴을 돌렸고 느릿느릿 반쯤 몸을 돌려 두 손으로 새로 입은 옷옷 가슴판을 다독거렸다. "아벨리토, 아벨리토." 나지막이 불러대던 그는 마차와 암말들이 잘 있는지 훑어보았다. 그는 가슴이 뛰는 것을 느꼈고, 나이에 맞게 침착해야지, 하며 본능적으로 마음을 다스렸다. 큰 버스 한 대가 가스 펌프 앞에서 멈추는 바람에 브레이크가 날카롭게 갈그랑거리는 소리를 냈고, 그제야 그는 놀란 듯 버스를 유심히 지켜보았다. 문이 홱 열리더니 아벨이 털썩 버스에서 내려 비틀거렸다. 그는 술에 취해 할아버지를 알아보지도 못하고 고꾸라지듯 몸을 기댔다. 입술이 축 늘어져 침을 줄줄 흘리고 있었고, 반쯤 감긴 눈은 빙빙 돌았다. 프란치스코의 절뚝이는 다리가 하마터면 쓰러질 뻔했다. 멀쩡한 밀짚모자가 떨어졌고 그는 가까스로 손자의 무게를 받쳐냈다. 눈물이 글썽였지만, 그는 애써 웃음 지으며 버스 차창에서 내다보는 눈들을 피해 얼굴을 돌려야 된다는 사실을 알 뿐이었다. 그가 아벨을 바로 세워 마차로 데려오자 마침내 버스가 떠나는 소리가 났고, 바퀴가 도로와 부딪혀 노랫소리를 내기 시작했다. 마을로 돌아오는 길, 아벨은 축 늘어져 마차 바닥에 누워 있었고, 프란치스코는 몸을 구부려 고삐를 잡았다. 암말들은 집으로 돌아가는 길에 조금 더 속도를 냈고, 다리 근처에서는 노랑 개 한 마리가 나타나 사납게 짖어댔다.

7월 21일

아벨은 할아버지 집에서 낮과 밤을 내리 잤다. 동이 트자마자 그는 몸을 일으켜 밖으로 나왔다. 재빠른 걸음으로 마을의 어두운 거리를 지나자 온 집 안 개들이 짖어대기 시작했다. 그는 울타리 사이사이 미로를 통과해 고속도로를 가로질러 가파른 언덕으로 올라갔다. 그러자 그는 마을 높은 곳에 서서 골짜기 전체와 저 멀리 암석 대지가 밝아오는 모습과 산꼭대기를 비추는 햇빛을 볼 수 있었다. 이른 아침이면 대지는 거대하고 게으르게 누워 있어 전체로만 분간할 수 있을 뿐이고, 저 멀리 눈에 보이는 대지의 순전함, 찬란함 이외에는 두드러져 보이는 게 없었다. 그 너머에는 하늘의 공허가 자리하고 있었다. 고요가 수면처럼 대지를 덮고 있어 저 아래서 개들이 미친 듯 짖어대는 소리조차 희미해 귀에까지 닿으려면 한참이 걸렸다.

"야하!" 그는 다섯 살 때 이렇게 외치고는 말에 올라 비달 뒤에 앉았었다. 그들은 할아버지와 다른 사람들 — 누군가는 마차를 탔고, 대개 말을 타거나 도보로 갔다 — 과 함께 강을 건너 추장의 밭으로 갔다. 따사로운 봄날 아침이었고, 그와 비달은 다른 경작꾼보다 먼저 시원하고 어두운 밭이랑을 건너가 회색 미루나무와 느릅나무 숲에 앉은 새를 향해 돌을 던졌다. 비달은 그를 데리고 붉은 암석 대지로 가더니 전에 본 적 없는, 양쪽이 절벽으로 된 깊은 협곡으로 들어갔다. 밝은 빨강의 절벽은 깊었다. 상상할 수 없을 정도로 깊은 절벽은 그를 덮쳐오는 듯 보였다. 그들이 다다른 협곡 끝은 동굴처럼 어둡고 시원했다. 그는 한번 고개를 들어 구불구불한 하늘의 선을 바라보았고, 지나가는 구름의 움직임이 자신을 덮쳐오는 거대한 절벽처럼 보여 덜컥 겁을 먹고 울음을 터뜨렸다. 돌아 나온 그는 할아버지에게 가서 그가 쟁기질하는 걸 바라보았다. 일은 거의 끝나갔으며 남자들은 도랑을 텄다. 그리고 그는 거기 서서 거품을 머금은 흙탕물이 도랑을 따라 흐르다 파헤쳐놓은 흙 사이로 스며드는 것을 바라보았다.

그의 어머니는 프란치스코와 함께 마차를 타고 왔다. 그녀는 오븐에 빵을 구웠고 토끼고기 스튜, 커피, 그리고 잼을 넣은 둥근 옥수수 케이크를 준비했다. 과자는 식감이 거칠면서 약간 달콤한 것이 무화과 맛 같았다. 그들은 가족이나 마을별로 따로따로 모여 음식을 나눠 먹었다. 다만 추장과 행정관과 다른 마을 관리들은 나무들 근처에 마련된 특별석에 둘러앉았다.

아벨은 아버지가 누군지 몰랐다. 그의 아버지는 나바호 사람이라는 말도 있었고, 또 누군가는 시아족 아니면 이슬레타족이라 했으며, 아무튼 이 지방 사람은 아니라고 했다. 그래서 그와 어머니와 비달은 어쩐지 이방인처럼 낯설게 느껴졌다. 프란치스코가 그 집의 가장인 셈이었지만, 당시 그는 이미 늙었고 다리마저 절뚝이기 시작했다. 그리고 심지어 그때부터 아벨은 자기 어머니가 병으로 곧 죽을 것이란 사실을 어느 정도 의식하듯, 할아버지가 나이 들었다는 것을 알았다. 누구한테 들어서 아는 게 아니었지만, 태양과 계절의 움직임을 알아차리듯 그냥 알고 있었다. 그는 피로한 채 어머니 옆자리에 앉아 마차를 타고 집으로 돌아오며 할아버지의 노래를 들었다. 그의 어머니는 10월에 죽었고, 어머니가 죽은 후 한참이 지나도록, 그는 어머니 무덤 근처에 가려고 하지 않았다. 그리고 그는 어머니가 자신의 눈에나 남들 눈에나 분명히 아름다웠다는 것과 목소리가 물처럼 부드러웠다는 것을 기억하고 있었다.

그는 무언가를 보고 깜짝 놀랐다. 늙은 여인이 거기 있었다. 사람들은 그녀를 니콜라스 테아-화우라고 불렀는데, 하 얀 코밑수염과 곱추 등을 한 그녀가 길에 서서 위스키를 달 라고 구걸하고 있었기 때문이었다. 사람들 말에 의하면 그 녀는 바아큐쉬 여자이자 마녀였다. 그녀는 처음 봤을 때부 터 늙고 술에 전 여인이었다. 어렸을 적 그가 근처에서 양 떼 를 몰고 나올 때면, 그녀가 옥수수밭에서 갑자기 튀어나와 비명을 질러댔고 알아듣지도 못하는 저주를 퍼붓곤 했었다. 그러면 그는 내달리기 시작해 물이 마른 수로에 메스키테 수풀이 무성한 데까지 도망쳤다. 거기서 숨을 돌리며 그는 뱀 잡이 개가 가축들을 몰아 따라오길 기다렸다. 그러다 양 떼가 열을 지어 수로로 들어가 모두 모인 게 보이면, 그는 둑 에 서서 뱀 잡이 개에게 조그만 빵 조각을 던져주었지만 개 는 몸을 발발 떨면서 귀를 뒤로 젖혔다. 개는 뒤로 천천히 물 러나더니 몸을 웅크리고는 그를 쳐다보지도 않았다. 아무것 도 쳐다보지 않고 가만히 듣고만 있었다. 그때 그는 그것을, 그 자체를 들었다. 심지어 그때까지도 그는 그것을 바람이 라고 생각했다. 그러나 그것은 지금껏 들어온 중 가장 기이 한 소리였다. 그리고 그 순간 그는 바람이 바위에 떨어져 때 리고, 올라간 구멍을 보았다. 바위에 난 구멍은 토끼굴보다 컸고 옆에서 자라는 벗나무에 반쯤 가려져 있었다. 바람의 신음은 점점 커졌고 그는 두려움에 휩싸였다. 남은 일생 동안 그것은 그에게 특별히 비통한 소리로 기억될 것이었다.

이후 몇 년이 지났지만, 그는 여전히 어린아이였고, 오후 내도록 집 밖에서 기다렸다. 노인들이 마지막으로 집 안으로 들어갔으며 그는 그들의 기도 소리를 들었다. 그는 그 기도를 기억했고, 그게 무슨 뜻인지—정확히 들리지는 않아서 무슨 말인지는 몰라도, 마음속 먼 곳에서 오르락내리락하는 나지막한 그 소리는, 그 자체로 명백하고도 끊임이 없는 소리였다. 그러나 그는 자신이 기다리는 것이 무엇인지 알고 있었던 그 순간에도, 할아버지가 자신의 이름을 부르기까지의 시간이 매우 길게 느껴졌다. 태양은 암울했고 주변에는 고요가 깔려 있었다. 그는 방으로 들어가 침대 옆에 섰다. 할아버지가 그를 그곳에 혼자 있게 두었고, 그는 형을 바라보았다. 끔찍하게도 야위고 창백한 얼굴이었지만, 모든 고통은 이미 사라져 있었다. 그때, 이제 혼자가 된 그는 나지막한 목소리로 형의 이름을 불러보았다.

프란치스코가 팔꿈치로 그를 깨웠고, 그는 쓰라리게 추운 곳에서 옷을 챙겨 입었다. 그는—몇 살이었지?—당시 열일

곱이었는데, 한번은 이렇게 날이 맑은 날 사냥을 나가 동틀 녘에 개울가에 가려고 일찍 일어나기도 했다. 그렇다. 그때 맨 처음 나타난 것이 암노새 한 마리였는데, 작고 털이 길었으며, 눈치를 채지 못하고 있었지만 여차하면 달아날 태세였다. 아벨은 자기가 듣기에 소리가 나지 않을 만큼 조심스레 장총을 치켜들었는데, 그 암놈이 고개를 쳐들더니 몸을 굳혔다. 그때 그가 일어서자 노새는 쏜살같이 내달렸다. 총성이 나무들 사이에서 울려 퍼졌고, 그는 노새가 나뭇가지들을 헤집고 달아난 발자국 말고는 아무런 흔적이 없는 길을 따라 뛰었다. 그러다 조금 더 가니 핏자국이 보였고, 이내 그놈이 나왔다. 암노새는 죽은 나무 둥치에 엎어져 혓바닥을 죽 늘어뜨린 채로 김을 내뿜었고, 상처에서는 뜨거운 피가 샘처럼 솟아 나오고 있었다.

프란치스코는 이미 한 무리를 마차에 태운 후였고 곧 출발했다. 그때가 1937년 1월 1일이었다. 달과 별은 모습을 감추었어도 여명의 흔적은 아직 없었다. 찬 바람에 얼굴이 텄고, 그는 몸을 웅크려 손바닥에 입김을 호 불었다. 그리고 얼마간은 말에서 내려 옆에서 달려가면서, 팔을 높이 흔들어 말이 빠른 걸음으로 가도록 타일렀다. 시아에서 그들은 줄리아노 메다니의 집에 머물며 동이 트길 기다렸다. 시간이 거의 다 되었고, 줄리아노는 불을 피운 뒤 그들에게 커피를 끓여주었다. 사슴족[5]과 영양족은 벌써 언덕으로 올라갔고 까마귀족은 키바Kiva[6]에서 옷을 입고 있었다. 바깥이 희뿌옇게 밝아오자 사람들은 한가운데로 나갔고, 거기에는 이미 나바호와 도밍고 노인들 몇몇이 담요를 덮고 있었다. 노래가 시작되었다. 곧 지평선 위로 태양이 빛나자 사슴족과 영양족이 언덕에서 내려왔고 까마귀족과 들소족, 그리고 노래꾼들도 나와 춤추기 시작했다. 모두가 흥에 겨웠다. 많은 사내들이 장총을 들고 있었는데 그들은 하늘에다 총을 쏘고 고함을 쳐댔다. 그는 반쯤 벗은 새까만 까마귀족 사람들이 구부정하게 껑충껑충 뛰어다니는 모습을 보면서 얼마나 추울까, 하고 생각했다. 얼음처럼 생긴 크고 빛나는 허리띠 문장이 배와 등을 짓누르고 있었으니 말이다. 하지만 모두 괜찮았고, 훌륭했으며, 그 무도회는 완벽에 가까웠다.

후에 포도주를 마시고 취한 그는 메디나 집안 딸 하나와 마을 외곽 강변 모래톱에 드러누웠다. 그녀는 예뻤고, 내내 웃어댔다—그 역시 포도주 때문에 약간 뚱했고, 웃고는 있었지만 웃음에 별 의미가 없었다. 마침내 부르르 떨고 축 늘어졌을 때도 그녀의 몸은 그를 만족시키지 못했고, 그는 다시 그녀를 원했다. 하지만 그녀는 옷을 챙겨 입고 그에게서 벗어났고, 너무 취해 다리를 휘청거리던 그는 그녀를 붙잡지 못했다. 다시 그녀를 데려오려 했지만 멀찍이 떨어져 선 그녀는 그를 비웃어대기만 했다.

그는 낯선 것을 보았다. 발톱으로 뱀을 거머쥔 독수리 한 마리가 머리 위를 지나갔다. 그것은 끔찍하고도 성스러운 광경이었고, 신비로움과 의미로 가득 차 있었다.

'독수리 파수꾼들의 모임'은 여름과 가을철 비 의식을 진행하려고 여섯 번째로 키바에 들어갔다. 그 모임은 매우 중요했고, 어떤 식으로든 다른 이들과 구별되었다. 이 차이— 이 우월성—은 아주 오래전에 생겨난 것이었다. 지난 세기 중반 무렵, 동쪽으로 120킬로미터 정도 떨어진 바큘라의 타노안시에 살던 몇몇 이들이 마을로 이주해왔다. 그 이주민들은 엄청난 고통에 시달린 가련한 사람들이었다. 그들의 땅은 남부 대평원과 경계를 이루고 있었는데, 여러 해 동안 약탈할 것을 찾아다니던 들소 사냥꾼들과 도적꾼 무리의 만만한 표적이 되었다. 그들은 온갖 박해를 견뎌내다 결국 어느 날 정신마저 꺾여버렸다. 그들은 절망감에 자신들을 내주었고, 그러다 처음 마주한 생경한 바람에 휘둘리고 말았다. 하지만 결국 그들을 무너뜨린 적군은 인간이 아니었다.

그것은 역병이었다. 그들에게 몰아친 역병이 어찌나 지독했던지, 역병이 어느 정도 사그라들었을 때 살아남은 사람이라곤 스무 명이 채 되지 않았다. 그리고 이 살아남은 자들 역시 바큘라의 폐허 속에서 죽었을지 모른다. 자기뿐 아니라 자식과 손자들이 죽을지도 모르는 위험에도 그들을 받아준 먼 친척들, 즉 이 마을의 보호자들이 아니었다면 말이다. 들리는 이야기로는 추장이 직접 그 방문객들을 맞으러 나가 마을까지 데려왔다고 한다. 마을 사람들은 고통과 절망으로 가득 찬 거친 눈을 한 채 그들을 향해 느리게 걸어오는 상처받은 영혼들을 분명 유심히 바라보았을 터였다. 바큘라 이주민들이 가져온 것이라고는 등에 짊어진 옷가지들 말곤 거의 없었는데, 이토록 깊이 상처받고 모욕적인 순간에도 그들은 자신들을 하나의 종족으로 생각하고 있었다. 그들은 훗날 자신들이 누구인지 표할 수 있는 네 가지 물건을 챙겨왔다. 신성한 피리, 페코스의 소와 말 가면, 그리고 그들이 포르친굴라라고 부르는 보호 여신 마리아 데 로스 안젤레스의 조그만 목상이었다. 지금, 수년이 흐르고 몇 세대가 지난 후에도, 이 잊힌 부족의 오랜 피는 여전히 사람들의 혈관을 흐르고 있는 것이었다.

'독수리 파수꾼들의 모임'은 주요 의식을 담당하는 바큘라 사람들의 조직이었다. 조직의 추장 파티에스테와, 그리고 모든 조직원은 망각의 가장자리를 따라 이곳으로 떠나온 그 옛날 남자와 여자들의 직계 후손이었다. 심지어 오늘날까지도 이들에게는 어떤 표정이 서려 있었다. 그것은 마치, 멸종에 너무 가까워졌다는 것을 의식하고 있어서 자신들을 거두어준 보호자들보다 겸허하면서도, 역설적으로 대단한 자부심을 지닌 그런 표정이었다. 이러한 양가감정이 파티에스테와 같은 노인의 표정에 서려 있는 것이다. 그는 강인했고, 그 누구보다 인생을 잘 아는 듯 보였다. 아주 오래전에 극도로 비참한 상황에 처했을 때, 바큘라 사람들은 스스로 선지자와 점쟁이가 되었다. 그들은 어떤 비극적 감각을 지니게 되었고, 그것은 바큘라 사람들이 한 부족으로서 엄청난 존엄과 근엄한 몸가짐을 갖도록 해주었다. 그들은 의술사였으며 비를 내리게 하고 독수리도 사냥했다.

아벨은 독수리들을 생각하고 있지 않았다. 같은 해에 목장 주인 레이먼드의 말을 길들여준 적이 있던 그 산에서 동틀 녘부터 걸어 내려오는 중이었다. 아침 반나절이 지났을 때 그는 발레 그랑데의 가장자리에 이르렀다. 발레 그랑데는 산맥 서쪽 비탈 높은 곳에 있는 화산 분화구였다. 그것은 대지의 오른쪽 눈으로, 태양을 향해 열려 있었다. 그가 아는 한 이 계곡만이 하늘의 거대한 공간적 장엄함을 비춰낼 수 있었다. 그것은 거대하게 몰아치는 폭풍이 새까만 봉우리를 푹 파내 생겨난 우물 같았는데, 짙은 황갈빛과 푸른빛, 그리고 희뿌연 빛을 띠고 있었다. 분화구 건너의 풍경은 참으로 아름다웠고 믿기 힘들 정도로 넓게 트여 있었다. 과거에도 여러 번 와보았지만, 그때마다 새롭게 펼쳐지는 광경은 늘 그를 작아지게 하고 숨을 고르게 하는 것이었다. 바로 그곳에서, 기묘하고 찬란한 빛이 온 세계를 뒤덮는 듯했고, 경치로 펼쳐진 모든 것들은 깨끗이 씻겨져 저 멀리 놓여 있는 듯했다. 아침 햇살을 받은 발레 그랑데는 구름의 그림자로 얼룩덜룩했으며 구르는 겨울 풀들로 생기가 넘쳤다. 구름은 늘 거대하게, 뚜렷한 윤곽으로 맑은 대기 속에서 빛나고 있었다. 골짜기가 위대한 것은 그 거대함 때문이었다. 한눈에 도저히 들어오지 않을 만큼 거대한 골짜기는, 이상하리만치 아름답고도 광활하게 펼쳐졌다. 그러한 광활함은 현실을 이해하게 하는 환상을 불러일으키며, 그곳에서는 언제나 경이로움에 취해 들뜨게 되었다. 그는 대지 가장자리에 안정적으로 자리 잡은 둥근 돌들을 보았고, 그 너머로 보이는 희미한 안개 벌판은 골짜기의 바닥이었다. 창백하면서도 청록빛을 띤 그곳은 수 킬로미터 떨어져 있었다. 그가 시선을 옮기자, 이내 모여 있는 점들이 눈에 들어왔고, 그것은 저 멀리 평원에서 강을 따라 풀을 뜯는 소들이었다.

그러다 그는 저 건너편에서 독수리를 보았다. 두 마리가 골짜기 깊숙이에서 낮게 날다가 그를 향해 직각으로 날아오르고 있었다. 처음에는 그것이 무엇인 줄 몰라 가만히 서서 바라만 보았다. 눈부신 아침 볕 속에서 두 독수리의 멀고도 고요한 비행은 변덕스럽고도 거칠었다. 그들은 높이 날아올라 하늘에 한껏 선을 긋더니, 마침내 방향을 바꾸어 가까이 다가왔고, 그는 기쁨과 흥분에 휩싸여 바위 뒤에 무릎을 꿇고 앉아 독수리들을 지켜보았다.

황금빛 암수 독수리가 교미하며 날고 있었다. 그들은 차갑고 맑은 대기의 기둥을 타고 날뛰고, 맴돌고, 소용돌이치며 솟아올랐으며 그 모습은 아름다웠다. 둘은 바람을 타고 위로부터 급강하하기도 하고 맴돌기도 했으며, 나란히 날다가도 기쁨에 겨워 견제하고 날카로운 소리를 질러댔다. 암컷은 다 성장한 독수리여서 날개를 활짝 펴면 그 폭이 웬만한 사람의 키보다 컸다. 암컷 독수리는 잘 다듬어진 과장된 동작을 선보였고, 감쪽같이, 믿을 수 없을 만큼 빨랐으며, 널따랗고 온전하게 바람을 타고 휙휙 몸을 돌렸다. 그러면서도 거대한 몸무게로 유선형을 그리며 완벽하게 자신을 통제

하고 있었다. 그 암컷 독수리는 방울뱀을 쥐고 있었다. 뱀은 그 발톱에 매달려 비늘을 번쩍이며, 독수리가 나는 대로 몸을 축 늘어뜨리고 흐느적거렸다. 갑자기 암컷 독수리가 날개와 꼬리를 부채꼴로 펴서 바람을 가득 안더니 잠깐 푸른 하늘에서 날개를 쫙 펼친 채 유령처럼 머물렀고, 그러는 동안 수컷은 암컷을 비켜 지나가 저 멀리 치닫더니 다시 방향을 틀어 짝을 향해 날아왔다. 그때 암컷이 날개를 치며 하늘의 새까만 점으로 보일 때까지 외각으로 높이 치솟아 오르다가 뱀을 놓아버렸다. 뱀은 몸을 비비 꼬고 빙글빙글 돌면서 천천히 떨어졌고, 마치 은으로 뽑아낸 실처럼 드넓은 대지를 둥둥 떠다녔다. 허공에 떠 있던 암컷 독수리는 세찬 바람결에도 꼼짝하지 않았고, 모이주머니와 깃털은 볕을 받아 동전처럼 반짝였다. 수컷은 궤도를 벗어나 날아갔다. 수컷은 암컷보다 어렸고 몸집은 반쯤 더 컸다. 동작도 더 빠르고 팽팽했다. 그는 그 썩은 고기가 떠다니게 내버려두더니 갑자기 온 힘을 다해 몸을 웅크려 약간 흐트러진 돌격 자세로 미끄러지듯 내리 치달았다. 수컷은 뱀의 머리를 쳤고, 경로나 속도에 한 치의 오차도 없이 기다란 몸뚱이를 채찍처럼 휘갈겼다. 그러고는 거대한 시계추의 호를 그리며 탄력을 받고 위로 굴러 올라갔다. 미끄러지듯 오른 꼭대기에서 그는 다시 뱀을 놓아버렸다. 하지만 암컷은 그것을 뒤쫓지 않았다. 대신 평원 위로 높이 치솟아 올라, 높고 먼 산의 아지랑이 속으로 스며드는 티끌처럼 형태가 희미해졌다. 수컷이 그 뒤를 따랐고, 아뺄은 그들이 사라지는 모습을 지켜보았다. 눈을 부릅뜨고서, 그들이 한 번은 방향을 휙 트는 듯싶다가, 하강하고 사라지는 광경을 바라보았다.

이제 그 모임이 할 일이 있었다. 때가 11월에 가까워졌고, 독수리 사냥꾼들은 산맥으로 떠날 채비를 하고 있었다. 그는 잠시 생각에 잠기더니, 이상한 갈망이 솟아나 어느 날 추장 파티에스테와를 찾아가 자신이 본 것을 말했다. "아무래도 저를 보내주시는 게 좋겠습니다."라고 그는 말했다. 늙은 추장은 눈을 감고 한참 생각하더니 대답했다. "그래, 너를 보내는 게 좋겠구나."

다음 날 바퀼라인 독수리 파수꾼들은 걸어서 길을 나섰고, 그도 무리에 끼어 북쪽으로 협곡을 지나 그 너머에 있는 울창한 숲속으로 들어갔다. 그들은 몇 날 며칠을 걷다가 여기저기서 기도를 올리고 신성한 장소에 머물려 공물을 바쳤다. 아침 일찍 그들은 발레 그랑데 가장자리의 숲에서 빠져나왔다. 대지는 이른 볕을 받으며 눈에 보이는 데까지 아래로 아래로 뻗어 있었고, 언덕들은 서로 겹쳐지고 회색빛 풀은 평원 위를 구르고 있었다. 그들은 하산을 시작했다. 아침나절에야 아래쪽 낮은 풀밭 지대에 도착했다. 날씨는 맑고 쌀쌀했으며, 공기는 사금파리처럼 엷고 날카로웠다. 미끼가 필요했던 그들은 조금씩 떨어져 둥그런 원을 그리고 섰다. 원이 형성되자 천천히 가운데로 걸음을 옮기며 원을 좁혔고, 손뼉을 치며 멀리 가지 못할 만큼의 나긋한 목소리로 고함을 쳤다. 점점 원을 좁히자 풀밭에서 토끼들이 튀어나와 깡충깡충 뛰기 시작했다. 그중 많은 토끼가 원을 이룬 사람들 사이사이로 빠져나갔지만, 점차 원이 좁혀지자 한가운데로 기어가 수풀에 몸을 숨겼다. 이따금 한두 마리가 달아나려 할 때, 가까이 서 있던 사람이 토끼를 향해 막대기를 던졌다. 그 무기는 조그맣게 휜 몽둥이였는데, 독수리 파수꾼들이 어찌나 정확히 맞추는지, 원이 웬만큼 좁혀지면 사람들 사이에 얼마간 틈이 있더라도 무사히 도망치는 토끼는 거의 없었다.

그가 땅 쪽으로 몸을 숙였고, 구부정한 양팔을 긴장으로 부르르 떨고 있었다. 커다란 수놈 산토끼 한 마리가 수풀에서 튀어나와 곧장 그를 질러갔다. 그놈이 두 발로 땅을 짚더니 다시 한번 뛰었는데, 그 거리가 거의 9미터나 되었다. 그는 몸을 돌려 막대기를 던졌다. 막대기는 다시 튀어 오른 산

토끼를 비스듬히 갈겼고, 그 짐승은 허공에서 축 처지더니 묵직하게 땅으로 곤두박질쳤다.

박수와 고함치기가 끝났다. 그는 가슴이 뛰고 살갗 위에서 땀이 차갑게 식어가는 것을 느꼈다. 이제 토끼들이 가만히 땅 위 여기저기에 흩어져 있는 것을 보니 어떤 회한이나 실망감이 들었다. 그는 덤불에서 죽은 짐승 한 마리를 집어들었다―그것은 따뜻하고 부드러웠으며, 도자기처럼 빛나는 눈동자에는 어떤 죽음의 광택이 어려 있었다―그리고 그 커다란 수놈 산토끼는, 죽지 않고 실신한 채 두려움에 얼어붙어 있었다. 그는 두 손을 대 살아 있음의 뜨뜻한 무게를 느꼈다. 그것은 생명력으로 안쓰럽게 떨고 있었으며, 단단한 근육 심줄은 팽팽해져 있었다.

미끼를 한데 묶어 자루에 넣은 다음, 그는 키 큰 풀을 모으고 들판의 덤불에서 늘푸른나무 가지 몇 개를 쳐냈다. 그리고 이것들을 한데 묶어 등에 짊어졌다. 그는 자신을 정화하기 위해 강으로 가서 머리를 씻었다. 모든 채비를 마친 그는 다른 이들에게 손을 흔들어 보이고 홀로 낭떠러지를 향해 출발했다. 첫 번째 고원에 다다랐을 때, 그는 걸음을 멈추고 쉬면서 골짜기 저편을 내다보았다. 태양이 높게 뜨자 주위는 온통 창백하고 메마른 빛으로 고르게 뒤덮였고, 구름과 산봉우리만이 겨울빛으로 번뜩였다. 그는 저 아래 멀리 떨어진 곳에서 까마귀 한 마리가 원을 그리며 나는 것을 보았다. 조금 더 높은 곳에 산에서 툭 튀어나온 거대한 흰 바위 판이 보였고, 그는 그곳의 사냥 움막으로 갔다. 작은 돌탑 형태의 움막은, 구덩이 주변으로 돌을 쌓아 올리고 천장을 열어둔 것이었다. 옆으로는 제단과 상단이 약간 움푹한 돌 선반이 놓여 있었다. 그는 그 위에 기도 공물을 올렸다. 그러고는 움막 안으로 들어가 천장에 나뭇가지를 격자로 놓고 그 위에 풀을 덮었다. 다 마치자 한가운데에만 작은 구멍이 나 있었다. 그는 그 구멍을 통해 토끼를 바깥으로 꺼내 나뭇가지 위에 올려놓았다. 여기저기 뚫린 칸막이 틈새로 밖을 내다볼 수 있었지만, 보이는 각도는 수직이거나 거의 수직에 가까웠다. 그의 사냥감은 태양으로부터 내려올 것이었다. 그는 노래를 부르기 시작했고, 이따금 낮은 목소리로 무언가를 부르짖기도 했다.

독수리들이 남쪽으로 치솟아 올라 발레 그랑데 위쪽까지 날아갔다. 너무 높아서 거의 보이지 않을 정도였다. 독수리들이 높은 곳에서 보면 아래로 펼쳐진 대지는 양쪽으로 뻗어 나가 가장자리의 길고 꾸불꾸불한 지류까지 닿아 있을 터였다. 확 트인 중앙에서 남쪽으로 내려가는 평원은 나무가 빽빽이 들어선 비탈과 협곡이었고, 그 너머는 사막이었으며, 대지의 맨 끝은 하늘에 닿아 굽어 있었다. 독수리들은 토끼를 보자 날던 방향을 꺾었다. 방향을 틀고 몸을 기울이며 점점 더 속력을 더해 분화구로 내려왔다. 그가 독수리의 존재를 알아차렸을 즈음, 그들은 낮게 날다가 구덩이 양편에서 눈부신 속도로 쏜살같이 달려들었다. 수컷 독수리가 대기를 붙들 듯 떨어지더니 낭떠러지를 정면으로 후려쳐 토끼들을 놀래키려 했고, 토끼가 달아나면 암컷이 먹잇감을 덮치려는 속셈이었다. 아무 일도 일어나지 않았다. 토끼들이 움직이지 않았으니까. 암컷은 올가미를 지나치며 비명을 질렀다. 분통이 터지는지 허공에서 몸을 이리저리 퍼덕였다. 그리고 날개를 크게 한바탕 휘저으며 다시 날아오르고는 격노하며 미끼를 향해 떨어졌다. 그는 암컷이 치받는 그 순간을 보았다. 발가락이 번득였고 발톱 한 개가 산토끼의 몸뚱이를 죽 찢어놓았다. 암컷은 더욱 완고하게 시체를 홱 붙들고 다른 발로는 머리를 움켜쥐고 우그러뜨렸다. 그 찰나의 순간, 암컷의 무게중심이 올가미를 눌렀을 때, 그가 위로 손을 뻗었다. 그는 두 손으로 암컷의 두 발을 붙들고 온 힘을 다해 바닥으로 끌어 내렸다. 일순간 암컷은 멈칫했고, 이내 거대한 날개를 휘휘 저으며 난리를 쳐댔다―그 덕에 손에서 거의 발을 빼낼 뻔했지만, 결국 독수리는 웅덩이 속 어둠으로 빠져버렸고, 천으로 덮였으며, 이내 잠잠해졌다.

땅거미가 질 무렵 그는 평원에 있던 다른 사냥꾼들을 만났다. 산 후아니토 역시 독수리 한 마리를 잡아왔지만, 나이든 수컷 독수리라 영 볼품없었다. 그들은 그 늙은 독수리 주위에 둘러서서 자신들의 안부와 애도를 험한 바위산에 사는 다른 독수리들에게 전해달라는 등의 말을 건넸다. 그리고 독수리 다리에 기도용 깃털을 매달고 놓아주었다. 그는 수컷 독수리가 구부정하게 날개로 땅바닥을 치며 다시 돌아가는 모습을 지켜보았는데, 독수리는 두려움과 의심으로 가득 찬 눈초리로 그를 노려보았다. 그러고는 땅을 박차고 날아올라 골짜기의 고요한 그림자를 온통 뒤흔들어놓았다. 독수리는 속도를 높여 더 높이높이 날아올랐고, 분화구 위로 장벽처럼 깔린 불그레한 황금빛 최후의 빛의 통로에 닿았다. 그 빛이 독수리를 감싸자 독수리가 어두운 광채를 발했다. 독수리는 고도를 낮춰 평평하게 날았다. 그러다 시야에서 멀어졌지만, 그는 얼마간 그것을 눈으로 좇았다. 마음의 눈으로는 여전히 그 독수리를 볼 수 있었고 기억 속에서는 독수리가 날며 바람을 스치는 끔찍한 속삭임이 들려왔다. 그는 갈망에 휩싸였다. 자루에 담아둔 독수리의 무거운 체중이 느껴졌다. 땅거미가 빠르게 지며 밤이 찾아왔고, 다른 이들은 그의 눈에 눈물이 차오르는 것을 보지 못했다.

그날 밤 다른 이들이 모닥불 옆에서 식사하는 동안, 그는 슬며시 빠져나와 그 몸집 큰 독수리를 보러 갔다. 자루를 열자 독수리가 몸을 떠는 듯해 그를 꺼내었다. 꽁꽁 묶인 채 무력한 독수리는 달빛 아래서 칙칙하고 볼품없어 보였고, 날기에는 너무 비대하고 흉했다. 그 모습을 보자 수치심과 혐오감이 차올랐다. 그는 어둠 속에서 독수리의 모가지를 잡아 비틀어 숨을 끊어버렸다.

* * *

네가 이렇게 해야지, 저렇게 해야지, 하고 그의 할아버지가 말했다.

그러나 노인은 이해하지 못했고, 이해하려 하지 않았고, 계속 흐느낄 뿐이어서, 아벨은 그를 홀로 내버려두었다. 떠날 시간이었는데 노인은 들판 멀리 나가 있었다. 잘 다녀오라거나, 가면 어떨 거라 말해주는 이가 아무도 없어서 아벨은 호주머니에 손을 집어넣고 시간을 기다렸다. 그는 몇 시간 동안 떠날 채비를 하며 떠남에 대한 흥분과 두려움으로 안절부절못했다. 때가 되었다. 경적이 들려오자 그는 밖으로 나가 문을 닫았다. 그러자 갑자기 완전히 홀로 된 듯한, 마치 이미 몇 달간 먼 거리를 떠나온 듯한, 아주 오래전 마을과 골짜기와 언덕으로부터, 늘 알고 있었던 것과 한때 알았던 것들에서부터 멀어진 듯한 느낌이 엄습해왔다. 그는 빠른 걸음으로 똑바로 앞만 보고 걸으며 자신에게 엄습해온 외로움과 두려움에 집중했다. 전에 한 번도 차를 타본 적이 없었던 그는 버스 창가에 앉아 엔진에서 전해지는 힘과 바퀴의 단단한 첫 동작을 느꼈다. 마을의 벽들이 멀어져갔다. 고속도로로 올라가는 길에 버스가 기울며 삐걱거렸고 그는 기어를 옮길 때마다 속도가 떨어지고 차체가 뒤뚱거리는 걸 느꼈다. 그러다 속도가 엄청나게 빨라지고 온갖 소음이 들려오자 그는 기를 쓰고 그 모든 소음이 무엇을 의미하는지를 이해하려 애썼다. 고개를 돌려 지나온 들판 쪽을 바라보려 했을 때는 이미 너무 늦고 말았다.

이것들, 떠나오기 전의 모든 것들을, 그는 온전하고 세세하게 기억할 수 있었다. 머릿속으로 정리할 수 없는 것은 최근의 과거로, 늘 갑작스럽고 뒤죽박죽인 시간이자 끔찍한 고요와 불일치로 가득한, 의미 없는 몇 날들과 몇 해였다. 한

가지 날카로운 기억의 조각만 생생하게 자꾸만 되살아났다.

그는 수풀 언덕 모퉁이에서 잠이 깼다. 때는 오후였고 사방으로 휘황찬란한 볕이 비스듬히 내리쬐고 있었다. 땅은 축축하고 헝클어진 낙엽들로 뒤덮여 있었다. 그는 자신이 어디에 있는 건지 알 수 없었고, 주위에는 아무도 없었다. 아니, 주변엔 사람들이, 사람들의 시체가 널려 있었고, 그는 구덩이 사이사이로 흩어진 시체들을 간신히 볼 수 있었다. 그들의 팔다리는 낙엽이 어수선하게 깔린 바닥에 제멋대로 뻗쳐 있었고, 비스듬히 쏟아져 내리는 볕 사이로는 나뭇잎이 떨어졌는데, 수백 장의 낙엽이 나선형으로 흔들리며 소리도 없이 떨어져 내렸다. 그런데 어떤 소리가 들려왔다. 나지막하고 끊임없이 들려오는, 먼 데서 느리고 일정한 동작으로 다가오는 소리였다. 그것은 그의 위쪽에서, 그리고 뒤편에서 들리다가, 언덕의 돌기를 넘어 가까워지고 있었다. 그것은 드넓은 고요의 흔적으로 들어와, 그 안에서 고요를 장악하고 거대하게 부풀어 오르며, 서서히 다가오고 있었다. 주름진 대지의 건너편은 정적이었고, 저 멀리에는 엷은 연기 층이 머물러 있었다. 박격포 포격도 멈추었고, 거기서 누군가가, 눈에 보이지 않는 저 먼 곳에서 어떤 인간의 힘이, 다가오는 기계에 길을 내어주고 있었다. 고요가 그의 잠을 깨우고—나지막한 중얼거림과 같은 기계 소리도 그를 깨웠다. 그는 자신이 어디에 있는 건지 알 수 없었고, 어쩌다 그리 가서 잠들었는지 기억나지 않았다. 몇 시간, 어쩌면 며칠 동안, 포탄 터지는 요란함만이 그의 마음을 잠재워주었을 터지만, 지금은 단지 적막과 기계를 암시하는 낯선 소리 말곤 아무것도 없었다. 시야가 맑아지자 수많은 이파리가 빛의 조각들 사이에서 뒤척이는 것이 보였다. 기계는 차분하게, 묘하고도 어마어마한 위용으로 다가오고 있었다. 그는 몸을 돌려 산등성이를 살피다 태양을 응시했다. 침침한 언덕 가장자리와 빛으로 감싸인 나무들만 보였다. 기계 소리가 산마루에서 부풀어 오르다 멈추고, 갑작스레 넘쳐 흐르더니, 이제 더는 얽히고설킨 소리가 아닌, 귀를 먹먹하게 하는 온전한 소리가 되었다. 그의 입이 축축한 낙엽 위로 떨어졌고, 온몸은 격렬히 떨려오기 시작했다. 무언가를 붙잡으려 손을 뻗었으나 그게 무엇인지는 알 수 없었고, 그의 두 손은 차고 축축한 낙엽과 땅을 움켜쥐고 있었다.

그때, 떨어지는 이파리 사이로 기계가 보였다. 검고 육중한 기계는 언덕 뒤에서 올라와, 태양을 뒤로 한 채 우람하게 서 있었다. 그는 그것이 부풀고, 색이 짙어지더니, 지평선 위에서 윤곽을 갖추는 모습을 보았다. 마치 땅이 융기하며 바위가 솟아올라 빛을 가린 듯했고, 온 주변으로 뻗은 빛, 그 차가운 빛의 둘레는 잎새들과 함께 고동치고 있었다. 한동안 그것은 땅과 떨어진 듯 보였고, 그 거대한 철갑은 숨과 하늘에 기댄 듯했으며, 무게중심은 산마루와 떨어져 매달려 있는 듯했다. 그러다 기계는 폭포처럼 더디게, 우레같이 내리막으로 내려와, 땅과 충돌할 틈도 없이, 파편 더미의 난장판 속으로 철벅, 하고 자리를 잡았다. 그는 격렬히 떨고 있었고, 그 기계는 그를 짓누를 듯 가까이 오더니, 그냥 지나쳐 가버렸다. 바람이 일어나 경사면을 따라 불었고 낙엽을 흩어놓았다.

그리고 이제 그 고요한 대지가 조금씩 조금씩 빛을 머금고 빛을 발하기 시작하면서 그를 짓눌렀다. 창백한 밤의 가장자리가 밀물처럼 그에게서 물러났고 그는 그것을 기다렸다. 색채의 모든 테가 언덕마다 곤두섰고 협곡 입구에서 모든 언덕이 만났다. 어둡게 옴폭 들어간 데는 연기의 그림자였거나 웅덩이였는지도 몰랐고, 거리나 깊이를 알 도리는 없었지만 30에서 50킬로미터에 이르는 강줄기를 따라 나 있었다. 마을은 곧 하루를 맞이할 준비를 하며 펼쳐져 있었고, 이내 성당의 뾰족탑이 번뜩이고 안젤루스 종이 울리며 강변의 집들은 불길이 일듯 너울거렸다. 여전히 추위가 그의 몸에 들러붙어 있었고 등 뒤에는 밤이 도사리고 있었다. 바로 거기서 동쪽으로, 대지는 잿빛이었고 하늘은 불타올랐다. 해가 솟아오르기 직전 태양이 구름처럼 떠 있는 곳에서 새까만 암석 대지의 윤곽이 선명하게 드러났다.

북쪽 언덕 위에 차 한 대가 나타났고, 그의 시야를 들락거리다 마을로 향하더니 바로 발아래까지 다가오기까지 아무 소음도 내지 않았다. 그러더니 마을로 들어서는 꼬불꼬불한 길을 따라 성당이 있는 숲속으로 들어갔다. 마을의 모든 수탉이 울어대기 시작했고 사람들이 활동을 시작하자 그들의 가느다란 목소리가 떠올라 공중에 머물렀다. 그는 아직도 옷에 밴 포도주의 달콤한 내음을 맡을 수 있었다. 이틀 동안 아무것도 못 먹은 터여서 입에선 메스꺼운 맛이 났다. 하지만 아침은 춥고 완연했으며, 그는 두 손을 비벼대 피가 몸을 흐르며 데우는 것을 느꼈다.

그는 오랫동안 서 있었고, 대지는 여전히 볕에 제 몸을 내어주고 있었다. 그는 아무 생각도 없이 서서, 움직이지도 않고, 무언가를…… 다만 무언가를 두리번거릴 뿐이었다. 빗물에 패인 언덕의 하얀 앞치맛자락이 그의 발아래로 10미터가량 고속도로를 향해 뻗어 내렸다. 강바닥에서는 어둠의 마지막 조각마저 자취를 감췄고, 대기의 한기도 좀 가셨다. 그가 길을 따라 내려가자 흙과 돌멩이들이 발에 밟혀 굴렀다. 그는 무릎을 조이는 긴장감을 느꼈고, 곧 머리와 손으로 내리쬐는 태양의 무게를 느꼈다. 골짜기의 마른 빛이 올라와 대지는 단단하고 파리해졌다.

성당의 하루도 여느 날처럼 시작되었다. 순교자들을 위한 축제 날이어서 올권 신부는 옷장에서 진홍 제의복을 꺼냈다. 그는 자그마하고 까무잡잡하면서도 날카로운 용모를 지닌 사람이었고, 군데군데 회색 머리칼이 나 있었다. 노인은 아니었지만 어깨가 축 처지고 수년 전 고향 멕시코에서 앓았던 질병 때문에 행동거지가 느린 편이라 멀리서 보면 쇠약한 늙은이처럼 보였다. 한쪽 눈은 푸르고 투명한 막으로 덮인 데다 눈꺼풀이 축 늘어져 거의 눈을 감은 듯했다. 성구실로 들어오기 전 담배를 짓이긴 탓인지 손가락에는 담뱃잎이 묻어 있었다.

성구실 안은 춥고 어두웠다. 노인 프란치스코는 이미 예배당 제단 위로 열린 자그만 유리판에 무릎을 꿇고 있었고, 보니파치오라는 이름의 졸린 눈을 한 작은 소년이 모퉁이에 서서 색바랜 붉은 사제 평상복을 입고 있었다. 벽 너머로 좌석에 앉은 사람들이 웅성거리고 기침하는 소리가 들렸다. 벌써 30분에서 1분이 지났다. "서둘러라, 얘야!" 노인이 날카로운 소리로 속삭였고, 소년은 반쯤만 단추를 채운 채 서둘러 촛불을 켜기 위해 밖으로 나갔다. 노인은 유리창을 통해 소년을 보았다. 그는 촛불을 사랑했다. 불꽃이 어떻게 심지에 붙어 오르는지, 얼마나 느리게 타오르는지 가만히 보고 있는 게 좋았다.

올귄 신부는 차가 관개 도랑 위에 대놓은 나무판을 넘어와 정지하는 소리를 듣고는 창문으로 가서 밖을 내다보았다. 나무들 사이사이로 내리쬐는 안개를 머금은 볕은 부드럽고 찬란한 무늬를 그리며 마당으로 떨어졌다. 길을 따라 죽 세워진 철조망에는 파랑 보라 나팔꽃들이 감겨 넘실댔다. 새하얀 피부에 짙은 머리칼을 기른 여인이 회색 우비를 입은 채 차에서 내려 잠시 주변을 둘러보며 서 있었다. 그러더니 파란 스카프를 머리에 두르고, 문을 열고 마당을 가로질러 예배당 쪽으로 걸어왔다. 신부는 그녀가 문까지 오는 내내 눈으로 좇으며 누구일까 생각했다. 전에 한 번도 본 적 없는 여인이었다. 복도에서 그녀의 발소리가 나자, 그는 몸을 돌려 성배를 들고 보니파치오를 따라 제단으로 나갔다.

그 여인은 성체성사를 받지 않았고, 신부와 여인이 비로

소 얼굴을 마주한 것도 그녀가 신부관 문 쪽으로 온 뒤였다. 여인은 생각보다 나이가 들어 보였고 아까처럼 얼굴이 새하얗지도 않았다.

"안녕하세요? 저는 마틴 성 요한 부인이에요." 그녀가 손을 내밀며 인사를 건넸다.

"처음 뵙겠습니다. 이전에 여기 온 적이 없으시죠?"

"네, 그냥 들른 거예요. 당분간 로스 오호스에 있는 협곡에서 지내려고 하거든요."

"안으로 들어오시겠습니까?"

신부는 여인을 안내해 복도를 지나 검은 원탁과 의자가 몇 개 놓인 조그만 응접실로 갔다. 담배를 권했으나 여인은 거절했고, 두 사람은 의자에 앉았다.

"이렇게 이른 시간에 찾아뵈어 송구스럽네요, 신부님—아침 식사를 하시던 것 같은데—별일은 아니지만 신부님께 부탁드릴 일이 있어서요. 안 그래도 만나 뵙고 미사도 도와드리려 하던 참이었지요."

"물론이죠, 와주셔서 기쁩니다. 차를 타고 오시길래 뉘신가 했습니다."

"저희는 캘리포니아에 살고요, 제 남편과 저 말예요, 로스앤젤레스…… 이곳 정말 아름다워요. 여긴 처음 와봤거든요."

"처음이십니까? 그렇다면 환영해드려야죠. 매혹의 땅에 오신 걸 환영합니다.[7]"

"하늘이 정말 파랗더라고요. 마치 물처럼 고요하고 짙은 것이, 협곡을 지나 차를 몰고 오면서 아까 보았지요."

"부군도 함께 계십니까?"

"아니요—아네요. 남편은 캘리포니아에 머물러야 해요. 의사라서, 아시다시피, 자리를 비우기가 힘들죠."

"그렇지요. 그건 그렇고 제가 로스 오호스 사람을 몇몇 압니다만, 그곳에 혹시 친척이라도 계십니까?"

"아니요. 사실 마틴이 저더러 온천욕을 해보라고 했거든요. 지난 몇 주간 등이 쓰리고 아파서요."

"다들 샘물이 건강에 아주 좋다고 말하지요."

"네, 맞아요." 여인이 답했다.

한동안 여인은 생각에 잠긴 듯했다. 태양이 떠올라 나무들의 윤곽이 선명해졌고, 볕은 방 안까지 곧장 들이비쳤다. 탁자 상판은 밝은 보라색을 띤 원형이었고, 공중에 수많은 먼지 입자들이 부유하는 게 보였다. 창가에서는 벌들이 윙윙거렸고, 마차들이 길을 지나갔다. 말들은 히이힝 소리를 내고 몸을 털며 마차와 연결된 가죽끈을 바로잡았고, 강과 들판을 향해 마차를 몰았다. 방 안에는 부드러운 산들바람이 일었다. 신선하고 상쾌하며 감미로운 바람이었다.

신부는 자신을 찾아온 손님을 유심히 훑어보다가, 그녀의 겉모습이 불현듯 그를 압도해오는 기분이 들어 의아했다. 여인은 첫눈에 느꼈던 것보다 더 아름답다고 할 만했다. 머리칼이 길고 아주 짙어서 평소에는 검은색처럼 보였으나, 지금처럼 빛을 받으니 어두운 적갈색으로 윤기가 흘렀다. 그녀가 너무 말랐다고 그는 생각했고, 코도 약간 긴 편이었다. 그러나 피부는 맑고 사랑스러웠으며 눈과 입도 뚜렷하고 조화로웠다. 그녀가 의자 등받이에 몸을 기대며 다리를 꼬자 늘씬한 맨다리가 훤히 드러났다. 이렇게 빛을 받으니 그녀는 다시 새하얗게 보였고, 머리칼은 가느다랗게 내리쬐는 빛살과 어우러져 은빛과 구릿빛을 띠었다. 그녀의 작은 두 손은 보드랍고 하얬으며, 손톱에는 연한 분홍색 매니큐어를 칠해놓았다.

"도움이 필요하시다고 그러셨나요?"

"아, 네. 혹시 제 일을 좀 해주실 분을 알고 계실까 해서요. 장작을 패려고 나무를 사놓았거든요. 말씀드렸다시피 로스 오호스에 집을 한 채 구했으니—산림관리소 아래 그 커다란 흰색 집이요."

"베네비데스 하우스 말입니까?"

"네, 거기요. 부엌에 장작 난로밖에 없어서, 땔감 나무가 좀 필요하게 됐네요."

"나무가 얼마나 있습니까?"

"제 생각엔, 꽤 많은 거 같은데─죄송해요, 얼마나 있다고 해야 하는지 잘 모르겠네요. 마을 아저씨 한 분이 어제 나무를 해왔는데, 산에서 일하는 분이라 장작 팰 시간은 없나 봐요. 보수는 얼마든 드릴 테니…….근처 사는 인디언이라면 어떨까 싶은데요."

"잘 알겠습니다. 여기도 젊은이들이 몇 명 있습니다…….성당 관리인한테도 물어보지요."

정오와 이른 오후 사이가 되면 마을에는 생명의 기색이 보이지 않는다. 하얗게 눈부신 불볕이 내리쬐는 거리에는 인적이 없고 적막감만 돌았다. 그림자가 하나도 없으니 벽 옆으로도 공간의 깊이가 전혀 없었으며 대문과 창문들마저도 납작해 뚫고 들어갈 곳이라곤 없어 보였다. 대기에 움직임이라곤 일체 없었으며 하얀 먼지들만 거리 위로 타올랐다. 한낮의 이 시각이 되면 특히, 마을은 땅속으로 가라앉는 듯 보였다. 골짜기의 모든 풍경이 먼지의 색이었다.

아벨은 조금 전에 할아버지의 집으로 돌아왔지만 노인은

집에 없었다. 두 사람 사이에는 한마디 말이나 인사의 눈짓 따위도 아직 오가지 않은 터였다. 그는 내내 배가 고팠지만 메마른 입에서 쓴맛이 올라와 먹고 싶은 게 무엇인지 떠오르지 않았고 배고픔도 흐지부지 가셨다. 적막과 무더위 가운데서 그는 다시 자신에게 집중했고, 차분하게 있을 수가 없었다. 그는 작고 휑한 방 안을 이리저리 거닐었다. 사방의 벽이 휑하니 깨끗하고 하얬다. 오후 늦게 그는 강으로 나가 다리가 있는 곳까지 물길을 따라 걸었다. 경작된 밭 가장자리에서부터 붉은 암석 대지 아래 작고 기나긴 언덕들이 늘어선 곳까지 경사진 길을 따라 계속 걸었다. 언덕 위로 드리운 그림자 속에서 저녁을 알리는 첫 산들바람이 일자, 그는 바닥에 앉아 저 멀리 펼쳐진 경작지들의 초록 노랑 구획들을 둘러보았다. 할아버지와 다른 이들이 볕이 내리쬐는 들판에서 일하는 모습이 보였다. 희미하게 불어오는 산들바람에는 흙과 곡식 내음이 스며 있었다. 그리고 그 순간만큼은 모든 게 괜찮았다. 그는 집에 온 것이었다.

7월 24일

아벨은 화요일에 베네비데스 하우스로 갔다. 3달러를 받고 장작을 팰 참이었다. 안젤라는 보수를 깎으려 마음먹고 있었지만 그는 막무가내였고, 협상에서 한 치도 물러섬이 없었으며, 말 그대로 한번 정한 대로 밀어붙여 그녀의 말문을 막아버렸다. 그녀는 어떻게든 앙갚음을 하리라 마음먹고 입가에 웃음을 띤 채 위층 창가에서 그가 나무를 쪼개는 것을 지켜보았다.

그녀는 지금껏 일에 그토록 몰두하는 남자를 본 적이 없었다. 누구든 동작이나 의도에서 못마땅함을 드러내기 마련이었다. 그러나 이번엔 달랐다. 그는 일에 자신을 쏟아붓고 있었다. 도끼를 쉬이 잡아 들어 깔끔하고 깊숙이 찍었다. 도끼날이 나무 살을 내리치자 살은 뒤틀리며 쪼개졌다. 그는 엉덩이를 들썩이며 일했는데, 양다리는 넓게 벌렸고 굽은 목에 힘줄이 솟아올랐다. 그녀는 경이에 차서 그의 동작 하나하나를 눈에 담았다. 그가 손잡이의 굴곡을 넌지시 쓰다듬으며 허리춤으로 당기듯 도끼를 들어 올렸고 다시 손을 미끄러뜨려 검은 쇠 날에 닿게 했다. 그러더니 어깨를 돌려 척추를 틀었다. 그는 자세를 취한 채로 일순간 온 힘을 집중했고 내리찍는 순간은 영원처럼 이어졌다. 그가 힘껏 도끼를 휘두르며 몸을 숙이자 도끼날이 번뜩이며 나무를 찍고, 나무는 입을 딱 벌리며 갈라졌다. 안젤라는 숨을 죽이고 말했다. "음, 알겠어." 창가에서 가벼운 산들바람이 불어와 그녀의 옆 머리칼을 간질였다. 햇살은 과일나무 이파리 위에서 은빛으로 반짝거렸고, 그녀는 조바심을 내며 동하고 있었다.

이제 그녀는 쓸모없는 괴로움이 장작 위로 쏟아지는 광경을 볼 수 있었는데, 그것은 지금까지 상상해본 적 없었던 어떤 상처였다. 그리고 후에 시선을 돌렸을 때도, 그녀는 여전히 반쯤은 그가 있는 쪽에 귀를 기울이고 있었다. 가까이 장미꽃 이파리와 차茶에서 풍기는 축축한 향내 너머에는, 한낮에 행해지는 그의 노동 말곤 아무것도 없었다. 그녀는 목욕을 하고 성인들의 삶에 관한 책을 읽으려던 참이었다. 아니면 고개를 푹 숙이고 눈을 감으려 했으리라. 낮과 밤이 임시변통으로 만들어내는 음악을 감상하면서 말이다. 지금은 벌들이 윙윙거리는 소리, 어두운 물살이 철썩대는 소리가 들렸고—도끼날이 나무를 찍으며 울리는 소리도, 꾸준히, 그칠 줄 모르고 들려왔다.

안젤라는 한 발짝 한 발짝 아래층으로 걸어 내려왔다. 오후의 어떤 시간에 홀로 남겨지면, 그녀는 항상 자신 곁에 선 그림자가 되었다. 한낮의 찬란함이 거의 물러나려 할 때면, 그녀는 자신이 누구인지 알고파졌다. 지금처럼 묘한 부끄러움과 현기증이 엄습해올 때, 그녀는 뱃속의 태아를 떠올리며 두 손을 배 밑으로 가져가, 아기를 심장 쪽으로 끌어당기면서 불꽃처럼 불안정한 목소리로 말을 걸었다. "우리 아기"라고 그녀는 말하곤 했다. "오, 내 사랑!" 그러고는 바람에서 어떤 재앙의 징후를 찾으려 했다. 이따금 하늘에서 날개를 파닥이는 새들을 바라보았지만, 새들은 늘 떠나게 마련이었고, 하늘은 다시 텅 비고 온 희망 너머로 망망하기만 했다.

도끼 소리는 끊임없이 울리다가 공허하게 근원에서 사라져 갔다. 언젠가 한 번은 오소리인지 곰인지, 웬 짐승이 물가에서 철썩거리는 걸 본 적이 있었다. 그녀는 곰의 그 부드러운 주둥이와 새까맣고 가느다란 입술, 거대하고 묵직한 머리를 한번 만져보았으면 했었다. 양손을 축축하고 까만 주둥이에 갖다 대고 잠시만이라도 곰의 뜨거운 숨결을 느껴보고 싶었다. 그녀는 집 바깥으로 나와 현관의 돌계단에 앉았다. 그는 그 자리에서 몸을 일으키고 꼿꼿이 서 있었다. 협곡은 그림자에 깎여 있었다. 마지막 햇살이 과수원 위로 협곡 벼랑 꼭대기에 걸려 있었고, 바위의 얼굴 위에서 불타올랐다. 벌새들은 접시꽃에 매달렸고, 땅거미가 지면서 과수원 이파리들 위로 얼룩을 남겼다. 그녀는 맨발에 발가락이 막힌 슬리퍼만 신었고 팔다리에는 걸친 것이 없었다. 협곡에서 한기가 올라오고 있었지만, 모호한 열기가 그녀를 휘감아 한기를 느낄 수 없었다. 그는 나무 밑동에 도끼를 깊숙이 꽂아두고 그녀에게로 왔다. 그녀는 양 볼을 오므리고, 일단 그가 어쩌는지 보려고 잠잠히 있었다.

"나무에 진이 있어서요." 마침내 그가 입을 열었다. "오래오래 탈 거예요."

그는 웃음기 없는 얼굴을 하고 그녀를 바라봤지만 목소리는 온화하고 친절하며 담담했다. 그녀에게 자신을 업신여길 뚜렷한 명분을 주지 않겠다는 심사였다. 그녀는 차분히 생각했다.

"지금 돈을 드릴까요?"

그는 어쩔까 생각하다가, 이러나저러나 상관없다고 결론지었다.

"금요일이나 토요일에 나머지 장작을 패러 올게요. 돈은 그때 주시면 됩니다."

그가 흥정하지 않는다는 사실에 그녀는 기분이 거슬렸다.

그녀는 그래도, 잘 배워두고 나면 결국에는 최소한 자신이 자존심을 투자한 대가를 톡톡히 받아내리라는 것을 알았다. 단지 지금, 지금 이 순간만큼은 그 자리에 버티고 서서 기다려야 했다. 둘 사이에는 침묵이 흘렀다. 그는 계속 저물어가는 햇빛을 등지고 서서, 가만히, 까만 눈동자에 그녀의 모습을 담은 채로 머물러 있었다. 근육의 미동도 없었다.

"오늘 일은 다 하셨잖아요." 그녀가 자신의 의중도 모른 채 말했고 그는 거기 계속 서 있었다. 전혀, 아무런 대답도 없었다.

"좋아요, 그럼, 금요일에 오시겠어요? 토요일이라고 하셨나?"

그러나 그는 대답이 없었다. 그녀는 짜증이 났다. 그녀는 집요하게 버티는 법을 알고 있었음에도, 이미 그것이 소용없을 거란 느낌이 왔고, 속이 들끓었다.

"확실히 정해두는 게 좋을 거예요. 아시다시피, 아무 날에나 오시면 내가 없을지도 모르잖아요."

아벨은 낯빛이 어두워졌지만 귀먹은 사람인 양 입을 꾹 닫고 버텼다. 그는 도발에 넘어가지 않을 태세였다. 그냥 한 발짝 물러서서 가만히 있는 게 그에겐 더 쉽고 편했다. 그는 그녀 내면에서 일어나고 있는, 개인적이고 흔하며 그 자체로는 아무것도 아닌 일을 멀찌감치 떨어져서 바라보는 사람처럼 보였다. 그의 침묵이 그녀에겐 너무 지나쳤다. 그녀는 그가 침착함을 잃고 깜짝 놀라 나둥그러지도록 음탕한 몸짓을 해 보이거나, 아니면, "백인 여자는 어때? 내 하얀 배와 젖가슴, 매니큐어 칠한 손톱과 발 말이야."라고 말하면 어떨까 싶었다. 하지만 그조차도 아무런 소용이 없을 터였다. 그가 그녀 때문에 수치를 느끼거나, 적어도 놀라지 않았다는 것을 그녀는 확신했다.

그러나 사실, 면밀하게 따지면 그 역시도 무력했다. 그녀는 지금에야 그게 보였다. 그는 거기에 벙어리처럼 분부를 기다리듯 서 있었고, 그녀 생각에는 어떻게 인사를 하고 떠나야 하는지조차 몰라 쩔쩔매는 사람 같았다. 날이 어두워져 더는 그의 모습이 보이지 않았다. 그가 걸어가는 소리가 들릴 뿐이었다.

그녀는 자기 몸을 떠올리자 자신이 아름답다는 사실을 이해할 수 없었다. 맨살과 피, 뼈를 타고 얽힌 혈관과 거기서 흘러나온 선혈, 이보다 더 불쾌하고 더러운 것은 생각해낼 수도 없었다. 그리고 지금 그 괴물 같은 모습의 태아가, 파랗고, 눈멀고, 머리가 큰 그것이 몸속에서 배를 불리며 자라나고 있었다. 어려서 손등에 난 상처에서 솟아나던 피를 처음 보앉을 때부터 그녀는 몸에 대한 두려움과 혐오감을 품었고, 그것은 결코 잊혀지지 않았다. 그녀는 죽음이 두렵지 않았다. 다만 죽음에서 육체가 내포한 의미가 두려웠다. 그리고 불현듯 그녀는 불에 타 죽기를 온 마음으로 바랐다. 육체를 순식간에 녹여버릴 만한 강렬한 불에 말이다. 지방이 튀거나 뼈가 오래도록 타서는 안 되었다. 무엇보다도 죽음의 악취를 풍겨서는 안 될 것이었다.

그녀는 밖으로 나가 유리창에 반사되어 땅과 장작더미 위로 떨어진 부드럽고 노란 햇살 속으로 들어갔다. 그녀는 무릎을 꿇고 차갑고 딱딱한 장작 몇 개를 양팔에 안아 올렸다. 장작들은 날렵했고 끄트머리는 갈라져 있어 도끼날로 연필을 깎은 듯했으며, 송진 냄새가 났다. 그렇게 서 있다가 무심코 건드린 도낏자루는 밑동에 꼿꼿하게 박혀 있고 차가웠다. 그녀는 어두운 자갈들과 잡초 사이사이로 어지러이 널린 나무 부스러기들을 뒤꿈치로 더듬어 보았다. 어둡고 고요한 하늘 아래서 협곡 벼랑의 길고 새까만 윤곽이 빛났다. 그녀는 가만히 서서, 장작들을 건드렸던 그 신성한 폭력을 기억해내고 있었다. 지금은 보이지 않는 저 위쪽 낮은 고원 하나가 오래전 불에 타버렸는데, 낮이면 그녀는 죽은 나무의 시커먼 등뼈들이 곤두선 모습을 보았다. 그녀는 고원을 덮치고 달큰한 황색 진물까지 말려버린 그 불을 상상했다. 나무들이 불에 휩싸여 깊은 수심까지 튀며 갈라졌고, 그 틈으로 타들어간 나무들은 숯과 재가 되었으며, 볕에 드러난 죽은 나무들은 반짝거리는 벨벳의 몰골과 벨벳의 촉감을 지니고 있었다. 그리고 재를 건드리는 손들에는 보드라운 죽음의 자국을 남겨 주었다.

그녀는 장작을 가지고 들어와 벽난로 쇠살대 위에 내려놓았다. 불이 어찌나 느리게 붙는지 눈을 부릅뜨고 들여다봐도 불붙는 순간을 포착할 수 없었다. 그러다 노랗고 흰 불꽃이 장작 주위를 감싸 올랐고 그것은 장작의 단단한 생명의 중심에는 결코 닿지 않을 듯이 은은해 보였다.

그날 저녁 느지막이 올권 신부가 베네비데스 하우스로 찾아왔다.

"내일이 산티아고 축제 날입니다. 마을에서 잔치가 열리는데, 부인도 오시겠습니까?"

"좋아요. 감사합니다."

그는 더 머물면서 그녀를 보고, 목소리를 듣고 싶었지만, 그녀가 멍하니 생각에 잠겨 있어서 잘 자라는 인사를 하고 나왔다.

안젤라는 아벨을 생각하며, 그녀를 바라보던 ─ 목각 인디언 인형처럼—차갑고 무표정했던 그의 얼굴을 떠올렸다. 며칠 전 그녀는 코치티에서 열린 곡식 무도회를 구경했다. 아름답고도 기묘한 광경이었다. 춤추던 사람들은 느릿하고 신중한 태도로 영원히 춤추려는 듯했었다. 그 안에는 뭔가 장중하고도 신비로운 것이 있었고, 태양 아래서 기도문을 읊조리는 노인들과 그 춤추던 사람들은…… 동작 하나하나에 끔찍하리만치 심각하게 임했다. 웃는 이라곤 아무도 없었다. 바로 그 점이 지금 그녀에게 어딘가 모르게 중요하게 느껴졌다. 춤추던 이들은 다른 모든 것은 일체 제쳐두고 오로지 앞만 보고 있었는데, 당시 그녀는 그걸 신경 쓰지 않았다. 그들은 웃지도 않았다. 그리고 말할 수 없을 정도로 엄숙했다. 단순히 슬프거나 의례적이거나 경건한 표정이 아니었다. 전혀 그런 게 아니었다. 단지 그들은 엄숙하게 저 먼 곳을 바라보며, 그녀가 볼 수 없는 무언가에 몰두하고 있었다. 그들의 눈동자는 이곳 범위를 벗어나 저 끝에 있는 무언가, 그녀가 알거나 짐작할 수도 없을 어떤 실재에 고정되어 있었다. 그들이 본 것은 무엇이었던가? 아마 그들은 전혀, 아무것도 보지 않았을지도 모른다. 하지만 그렇다고 하면 그것은 속임수였다. 그렇지 않은가? 아무것도 보지 않는다는 것. 완전무결한 것에서 무無를 본다는 것. 풍경 너머를, 모든 형태와 그림자와 색채 너머를 본다는 것. 그것이야말로 비실재를 보는 것일 터였다. 그것은 자유롭고, 완성되며, 완전하게, 영적인 것이었다. 천천히, 점차, 그러다 마침내 아무것도 보지 않게 되는 것. 처음엔 사물 곁에 있는 순수하고 찬란한 색채를 보고, 그러다 색채들이 한데 엉기고, 저 멀리 모든 사물이 섞이며 모호하고 희미해져 가는 것을 보는 것. 결국엔 구름과 창백히 씻겨진 하늘 너머를 보는 것―그 너머의 공허와 비실재를 본다는 것. "저 산 너머"라고 말하고, 진정으로 그 의미를 표하는 것. 단순히, 그 산이 상징하는, 즉 존재를 나타내는 모든 것 너머를 뜻하는 것. 어딘가에서, 그녀가 그것을 볼 수나 있다면, 거기에는 아무것도 없지도 혹은 무언가가 있지도 않을 것이었다. 그리고 그곳, 바로 거기에서, 그것은 최후의 실재였다. 그렇다 하더라도, 비실재와 똑같은 자세로 아벨은 장작을 팼다. 그녀가 그의 눈동자를 들여다봤을 땐 이미 너무 늦어버렸고, 그의 두 눈은 이미 모든 것으로 돌아온 뒤였다. 그리고 그제야 두 눈동자는 온화하게 온갖 색채들로 차올라서 두리번거리다, 그녀를 들여다보고, 심지어, 뚫어 보았지만, 그의 시야는 마지막으로 가장 중요한 그 실재에는 못 미치고 말았다. 그 역시도 그녀 일상의 빡빡하고 불가해한 세계만을 만났을 뿐이었다. 다름 아닌 바로 그 이유 덕분에 그녀는 그를 견뎌낼 수 있었다. 그녀는 마음을 가라앉히고 불 속을 들여다보았다. 이미 잿불만 남아, 이따금 자그마한 파랑 노랑 불꽃들이 가물거리며 꺼져가고 있었다.

7월 25일

이것은, 올권 신부가 들려준 이야기다.

산티아고는 말을 타고 남쪽의 멕시코로 갔다. 타고 간 말은 윤기 있고 건장했지만, 그 자신은 허드레꾼 행색으로 변장하고 있었다. 오랜 여행길에 그는 한 노부부가 사는 집에 들러 쉬어갔다. 그들은 가난하고 비참한 형편이었지만 친절하고 자비로운 사람들이어서 산티아고를 반갑게 맞아주었다. 목을 축이라고 냉수를 떠다 주는가 하면 응원의 말로 그의 사기를 북돋아주었다. 집에 먹을 거라곤 없었고, 다만 마당에서 이리저리 파닥거리며 다니는 늙은 수탉 한 마리가 있었다. 집에서 값어치가 나가는 건 수탉이 유일했음에도 노인 내외는 그것을 잡아 손님에게 대접했다. 밤이 되자 부부는 차가운 맨바닥에서 자고 그에게 침대를 내주었다. 아침이 밝자 산티아고는 그들에게 정체를 드러냈다. 그는 노부부에게 축복을 내리고 다시 여행길에 올랐다.

그는 몇 날 며칠 동안 말을 몰아 마침내 임금의 도성

에 당도했다. 그날 임금은 성대한 잔치와 여러 시합, 그리고 위험천만한 기술과 힘겨루기가 벌어질 것이라 선포했다. 산티아고는 시합에 끼어들었다. 처음에는 모든 사람이 그를 허드레꾼이나 멍청이로 여겨 비웃어댔다. 그러나 그는 시합에서 이겼고, 공주 가운데 하나를 택해 결혼해도 좋다는 허락을 받았다. 그는 아몬드 모양의 눈과 검고 긴 머리를 한 공주를 택해 북쪽으로 돌아갈 채비를 했다. 임금은 일개 잡역부가 공주를 데려간다는 생각에 분개해 그 성인을 죽이려는 계략을 꾸몄다. 공식적으로는 군사 몇 명을 붙여 고향으로 돌아가는 그들을 호위하라고 명령했다. 그러나 내막에는 그들이 도성 밖으로 나가면 산티아고를 죽이려는 음모가 있었던 것이다.

그때 산티아고는 기적을 일으켜 노부부가 대접했던 수탉을 온전히 살아 있는 채로 입에서 끄집어냈다. 수탉은 즉시 군사들의 음모를 그에게 알려주며 오른발의 며느리발톱을 떼어 건넸다. 군인들이 달려들자 산티아고는 마법의 칼로 그들을 죽여버렸다.

여행이 끝날 무렵, 산티아고에게 더는 말이 필요 없게 되자 말이 그에게 말했다. "이제 당신은 사람들의 행복을 위해 나를 희생물로 바쳐야 합니다." 그에 따라 산티아고가 말을 찔러 죽이자, 흘러내린 피에서 푸에블로 사람 모두에게 돌아갈 만큼의 무수한 말들이 태어났다. 그런 다음, 수탉도 산티아고에게 말했다. "이제 당신은 사람들의 행복을 위해 나를 희생물로 바쳐야 합니다." 그에 따라 산티아고는 맨손으로 수탉을 찢어발겨 그 잔해를 온 사방에 흩뿌렸다. 그 피와 깃털은 경작지의 농작물과 가축이 되었고, 푸에블로 사람 모두가 먹기에도 충분한 양이었다.

산티아고 축제 날의 늦은 오후는 잠잠하고 뜨거웠고, 하늘에는 구름 한 점 없었다. 강물의 수위는 낮았고 불볕더위에 포도 잎사귀가 바싹 말려 올라가기 시작했다. 강변 들판의 연한 황색 풀들은 키가 많이 자라나 있었다. 소 떼와 양 떼들은 높은 목초지에서 풀을 뜯기 때문이었다. 논두렁 바닥의 갈라진 틈에는 알칼리 염류가 서리처럼 깔려 있었다. 어슴푸레한 한여름의 대낮, 해가 저물기 두세 시간 전이었다.

올권 신부는 안젤라와 함께 신부관에서 나왔다. 그들은 느린 걸음으로 이야기를 주고받으며 중앙 광장을 향해 난 비탈을 따라 걸었다. 길의 북쪽 편을 따라 집들이 늘어서 있었고, 남쪽으로는 포도, 곡식, 멜론 등을 기르는 밭뙈기가 널려 있었다. 오랜 기간 골짜기에 비가 내리지 않아 길에는 먼지가 수북했다. 한 집 옆에서 깡마르고 늙은 남자가 지나가는 두 사람은 거들떠보지도 않은 채 자신의 긴 머리칼을 매만지고 있었다. 그는 몸을 앞으로 숙이고 있어 머리칼이 거의 땅에 닿을 지경이었다. 머리를 옆으로 젖힌 탓에 얼굴 한쪽으로 모인 머리칼이 어깨 앞으로 치렁치렁 내려와 있었다. 그는 깃대 뭉치로 만든 빗을 들고, 귓바퀴에서 그 밑으로, 머리칼 안쪽을 천천히 빗어내렸다. 그의 손은 결이 거칠고 윤이 나는 자신의 머리칼을 쉽고 친밀하게 다루었다. 그 머리칼은 전혀 부드러워 보이지 않았고, 쏟아부은 기름처럼 이따금 빛이 비출 때만 반짝였다.

두 사람은 집의 어두운 창문이나 현관에 반쯤 숨어서, 크게 뜬 진지한 눈으로 쳐다보고 있는 얼굴들을 보았다. 신부가 거기에서 잠시 멈췄고, 안젤라는 그에게서 조금 떨어져 섰다. 그녀는 마을의 집들 한가운데 있었고, 주위는 온통 흥분의 도가니였으며, 북소리 아래 깔린 끊임없는 중얼거림은 담벼락들 뒤에서 길을 잃었다. 오후 볕의 쥐죽은 듯한 고요와는 동떨어진 소리였다. 너무 앞서 걸어오던 그녀는 풍차 물받이 옆에서 기다렸는데, 그 주변은 온통 동물들의 발자국이 찍혀 새까만 진흙탕이었다. 7월 말이면 마을에서는 짐승, 연기, 톱밥, 그리고 가운데를 쪼갠 채로 놓은 빵의 달콤하고 촉촉한 냄새가 올라왔다.

그들이 중앙 광장에 왔을 때, 주위에는 다채로운 소리가 오가고 있었다. 마을 사람들은 집들의 벽을 따라 모이기 시작했고, 한 무리의 꼬마 녀석들이 바닥에서 나뒹굴고 고함을 치며 이리저리 뛰어다녔다. 중앙 광장은 매우 오래된 장소로, 길이가 거의 90미터, 폭은 대략 40미터나 되었다. 매끄럽고도 단단히 다져진 그 땅은 처음 보기와는 달리 평평하지 않았고, 오목하게 경사지면서 주위 벽 쪽으로 갈수록 약간 높아져, 그 메마른 땅의 진흙과 집들 사이에 모서리나 각이 진 곳이 한 군데도 없었다. 다만 부드러운 윤곽과 시간이 흐름에 따라 해지고 마모되어 움푹해진 땅이 있을 뿐이었다. 안에서 보면 그 공간은 무언가에 에워싸인 듯 보였지만, 사방으로 모퉁이마다 좁은 길이 나 있었고, 남쪽으로는 널찍한 중앙로도 열려 있었다. 언젠가 집이 한 채 섰던 자리도 지금은 흙벽돌의 잔해들이 울퉁불퉁 낮게 깔려 있어, 움푹 파인 땅인지 집의 바닥과 뒷벽이 있던 자린지 분간이 안 될 정도였다. 안젤라와 신부는 그곳으로 들어가 서성거리면서, 자신들을 의식한 채로 마을의 소음과 부산함에 빨려들기를 기다렸다.

서쪽 언저리와 북쪽에 있는 가장 오래된 집들은 2층이나 3층으로 지어져 있었고, 남녀가 몇몇씩 무리 지어 지붕 위에 서 있었다. 거기서 북 치던 사람이 여전히 북을 치고 있었다. 천천히, 정확한 박자에 맞춰, 거의 보이지 않을 만큼 기민한 손동작으로 북을 치며, 차분한 눈빛으로 완벽하게 가만히 서 있었다. 그렇게 아주 오래도록 꿈쩍도 하지 않았다. 바로 그곳, 그가 보이는 곳에서도, 북소리의 묵직한 울림은 약 1시간 반 전, 800미터가량 떨어진 신부관에 잠시 홀로 있을 때 전해지던 울림보다 더 크거나 묵직하게 들리지는 않았다. 만일 그녀가 강 건너 산속에 있었더라도 그 소리는 별다르지 않았을 것이었다. 북소리는 저 멀리서 우르릉거리는 천둥소리처럼 시간을 벗어난 영역 안에서 자꾸만 메아리치며 골짜기를 지배했다. 그저 당연하게 여겨야겠구나, 하고 그녀는 생각했다. 몰려오는 폭풍처럼, 그리고 어떤 드문 폭우처럼 말이다. 그녀는 생각에서 빠져나와 파랗고 하얀 창틀과 벌집처럼 생긴 황토 화덕, 들보, 개, 그리고 파리들로 시선을 돌렸다. 중앙 광장의 모든 벽으로부터 등거리 지점에는 금방 파놓은 듯한 지름 20센티미터가량의 구멍과 자그만 흙더미가 있었다.

잠시 뒤 기수들이 가장 건장한 말을 타고 서넛씩 무리 지어 서쪽 끝으로 들어오고 있었다. 사내가 일고여덟 명쯤 되었고, 소년들도 그만큼 있었다. 그들은 중앙 광장을 널따랗게 가로지르고 되돌아가 벽을 따라 일렬로 늘어섰다. 아벨은 할아버지가 가진 검은 갈기의 흰색 암말에 올라탔는데, 안장 위의 그는 너무나 조심성을 발휘한 나머지 온순한 암말을 탔음에도 굳어 있었다. 그는 고향에 돌아온 이후 처음으로 제복을 벗었고 이제는 예전에 입던 옷을 입고 있었다. 리바이스 진에 검고 넓적한 허리띠, 회색 작업 셔츠, 그리고 꼭대기가 낮고 챙이 넓어 끝이 말린 밀짚모자였다. 소매를 높이 걷어 올려 드러난 그의 손과 팔은 새로이 그을린 티가 났다. 그들 가운데 한 남자의 겉모습이 유난히 두드러졌다. 그는 덩치가 크고 유연했으며, 피부가 하얬다. 자그맣고 동그란 색안경을 쓴 그는 혈통 있는 검은 말을 타고 있었다. 기세등등한 검은 말에, 그 백인 사내는 고삐를 바짝 당겨 말머리를 높이 쳐들었으며 발로는 등자를 딛지도 않았다. 그는 줄 맨 뒤에 있었는데, 다른 이들과 함께 벽 그림자 안에 자리를 잡자 마을 관리 하나가 어느 집에서 몸집 큰 하얀 수탉을 가지고 나왔다. 그는 파둔 구멍에 수탉을 집어넣더니 목까지 차도록 흙을 덮었다. 수탉의 하얀 머리가 양옆으로 비틀렸고 그러는 바람에 벼슬과 늘어진 붉은 살이 흔들려 깃털이 모래 위로 흩어졌다. 땅속에 파묻혀 두려운 눈초리로, 그 둥근 눈알을 껌뻑이지도 않고 노오란 햇살을 반사한 채 죽음의 날을 맞이한 수탉을 보고 마을 사람들은 웃음을 터뜨렸다. 관리가 물러나자 첫 번째 말과 기수가 그림자를 벗어나 질주해왔다. 그러더니 한 번에 한 명씩, 다른 기수들도 수탉을 향해 말을 달려와 손을 내리뻗었다. 한 손으로는 안장머리를 움켜쥐고, 날렵하게 말의 어깨에 기대어 다른 한 손을 내뻗는 것이었다. 대부분 말은 훈련이 안 된 터라 기수가 기댈 때마다 멈칫했다. 소년들은 하나둘씩 바닥으로 떨어지기도 했고 그럴 때면 마을 사람들은 야유하듯 웃어댔다. 아벨의 차례가 되었을 때 그는 겁을 먹고 뻣뻣한 자세로 엉성하게 해보였다. 안젤라는 그를 약간 경멸했고 그 점을 기억할 터였지만, 당시 순간만큼은 온통 기상천외한 장면에 사로잡혀 몸이 축 늘어지는 기분이었다. 첫 번째 기수와 말이 질주하던 순간부터 그녀의 모든 감각은 단번에 마비되었다. 낮게 가라앉아 점점 주홍빛으로 변해가는 태양이 그녀의 얼굴과 팔 위에서 작열했다. 그녀는 눈을 감았지만, 그 휘황찬란한 동작의 무질서는 여전히 눈에 아른거렸으며 더 짙어져가는 황금색 흙과 흙담 그리고 그늘의 깊은 상처 자국들, 막연하고도 난폭한 반인반마 괴물들의 행렬이 눈에 선하게 남았다. 날카로운 소음과 말발굽 소리, 짐승들과 땀 냄새, 이 모든 것들은 너무도 이해하기 어렵고 의미 없어 보였지만, 그럼에도 보기에는 풍성했다. 아벨이 돌아오는 길에 걸어서 그녀 앞을 지나쳤을 때, 그녀는 다시 그를 속일 준비가 되어 있었다. 그녀는 그에게 웃어 보이고 고개를 돌렸다.

백인 사내는 덩치가 아주 크고 몸집이 두터웠으며 동작이 기운차고 신중했다. 검은 말은 빠르게 출발해 수월하게 내달렸다. 남자가 몸을 아래로 기댔을 때도 마찬가지였다. 그는 수탉을 잡아채 땅속에서 끄집어냈다. 그런 다음 순식간에, 안장 위로 몸을 꼿꼿이 세워 앉았다. 달리는 말의 척추 위에서 무게중심을 단 한 번도 옮기는 일이 없이 해냈다. 그는 고삐를 세게 움켜잡았고, 그 바람에 말이 등을 굽히고 땅바닥에 마구 발길질을 해댔다. 말을 다루는 모습에 안젤라는 전율이 일었다. 검은 말은 백인 사내가 마치 자신의 결의라도 되는 듯, 온몸의 떨리는 힘을 모아 사내의 활사위처럼 당겨졌다. 균형과 울림으로 가득한 완벽한 소동이었다. 그러나 여전히 어딘가 어긋난 데가 있었고, 균형이나 그 모습에 약간의 결점과 어떤 부자연스러움이 존재했다. 그것이 무엇이었든 간에 그녀는 그것을 예리하게 포착했고, 예전의 그 황홀감이 다시 그녀를 엄습해왔다. 검은 말이 질주했다. 그 백인 사내는 중앙 광장에 선 다른 기수들을 내려다보더니 왼손으로 수탉을 높이 쳐들었다. 수탉은 허공에서 커다란 날개를 퍼덕였다. 그가 날뛰는 말을 몰고 천천히, 남쪽 벽을 따라 되돌아오자 사람들이 길을 비켜주었다. 그때 그가 그녀를 쳐다보았고, 안젤라는 모자에 덮인 그의 옅은 노란색 머리카락을 보았다. 머리카락이 가늘고 짧아 창백한 분홍색 두피가 보일 정도였다. 얼굴은 컸고 흰색 분홍색 반점들이 박혀 있었으며, 두툼하게 벌어진 입술은 푸르스름한 보랏빛 이었다. 뺨 살은 느슨해 턱뼈까지 늘어져 있었다. 이마는 거 의 없는 편으로, 동전처럼 작고 동그란 흑색 안경이 거대한 얼굴에 납작하게 바싹 달라붙어 있었다. 그 백색증 알비노 는 아주 잠깐 그녀의 바로 위를 지나갔는데, 겁에 질린 수탉 은 극한의 공포에 질려 있는데 반해 그는 거대하고 무시무 시한 모습을 하고 있었다. 바로 그때 수탉의 모가지를 움켜 쥔 묵직하고 냉혹한 손이 그녀의 시선을 사로잡았다. 그것 은 대리석 혹은 각암 같았고, 그 새의 처참한 광란에 비하면 바위처럼 태연했다. 밝은 빨강의 늘어진 수탉의 살은 기다 랗고 푸른 손톱 사이에서 꼼짝없이 붙들려 있었으며, 벼슬 은 부푼 손등 위로 올라와 있었다. 그렇게 그가 지나쳐갔다.

그는 다른 기수들 사이로 말을 몰았고, 그들 역시 존경과 두려움의 눈빛으로 안절부절못하며, 그가 누구를 택할지 눈여겨보면서 길을 비켜주었다. 놀이를 한참 즐기던 그는 아벨 옆을 지나다가 갑자기 그를 향해 몸을 틀어 수탉으로 그를 마구 갈기기 시작했다. 두 말이 빙그르르 돌았고, 다른 이들은 물러섰다. 다시 또다시, 그 백인 사내는 묵중하게 야만적으로, 가슴이고 어깨고 머리고 할 것 없이 그를 마구 내리쳤고, 아벨이 양팔을 들어 올려 막아도 그 거대한 새는 그를 사정없이 찍어 눌렀다. 아벨은 그 놀이에 익숙지 않은 터였고 그 백인 사내는 그가 감당하기에 너무 힘이 세고 날랬다. 순종 암말은 앞으로 내뺐지만 이내 벽으로 밀려 부딪쳤고, 검은 말이 소용돌이치는 야성의 번쩍이는 눈을 하고 몰아 세우는 바람에 계속해서 균형을 잃었다. 백인은 몸을 앞으로 기대어, 왔다 갔다, 오직 무언의 악의만을 담은 행위 그 자체로, 아무래도 괜찮다는 듯이 무심하게 내리쳤다. 마지막에는 거의 태연한 기색이 두드러졌다. 그러다 수탉의 숨이 끊어졌을 때도 그는 온 사방으로 그것을 휘둘렀다. 모가지가 부러지고 살점이 튀고 온 사방에 피가 흩어졌다. 암말은 경중경중 날뛰면서 몸을 굽혔다가 다시 일으켜 세웠고, 아벨은 말에 매달려 있었다. 검은 말도 결코 뒤로 물러설 기색 없이 겁에 질린 암말을 몰아붙였다. 그것은 모두 꿈이었고, 격동의 그림자였으며, 그 앞으로 노을이 저물며 은빛 자갈 더미와 유리 창살 위로 붉은 햇살이 빛났다. 햇살은 뭔가를 빨아들이듯 달아오르는 마을의 벽들 위를 더 부드럽게 비추었다. 수탉의 깃털과 살점과 내장이 바닥에 흩뿌려졌고, 개들이 근처로 슬금슬금 다가와 몸을 웅크렸다. 그렇게 놀이는 끝이 났다. 마을 사람들은 희생물을 바치고 놀이를 끝낸다는 의미로 여기저기 물을 뿌려댔다.

그 광경이 어쩐지 자신을 피로하게 했구나, 하고 그녀는 후에 생각했다. 그녀는 몹시 지친 나머지 모랫길을 내려가다 발이 미끄러졌고, 걷는다는 게 자신의 능력 밖의 일로 여겨질 정도였다. 지금처럼, 그녀의 육체는 자기 자신이 부재한 채 홀로 기운을 차리도록 남겨진 적이 있었다. 한번 처음으로 남자와 몸을 누이고 나서 한바탕 울었을 때가 그랬는데, 그때도 오늘처럼 제물을 바치던 낮 시간대였다. 죄책감이나 기쁨을 느끼기엔 너무 피곤했던 그녀는, 최소한의 욕망도 비운 채, 따스한 피의 흐름에 몸을 맡기고 오랜 시간 잠의 가장자리에 누워 있었다. 비록 당시에는 알 수 없었지만 그때도 과수원과 담장들 위로 찬란하고 새까만 대지가 펼쳐져 있었고, 진홍빛 하늘에는 4분의 3가량 찬 달이 떠 있었다.

후에 안젤라가 베네비데스 하우스로 돌아가고, 올권 신부는 위층 자기 방으로 올라가 성무일과[8]를 올렸다. 11시가 몇 분 지나서 그는 다시 아래층으로 내려와 부엌 난로에 불을 지피고 커피포트를 데웠다. 피곤했지만 평소처럼 아침이 오기까지는 잠들지 못할 터였다. 그는 아주 잠깐씩만 잤고, 늘 어떤 알 수 없는 다급함을 느끼며 깨어났다. 생각을 정리하고 담배를 피우고 블랙커피를 마시며 읽고 쓰기에는 늦은 밤이 제격이었다. 그즈음이면 오롯이 혼자서 자신의 자원과 전망을 점검해볼 수 있었고, 그 속에서 자신의 위치를 가늠해볼 수 있었다. 그는 사제 정복을 벗고 닳아빠진 면바지와 거의 무릎까지 내려오는 헐렁한 스웨터로 갈아입었다. 아래층이 벌써 추워진 터라 그는 부엌문을 닫고 탁자에 앉았다. 그는 자기 방에서 책 한 권을 가져왔는데, 그것은 마을로 온 지 얼마 안 되어 교구 기록 문헌들 틈에서 발견한 것이었다. 커피와 불의 온기가 그를 따뜻하게 해주었다. 드물게 장작만 타닥거릴 뿐 집 안에서는 아무런 소리도 나지 않았고, 바깥에서는 발전기가 이따금 웅웅 돌아갔다. 부엌 천장의 노란 전구 빛은 부풀어 오르다 이내 시들해졌다. 몇 분 동안 그는 커피를 음미하고 담배를 피우다 멍하니 그 덮인 책을 바라보면서, 자신의 마음속에서 기나긴 하루가 끝나기를 기다렸다. 그는 까칠하게 자란 목 수염을 쓰다듬다가 마침내 빈 커피잔을 옆으로 치우고 담배를 눌러 끈 다음 또 한 대에 불을 붙였다. 바퀴벌레 한 마리가 방 한쪽 귀퉁이 팬트리 바닥에서 기어 나오다가 갑작스레, 아주 잠시 회색 장판이 닳아 빠져 헐벗은 갈색 나무 바닥이 드러난 곳에 멈춰 섰고, 그러다 이내 사라져버렸다.

가죽으로 장정한 그 책은 낡았고, 일종의 일기였다. 표지 안쪽이 드러나고 가장자리는 너덜너덜했으며, 군데군데 가죽이 갈라져 벗겨지고 있었다. 그는 손가락 끝으로 책장을 넘기면서 마치 도드라진 문자의 형태를 느끼듯 천천히 희미한 필기체 문장 위로 손가락 끝을 움직였다. 책장은 가장자리가 누렇게 변색되어 부스러질 지경이었고, 갈색 줄이 흐릿하게 그어져 있었다. 그리고 그가 읽기 시작한 부분은 갈색으로 정연하고 정확하게 쓴 것이, 전문 대서인의 솜씨처럼 보였다. 1874년에는 다음의 기록들이 남아 있었다.

11월 16일

아침에는 새로이 바람이 불고 눈이 내림. 또다시 기침이 심해져 당신께 미사도 올리지 못하였사옵니다. 주여, 당신의 하인이자 저의 하인인 비비아노가 또 '마리아 베어-히이-네이 에 오모 파투오스'라고 읽었사옵니다! 부디 우는소리를 하는 검은 양을 용서하옵소서. 그의 어린 동생 프란치스코는 너무 춥다고 오지 않았고, 주께서도 잘 아시듯, 그는 예배당 종에 매달려 흔들거나, 걷다가 사제복 끝단을 자꾸만 밟사옵니다. 오직 주님의 전능하심으로 도우사 그가 내달에 성탄 노래를 준비하도록 해주시옵소서. 무엇보다 시간이 촉박하옵고, 당신은 제게 일생토록 주의 재림을 위한 산파가 될지라 말씀하셨사옵니다. 그렇습니다. 저는 여전히 당신을 기다리고 있사옵니다.

11월 17일

너희 가운데 아들이 빵을 청하는데 돌을 줄 사람이 어디 있겠느냐? 하물며 생선을 청하는데 뱀을 줄 사람이 어디 있겠느냐? 달걀 하나를 달라는 아들에게 전갈을 줄 아버지가 어디 있겠느냐?

11월 19일

주여 보셨나이까? 오늘 당신이 제 혀에 내리셨을 때, 그 떨림을 보셨사옵니까? 저는 지금 이 순간 당신을 가장 사랑하오며, 이후로도 결코 덜 사랑하는 일은 없사옵니다. 지금 이 순간 건장하고 온전한 가운데도 당신을 더욱 사랑하겠사옵니다. 그것을 위해 기도하지 않을 수 없사옵니다!

그러나 오늘 오후 폭풍 속에서도 찬란한 태양이 비추었고, 저는 한껏 힘을 냈다가 토마치타 프라구아 노인을 찾아갔사옵니다. 악천후 이후 그녀는 죽음에 가까워 있었고 저는 곧장 가서 그녀의 가련한 영혼을 당신께 보내드려 기뻤사옵니다. 돌아오는 길에 저는 다시 발작을 일으키다 몸을 굽히고 눈 위에 피를 토했사옵니다. 주여, 그것은 당신의 피였사옵니까?

내일이면 날이 갤 것 같사옵니다.

11월 22일

그러므로 너희는 경계하라. 너희는 그날이 언제 어느 때 닥칠지 모름이로다. 토마치타 프라구아가 오늘 아침나절에 숨을 거두었고, 나는 그 집으로 다시 부름을 받지 못했다. 하지만 사위 디에고가 오후에 내게 찾아와 장례를 맡겼다. 그들은 이미 자신들의 음침한 관습에 따라 노인을 염해놓았고 마룻바닥에는 푸르고 노란 음식들이 놓여 있었다. 그 음식, 거의 꽃가루처럼 돌에 곱게 간 것과 칠면조와 갈색 독수리 깃털 네 개를 죽은 자의 손에 쥐어두었다. 그들은 그녀를 담요로 단단히 둘러놓았는데, 나는 전과 달리 노인의 배가 애를 밴 듯 불룩한 것을 보았다. 벌써 심한 악취가 풍겨왔다. 부패가 너무도 빨라 나는 놀라고 말았다. 우리는 짧은 행렬을 지어 캄포 산토로 갔다. 안토니오와 카를로스가 노인을 사다리에 올렸고 비비아노는 나를 도왔다. 나의 충실한 성당지기 후안 치나나도 전쟁 추장과 함께 미리 무덤 자리에 가서 나를 도왔다. 그들은 남동쪽 시내 곁에 무덤을 파고 버드나무와 무명실로 하얀 십자가도 만들어놓았다. 후안이 삽으로 흙을 퍼서 노인 위로 덮었는데, 모래 밑은 언 땅이라 커다란 흙덩이를 깨기가 힘들었다. 나는 그녀가 살아 있었다면 아픔을 느꼈을 텐데, 따위의 생각을 했다.

저녁. 주여, 저는 당신께 속박된 자가 아니옵니까? 당신의 이름을 부르지 못할 때, 저는 당신이 저를 회복시키길 가장 간절히 바라옵나이다. 저를 회복시켜 주시옵소서! 당신의 성령이 제게 내리시나 그를 감당하기에 저는 너무 연약하옵니다!

여기 앉아 글을 쓰기 시작한 지 다섯 시간이나 지났다. 지금은 무언가 차고 어둡고 끔찍하며 기묘한 것 때문에 기침을 하다 정신이 번쩍 들었고, 무릎을 꿇고 바닥에 주저앉아 추위에 덜덜 떨고 있다. 마치 내가 어떤 사악한 짓을 저지른 듯하다.

12월 12일

그 꼬마 놈들이 주님과 주님의 어머니를 잘 섬겼사옵니까? 제가 비비아노에게 사탕 하나를, 프란치스코에게는 두 개를 주었사옵니다.

12월 25일

주여, 당신의 탄생일이옵니다. 이날 다윗의 동네에서 구세주가 탄생하셨으니, 그 이름은 그리스도 주이십니다.

당신께서는 니콜라스야 내게서 힘을 얻으라 말씀하십니다. 제가 당신의 멍에를 메고 거리로 나가야 할 날이 오리라 하십니다. 맞습니다, 주여. 옳고, 옳고, 또 옳습니다. 지난밤 저는 당신께 기대어 힘을 얻었고 아직도 당신으로 충만하오며, 낮이나 밤이나 다른 것은 일체 취하지 아니했사옵니다.

당신께 드린 첫 미사에는 자리가 3분의 1인가 반 정도 찼사오며 착한 스페인 사람과 시아 사람들, 그리고 뒤늦게는 더 많은 사람이 몰려왔사옵니다. 돈 데 레이오가 목각상을 완성하지 못했거나 뒤늦게 오고 있는 게 분명했사옵니다. 그러나 당신의 어머니를 형상화한 그 조그만 향나무는 진정 훌륭하고 성스러워서 그렇게 크지 않고 머리칼은 진짜가 아니었지만 황제의 마리아상을 닮았사옵니다. 당신께서는 올해에도 축복받은 프라하의 아기 예수상으로 우리와 함께하셨고, 비록 지푸라기 속에 놓여 있었으나 당신의 왕관은 마땅했사옵니다. 당신을 찾은 성도들은 당신의 잔인한 피조물들이옵니다. 다시 당신의 전령사가 된 천사 이노센시아. 산 후아니토 당신의 아버지 요셉. 아벨리노와 파스칼, 그리고 현자들인 비비아노. 더 지혜로운 당나귀 루피타. 당신의 어린양들인 아우구스티누스와 프란치스코는 여전히 어린양처럼 작고 어리석사옵니다. 그러나 그들이 찬양하오니 당신께서는 귀가 멀어도 들으셨을 줄 믿사오며 제가 열렬히 기도 드리오니 잠들지 마시옵소서!

행렬 도중에 저는 당신을 도밍고 가츄핀의 집에 맡

겨 공현 대축일까지 모셔달라 하였사옵니다. 당신을 보호하는 어린 영혼들을 잊지 마시옵소서. 저는 그때까지 당신을 뵙지 못하나이다. 이제 합창 소리, 북소리가 들려오고 저는 그것들과 멀어져 홀로 지쳐 있사옵니다. 아침이 되면 프란치스코가 잠시라도 들러주길 바랄 뿐이옵니다.

1875년 부분에는 다음의 기록들이 남아 있었다.

1월 5일

당신의 할례 축일이었사옵니다. 아기의 할례를 위한 8일이 채워졌을 때 그 이름을 예수라 불렀으니, 그 이름은 주께서 잉태되기도 전에 천사가 전해준 것이었사옵니다.

어제 느지막이 쿠바에서 돌아오는 길에 토끼 한 마리가 튀어나와 거의 나자빠질 뻔했고, 그 추운 데서 거의 잠이 들 뻔했사옵니다. 티오도 넘어졌는데, 벌떡 일어서서 뛰었고 나머지 길은 잘 걸어오더니, 오늘 보니 저보다 발을 더 절뚝거렸사옵니다. 마지막으로 쿠바에서 돌아온 뒤 아베니치오 루체로와 헤수스 바카가 죽었다고 하옵니다. 마리아 델가도가 아홉 가지 심각한 죄악과 서른두 가지 사소한 죄를 고해했사옵니다! 그리고 그 아홉 가지는 마치 불가사의한 일이었다는 듯 과장되게 의아해하옵니다.

오늘 저는 여기 3지구에서 기묘한 일이 생겼다는 소식을 듣고 마누엘리타와 디에고 프라구아 사이에서 태어난 아이를 보러 갔사옵니다. 아기는 소위 알비노라 불리는 백변종으로 백인이긴 했으나 이제껏 본 중 가장 하얬사옵니다. 다른 데는 멀쩡해 보였으나 눈과 입 언저리가 죽은 듯 날것처럼 보였고, 늙은이의 머리칼처럼 흰머리가 드문드문 나 있었으며, 울음소리가 들리지 않을 정도로 조용했사옵니다. 아이는 후안 레예스라는 세례명을 받았사옵니다.

밤. 늘 그렇듯 지금도 한기가 엄습하고 저는 피로에, 그에 맞서고 있사옵니다. 낮에는 그나마 버틸 만하오나 네댓 차례 발작이 일어나고 꽤 오래가나이다. 이제 저는 저 악천후를 헤치고 나아갈 생각이오나 당신께서는 제게 상당한 임무를 주셨사옵니다. 당신이 아니면 입맛도 없사오며 오직 작은 빵 조각과 물에 만 음식을 먹었사옵니다. 제가 이전에 양고기나 쇠고기보다 좋아했던

사슴 고기를 프란치스코가 갖다주었어도 손이 가지 않
사옵니다.

그다음 몇 페이지는 거의 전부가 성경 구절이나 설교 내
용이었다. 올퀸 신부는 그 부분을 그냥 넘기고 책의 뒷부분
을 다시 펼쳤다. 거기에는 프레이 니콜라스가 아마도 친척
인 듯한 무명의 인물에게 쓴 서신이 끼워져 있었다. 그 서신
과 일기 대부분을 전에도 한두 번 읽은 터였지만, 올퀸 신부
는 처음으로 그 서체가 어딘가 모르게 아주 미세하게 다른
것을 깨달았다. 예의 그 자제력이라든가 인내심, 혹은 의지
같은 것이 사라져버린 것이었다. 그는 조심스럽게 서신을
집어 들어 펼쳐보았다. 그는 이상하게도 마음이 분주해졌
다. 마치 그 서신을 자신이 쓰기라도 한 것처럼, 자신의 신앙
고백이기라도 한 것처럼, 그리고 후세에 다시 쓰이고 읽히
기라도 할 것처럼 안절부절못했다.

사랑하는 동생 J. M.에게
보내준 책과 종이들 정말 고맙구나. 무한히 선하신
하느님께서 너의 관대함에 상 주시리라 믿는다. 나는
네가 생각하는 것보다 더 잘 지낸다. 놀라운 일이다. 일

기장을 들추다 보니 내가 죽을 뻔했을 때 네가 와서 내게 넘치는 축복을 내려주고 간 지 벌써 10년이 흘렀더구나. 진실로 나는 나사로요, 너는 그 증인이로다. 너는 나와 함께 「고린도전서」의 구절 "사망아 너의 승리가 어디 있느냐? 사망아 네가 쏘는 것이 어디 있느냐?"를 고백해도 될 것이니라. 하지만 그동안 나는 온전히 몸을 회복하지는 못했고, 가장 사악한 천사가 내 눈에 보이지 않은 날이 하루도 없었다. 나는 그가 내게 다가오기를 가만히 기다리지만, 그는 날 조롱하며 능청을 부린다. 그는 형제를 기다린다. 그 때문에 난 옆으로 밀려났고, 그걸 내가 잘 안다. 너는 내가 망상에 잠겼다고 생각하겠지. 내 말을 귀담아듣거라 동생아. 나는 그가 너의 이름을 부르는 소리를 들었다. 너는 네가 번성하고 있다는 소식을 전하며 기뻐하겠지만 너의 시간이 올 것이다. 부디 지혜롭게 날마다 네 아내 캐서린에게 작별 인사를 하거라. 그녀의 시간도 올 것이고 네 자녀들의 시간도 다가올 것이다.

잘 들어라. 나는 네게 프란치스코 얘길 했고, 그 말은 옳았다. 그는 악마고, 나를 해하려 한다. 평생을 그에게 도움을 주었는데도 말이다. 이 서신을 잘 간직했다가 내가 죽거든 그에게 책임을 물어다오. 그도 그들 중 하나이며, 자주 키바로 가서 뿔과 가죽을 쓰고 우리의 가장 오랜 적인 뱀에게 예배를 올린다. 어찌나 뻔뻔한 지 나의 성당지기로 계속 일하는구나. 동생아, 나는 너무 두려워 그를 막지 못하겠다. 그가 성반과 성체에 손을 대고 나의 적 앞에서 나를 더럽힌다는 얘길 들으면 너도 분개하리라 믿는다. 대체 신성한 성령께서는 어디 계시길래, 바로 그 순간 그놈에게 벼락을 치지 않으시는가? 늘 그렇게 되길 내심 바랐는데, 실망감을 느낀다. 배신의 욕망을 품을 수 없는 내가 왜 배신당해야 하느냐? 그가 포르친굴라 페코스와 함께 있었다는 사실을 내가 모르겠느냐? 그 불결한 인간 말이다. 그녀는 이미 배가 부풀었고, 병도 걸렸을 것이다. 하느님의 뜻이니라. 그는 정말 착한 아이였다. 녀석과 같이 크로스 게임을 하고 간지럼을 태우면 좋다고 웃어댔는데. 녀석이 예닐곱 살 때 강물에 빠졌던 얘기를 해주었느냐? 나는 그의 옷을 벗겨 알몸으로 불가에 있으라 했었고, 녀석은 덜덜 떨며 부끄러워했다. 다음 날 산에서 솔방울을 따와 내게 주더구나.

　너는 왜 내게 면도날과 가죽숫돌, 그리고 조금의 돈

도 보내지 않았느냐? 네게 물건이 오기를 많이 기다렸다. 전에도 말했듯 여기 면도날은 쓸모가 없고, 내겐 소가죽만 조금 있는데 너무 두꺼워 아프기만 하구나. 갈아봐야 날을 만들 수 없고, 얼굴에 상처만 난다. 비누라곤 나무뿌리로 만든 형편없는 것들뿐이구나. 이렇게 말하면 염치없게 들리겠지만, 네가 나를 후원한다 셈 치면 안 되겠느냐? 너는 주께서 내리신 내 자리를 탐내니, 나를 도와주면 내가 너를 위해 기도를 해주겠다. 네가 덕을 쌓기 전까지, 내가 하느님과 너 사이에 어떤 중재 역할을 해주리라 장담하지 말아라. 내게는 너보다 먼저 온 친구들과 후견인들이 있고, 그들에게 우선권이 있으니, 사실 네게 줄 몫은 거의 없다고도 할 수 있다. 너와 내게 무엇이 필요한지 곰곰이 생각해보는 게 좋을 게다. 캐서린이 나를 두고 험담한다면 내게 다 고하거라. 그 죄는 너와 네 자식들에게 다 돌아갈 것이니라. 그녀가 나를 비방하고 다니는 것 같은데, 네가 내게 알려주면 나는 너를 축복하고 너를 최고의 동생이자 친구로 여길 것이다. 너도 알다시피 나는 네가 구원받는 길을 알고 있다. 그것은 진실로 힘들고, 무엇보다 내 소관이 아니지만, 나는 오래도록 그 방법을 연구해왔다.

어떤 날은 주님이 근원 모를 빛을 발하며 침대에 누운 내게로 오시고, 그러면 나도 그 빛에 둘러싸여 번개칠 때처럼 빛을 내뿜는다. 그분은 나를 진심으로 위로하시는 것 같은데, 나는 무엇보다도 위로받길 간절히 바람에도 위로받지 못한다. 그분은 진실로 내게 내 모든 사랑을 고백하라고 명하시나 나는 그때마다 그분의 온 무게에 짓눌려, 작은 산이 내 전신을 짓누를 때처럼, 말문이 막히고 도움을 청하는 말 한마디 토해낼 수 없어 답을 하지 못한다. 그러나 나는 내면에서 들려오는, 내 안에 놓여 정지돼 있는 울음소리를 듣는다. 그리고 소리가 그치면, 그분이 가신 것, 그분이 사라져서, 심지어 그분이 거기 계시지 않는다는 사실에 놀라고 만다. 그렇게 주께서 나를 책망하시지만 나는 그 안에서 선한 뜻을 취하려 한다. 잃어버린 자를 꾸짖으시진 않으실 테니. 너도 그 점을 이해할 수 있을 게다. 그 부분은 전혀 의심할 여지가 없다는 것을 알게 될 게다. 그것을 이해한다고 내게 말해줄 수 있겠느냐? 그러든 말든 나와는 상관없지만 네가 그렇게 말해주기를 바란다. 그래야 네가 적어도 속임당하지는 않았고 제대로 알고 있다고 안심할 터이니. 이 모든 문제는 다름 아닌 네 영혼과 관련

되니 올바르게 심사숙고하길 바란다.

오, 나는 네게서 어떤 소식이라도 들으면 기쁠 것 같구나. 나를 잊지 말고 너와 네 착한 가족이 요즘 어찌 지내는지 짤막하게나마 내게 전해주거라. 그러면 찬찬히 읽어보고, 모든 선의를 다하여 나의 축복을 내려주겠다. 내가 받은 모든 애정과 신의를 담아.

1888년 10월 17일

너의 부족한 형, N.V.가

올권 신부는 성인의 속내를 들여다보고 마음의 위안을 얻었다. 이것은 그가 기다려온 것이었다. 자신 안의 유령을 특별히 일견했달까, 어떤 조그맣고 무해한 황홀감 같은 게 있었다. 그는 물론 불안하기도 했다. 그래야 할 의무가 있었다. 하지만 그는 말 그대로, 다른 인간의 신성함을 위해 내려진 선물이었고, 그것은 그에게 매우 잘 맞았다. 그는 서신을 도로 끼워두고 책을 덮었다. 이제 그는 잠들 수 있었고, 내일이 되면 중요한 인물이자 마을 사람들의 본보기가 될 터였다. 그들 사이에 서서, 그는 마을 주민들에게 근면과 휴식의 규칙을 전할 것이었다. 그는 멀쩡한 한쪽 눈을 감았다. 다른 한쪽은 약간 벌어진 채로 노오란 불빛을 흐릿하게 반사했고, 그 눈알은 얼어붙은 골수 덩어리처럼 딱딱하고 불투명했다.

그날 밤 베네비데스 하우스로 돌아가던 안젤라는 암흑처럼 고요한 협곡의 세계를 생생히 느꼈다. 양옆으로 난 길은 마치 영원히 쏟아져 내리는 회백색 우박처럼 그녀의 시야를 통과했고, 헤드라이트가 닿는 저 먼 데서부터 지나온 길은 시꺼먼 공허 속에서 아주 빠르게 사라졌다. 그녀는 계속해서 차를 몰면서, 협곡 벼랑에 기대어 있는 차고 새까만 적막과 차창이 부딪히며 바람이 이는 것을 느꼈다. 차는 한 마리 살쾡인지 여우인지를 향해 돌진하다 비켜났고, 그 짐승은 홱 달아나기 전 순간적으로 기묘한 눈동자에 그녀를 담았다. 그 둥그런 눈동자는 차의 불빛을 반사해 그녀의 시야에서 잠시간 불타올랐는데, 짐승의 눈동자라기엔 너무 밝은, 베네비데스 하우스의 유리창보다도 빛나는 그런 눈동자였고, 유리창에는 느릿느릿 다가와 멈추는 그녀의 모습이 비쳤다. 이제는 그녀가 만들어냈던 바람이 잦아들었으며, 엔진과 헤드라이트 불빛도 사그라들었다. 차에서 내려 눈을 치켜뜨고 바라보니 치장 벽토와 돌로 지은, 과수원 잎새 위로 아련히 솟아오른 그 높다랗고 하얀 집은 이제 보이지 않왔다. 다만 밤이 밀어 올린 검은 유기물 덩어리가 있을 뿐이었다. 심지어 협곡 자체도 오래전 시간이 비틀어낸 빨강 하양 자줏빛으로 묘사됐지만, 날마다 색채와 형태를 잃어 오직 끔찍하고 육중한 존재와 그 적막감만이 남아 있는 것이었다. 그 집은 더는 우연히 들른 장소라거나 열흘째 머문 집이 아니라, 다음 날, 그다음 날, 그녀가 작정한 동안에는 얼마가 되든 앞으로 살아갈 영역이 되어 있었다. 아침이 밝으면 그녀는 길에서 강가를 따라 걷다가 오렌지를 까먹기도 하고, 아주 미세하게나마 자신의 몸속에서 태동하는 생명을 느끼기도 하며 베네비데스 하우스를 바라볼 것이었다. 유리창이나 문 안을 들여다보기도 하고, 아래층 위층을 오르내리며 자신의 날들과 시간이 어떻게 배열되었는지 알아차리기도 할 것이었다. 그것은 그녀에게 자신의 존재와 존재해왔음을 증명해줄 터였다. 그녀는 벌 떼들이 앉아 접시꽃 줄기가 굽어지진 않았는지, 처마에서 새들이 지저귀진 않는지 살필 것이었다. 한낮의 볕을 받은 집의 모습도 눈여겨볼 참이었다. 사실, 베네비데스 하우스는 그녀처럼 비밀에 싸여 있었다. 마치 무덤처럼 세상을 당혹하게 한다는 것. 그 집에는 그런 특징이 있었다. 그녀는 그 안에서 목청을 가다듬을 수도, 고함을 내지르다 다시 잠잠히 있을 수도 있었다. 그리고 강과 길에서 그녀가 보았던 베네비데스 하우스, 눈길을 주었다는 이유로 뭔가를 요구하고 싶어하는 그 집은, 심판의 날개와 무대가 될 터였다. 멀리 암흑 속에서 귀뚜라미 소리가 들려왔다.

7월 28일

협곡은 평원으로 내려가는 사다리다. 옥수수와 멜론이 무르익고 들판은 느긋하게 수확을 내놓으려 채비하는 7월 말이면 골짜기는 창백하다. 그리고 희미하게 가을을 품은 공기가—땅에서는 여전히 환상이지만—저 멀리 북쪽 나라 높은 곳 어딘가에서 전해온다. 가장 먼 곳의 꼭대기는 이미 빨강 노랑으로 물든 듯한 막연한 느낌이 든다. 마을은 흩어진 뼛조각처럼 대지의 심장 위에 놓여 있고, 골짜기 저 아래 땅은 가마처럼 뜨거워 흙이 여기저기 바람에 흩날리며 씨를 뿌린 만큼 수확을 거두지도 못한다. 이곳은 외진 곳이며 북부와 서부의 거대한 산맥 갈래 때문에 다른 세계와 단절되어 있고 남부와 동부로는 불모지이자 모래언덕, 가시나무, 그리고 타는 듯이 뜨거운 대기로 막혀 있다. 그리고 사실 이런 것들보다는 시간과 적막으로 외부 세계와 구분된다.

여름날에는 대지 특유의 삶이라고 할 만한 것이 존재하는데—어떤 경계심은 안녕과 조심성과 계절적인 등식을 이룬다. 길달리기새는 동작 자체가 긴박해 오롯이 모난 형태를 하고 있거나, 그게 아니면 비틀린 고목나무의 드러난 뿌리 같거나, 부동의 자세로 영원히 그곳에 있는 땅 자체의 어떤 무심한 계략처럼 보이기도 한다. 그리고 메추라기는 저녁이 되면 몸무게를 주체하지 못하고 뒤뚱뒤뚱 걷다가 조심성이라곤 거의 없이 날개를 펼치고 땅에서 잠든다. 그러다 그들이 날아오르면 이 땅 위에 그것만큼이나 긴박한 위험은 없다는 사실이 더욱 명백해진다. 포탄처럼 솟아올랐는데 아무것도 보이지 않고, 날카롭게 우는 소리가 잦아들면서 지나간 느낌만 남기 때문이다. 한낮이면 흰색과 황갈색 매가 짝을 지어 사냥하러 빈번히 하늘로 치솟는다. 그리고 한 마리가 땅에 내려앉으면, 땅에는 하나의 죽음이 있게 된다. 그 매가 스스로 운명이 되어 먹잇감과 먹잇감이 있던 굴 사이에 자리를 잡기 때문이다. 그러고 나면 다른 놈, 살상을 맡은 매가 하늘에서 빙빙 돌다 활공 궤도를 깨고 아래로 치닫는다. 사람들이 말하길, 매들은 광활한 평야에 두려운 존재가 없으면 학살당한 따뜻한 사냥감 위에서 춤을 춘다고 한다. 하루 중 가장 볕이 뜨거운 시간에는 방울뱀들이 모래언덕 위에서 몸을 쭉 뻗는다. 마치 태양이 그들의 몸을 길게 풀어 그 위에 한 줄의 불로 눕기라도 하듯이. 아니면 대기에서 어떤 약동하는 존재를 인지하고 시간의 고통 속에서 몸부림치듯이. 그리고 그들 나름의 합의에 따라 땅거미 질 즈음엔, 절망적으로, 지하 세계의 어떤 상상할 수 없는 심판으로 향하듯 간다. 코요테는 눈에 거의 띄지 않는 재능을 타고났다. 그들은 시야 가장자리나 그 너머에서 자리를 지키고 평원이나 고지대의 덤불로만 들락거린다. 그리고 밤이 찾아와 온 세계가 그들 것이 되면 강가에서 개들과 교섭하는데, 그들의 높고 날카로운 목소리에는 권위와 질책이 잔뜩 묻어 있다. 그들은 오랜 광대들의 일원이며 사람들은 그들의 소리에 귀를 기울인다.

더 높은 곳, 언덕과 암석 대지와 사암 절벽에는 여우와 살쾡이, 퓨마가 산다. 이따금 계절이 바뀌고 산에 먹을 것이 귀해지면 곰과 사슴들이 협곡으로 어슬렁어슬렁 내려온다. 옛날에는 산속에 늑대도 살았는데 마을의 나이 든 사냥꾼들은 그것을 기억한다. 듣기로는 많은 늑대가 밤마다 사냥꾼이 지펴놓은 모닥불 근처로 와 어두운 나무 사이에서 마치 담배에 불을 붙이려는 노인처럼 둘러앉았다고 한다. 하지만 보상금을 노린 사냥꾼들이 늑대를 마구잡이로 잡아 죽였고, 이제 얼마 안 가 그 누구도 늑대를 기억하지 못할 것이다. 거대한 황금 독수리들은 산꼭대기 뾰족 튀어나온 바위에다 둥지를 튼다. 그들은 성스러우며, 그중 늙고 광택이 나는 거대한 암컷 한 마리는 산 채로 마을 새장에 갇혀 있다. 그렇다 해도, 하늘을 빼앗겼어도, 인간의 상상 속에서 그 독수리는 날아오른다. 그 거친 눈동자에서는 신성한 적의, 어떤 무자비한 의도가 보인다. 독수리는 대지 위로 멀고 넓게, 다른 어떤 짐승보다 더 높이 난다. 그리고 그 아래 모든 것들은 단지 한 마리 새의 완벽한 시야 속에 존재함으로써 관계를 맺는다.

이런 것들—그리고 그 무수하고도 비천한 피조물들, 도마뱀과 개구리, 곤충과 벌레들—은 땅에 평생 거주할 권한이 있다. 그 외 이후에 온 것들—짐을 나르고 교역에 쓰인 짐승들, 말과 양, 개와 고양이 따위—에는 이질적이고 열등한 면모가 있고, 시력과 본능이 빈곤하며, 그 때문에 야생의 땅과 멀어졌고 임시적이다. 그들도 땅에서 나서 땅에서 죽지만 죽고 나면 존재하지 않았던 것처럼 땅에서 사라진다. 그들의 먼지는 바람에 흩날려 가고, 그들이 우는 소리도 빗소리나 강물 소리에서 메아리치지 않으며, 날갯짓과 동틀 녘과 어스름에 어두운 형체가 지나며 굽혀진 나뭇가지가 다시 펴지는 소리에서도 울리지 않는다.

인간은 아주 오래전 사다리를 타고 평원으로 내려왔다. 협곡에 있는 동굴이나 근처 암석 대지에서 내려왔을 뿐이지만, 그것은 천천히 이뤄진 이주였다. 암석 대지 위에는 부서져내린 낮은 벽들이 있고 벼랑에는 연기에 검게 그을린 동굴이 있는데, 동굴 안에는 아직도 맷돌 바닥과 깨진 그릇들, 그리고 오래된 옥수수 알갱이들이 널려 있어, 마치 선사시대 사람들이 잠시 산으로 나갔다가 다시 돌아올 것만 같고, 모든 것이 옛날 그 시절로 돌아갈 것만 같고, 시간 자체가 되돌아가 침략과 변화의 악몽은 동이 트기 전에 사라져버릴 것만 같았다. 인간 역시 평생 땅에서 거주할 권한이 있으며, 2만5천 년 전부터 땅에서 살아왔고, 그 이전에는 인간의 신들이 살았다.

마을 사람들은 필요로 하는 것이 거의 없다. 그들은 진보를 갈망하지 않고 본질적인 삶의 방식을 바꾼 적이 없었다. 침략자들이 그들을 정복하는 데는 오랜 시간이 걸렸다. 그리고 지금, 기독교가 들어온 지 4세기가 지나도록 그들은 여전히 타노아 언어로 땅과 하늘의 오랜 신들에게 기도를 올리며 손에 닿고, 닿아왔던 것들로 생계를 꾸려 간다. 반면 긍지를 드러내기 위해서 그들은 정복자들로부터 단지 겉으로 보이는 모습만을 습득했을 뿐이다. 그들은 적들의 이름과 몸짓을 취했지만, 그들만의 비밀스러운 영혼은 고수해왔으며 그 속에는 저항과 극복과 오랜 기다림이 있었다.

아벨은 협곡 안으로 걸어갔다. 그의 기대와는 달리 마을로 다시 돌아온 것은 실패였다. 고향으로 돌아온 뒤 며칠간 할아버지에게 뭔가를 말해보려 했지만 원하는 것을 말할 수 없었다. 기도도 하고 노래도 부르며 언어의 오랜 리듬 속으로 들어서려 했지만, 이제 더는 익숙지가 않았다. 그래도 그것은 마치 기억처럼 여전히 그의 청각이 닿는 곳에 있었고 프란치스코나 그의 어머니, 혹은 비달이 과거로부터 말을 내뱉으면 그 단어들이 순간을 붙잡아 영원으로 만드는 듯했다. 그가 자신의 언어로 뭐라도 말할 수 있다면 —하다못해 평범하기 짝이 없는 인사말인 "어디 가십니까" 따위라도— 그 소리에 불과한, 비가시적인 실체가 다시 한번 그를 온전하게 보이도록 해주었으리라. 그러나 그의 입은 닫혀 있었다. 벙어리가 된 것은 아니었으나 —침묵은 여전히 좀 더 오래되고 만연한 전통이었다— 모호하게 말했다. 그는 포장도로를 벗어나 언덕으로 감아 도는 경사로로 들어섰다. 볕이 내리쬐는 협곡에 홀로 있다는 생각이 들자 불현듯 마음에 안정이 찾아왔고 계속해서 편안한 걸음으로 물살이 느리고 볕이 반짝거리는 강을 따라 한참을 걸었다. 모래 위를 흐르는 강물은 시원하고 얕고 맑았다. 그는 협곡 벼랑들의 가장자리가 평행으로 모이는 곳까지 눈으로 따라가 보았다. 그것은 멀어질수록 색채가 그윽해지다가 하늘에서 어렴풋이 보이는 수풀 산맥으로 이어졌다. 거대한 구름들이 너울거리며 발레 그랑데의 수면 위로 낮게 떠서 흘러갔다. 그러다 강물을 마시려고 잠시 멈춘 그는, 몸을 돌려 저 아래로 펼쳐진 골짜기를 바라보았다. 햇빛으로 환한 하늘과 빨강 보랏빛 언덕들을 담은 거대한 웅덩이가 있었다. 그리고 여기 그가 선 곳부터 대륙의 꼭대기까지의 대기는 여름과 정오의 정수만을 담고 있었기에, 풍경과 그의 눈 사이에는 아무것도 놓여 있지 않았다.

그는 따뜻하고 달큰한 포도주를 마시기라도 한 듯 마음이 차분해졌고, 잠시간은 자신에게 집중하지 않았다. 혼자였던 그는 토레온의 여인들이 색색의 실을 짜며 노래하듯 울긋불긋한 협곡을 바라보며 노래를 불러보고 싶었다. 그러나 알맞은 단어들을 짜 맞출 수가 없었다. 그것은 창조의 노래가 될 터였고, 낮은 소리로 부르는 최초의 세상, 불과 홍수, 언덕으로부터 탄생하는 여명에 대한 노래가 될 것이었다. 그리고 도중에 먹을 음식들을 챙겨 왔더라면, 그것이 묵직하고 축축한, 탄 자국과 재가 묻은 구운 빵이거나 아니면 알갱이가 씹히고 달달한 김이 피어오르는 옥수수빵이었길 바랐을 터였다.

정오가 지나고 그다음 시간도 조금 지났을 무렵 그는 옛날 구리 광산에서 나오는 길을 지나 아래로 내려왔다. 광산도, 그의 뒤편으로 솟은 산마루에 섰던 아주 오래전 마을처럼, 유령 같은 몰골로 그 소모적인 땅에 자신을 내어준 채 어떤 오래되고 기이한 조급함의 찌꺼기 속에 홀로 남아 있었다. 빨갛게 녹슬고 이가 빠지고 깨어진 기구들과 숯이 되거나 썩어버린 나무들이나 부풀어 오른 바닥 위로 흩어진 수천 개의 맑고 푸르른 황색 유리 조각들은 마치 엄청난 개미 군단이 알레시아에 흙벽을 세우러 몰려온 듯 보였다. 잿빛 나무틀 안쪽 그 검은 얼굴을 한 갱도는 경사면에 있었음에도 볕이 드리운 벼랑 맨 아래쪽보다는 높지 않았으며 그에게 무언가를 상기시켰다. 그것은 그림자보다 짙었는데 그는 반대편 벽에 난 동굴이나 틈새 어느 것이라도 그것과는 같지 않으리란 것을 보지 않고도 알았다. 협곡에 있는 어떤 것도 그보다 윤곽이 날카로울 수는 없을 것이었다. 그는 눈을 돌려 다시 흐르는 물과 그 위로 반짝거리는 햇살, 여기저기 바위가 있는 곳으로 몰려 일어나는 물방울의 표류를 보았다. 그는 조금 더 걸어가다 오르막에 이르렀고, 샘물 주변의 정착촌과 볕에 이글거리는 골함석 지붕들, 찬란하게 펼쳐진 과수원, 베네비데스 하우스의 높고 하얀 벽을 보았다. 그는 발걸음을 서둘렀다.

안젤라 그레이스 성 요한은 아래층에 앉아 그가 오길 기다렸다. 며칠이 흘렀는지도 모른 채 햇살이 여러 갈래로 비춰드는 방 안에서 마냥 기다렸다. 그것들은 오후면 나타나는 색채의 미로이자, 주전자와 단지의 주둥이 위에 내려앉는 빛이자, 도자기와 나무의 윤기를 드러내는 침울한 광채였다. 그녀는 귀를 기울이고 들었다. 무엇인지 특정할 수 없는 소리들이 있다. 그리고 그러한 이유로 누구도 그런 소리에는 귀기울이지 않는다. 수도꼭지에서 물방울이 떨어지는 소리, 벌들이 윙윙거리는 소리, 눈에 보이지 않으나 오래도록 계속되는 노동의 소리. 길 건너 들판에서는 트랙터가 앞뒤로 천천히 움직이며 건초 더미를 밀고 있었다. 그녀는 그 소리에 정신이 번뜩 깼다. 하지만 그 소리는 그녀가 정신을 차리기 전부터 들려왔고, 이제 그녀가 귀를 기울이지 않더라도 오래 계속될 터였으며, 수천 번의 텅 빈 엔진 소리는 메아리로 울리며 땅에서 사라질 것이었다. 그때 그녀는 대문이 덜컹 열리는 소리를 들었고 그가 왔다는 것을 알았다. 당장 그를 볼 필요는 없어 가만히 앉아 귀를 기울였다. 그는 이전보다 더 빠르게 장작을 패며 묘하게 힘을 과장하는 듯했다. 네 번, 어떤 때는 대여섯 번씩 도끼를 내리찍었는데, 어쩐지 성급하고 고르지 않았으며 그런 다음 잠시 멈췄다가 쪼갠 장작을 휙 던지면, 장작더미가 때그락거리며 내려앉고 동시에 또 다른 나무가 받침 위에 놓이는 소리가 들려왔다.

시간이 흐르고 협곡에 그림자가 드리워 땅거미가 진 것처럼 보였을 때, 그녀는 밖으로 나가야만 했다. 그녀는 문을 잠그고 목욕실로 가는 길을 따라 걸었다. 시종은 아무 말 않고 나무 의자에 수건을 올려놓은 뒤 김이 모락모락 나는 온천물로 가득 찬 목욕통을 끌어냈다. 그녀는 커튼을 닫고 옷을 벗고 물속에 몸을 뉘었다. 잠시 후 몸이 축 늘어지자, 느릿느릿하고 고른 자신의 숨소리와 그에 맞춰 물결이 출렁이는 소리만 들렸다. 그녀는 한숨을 내쉬며 온몸의 힘을 쭉 빼고는 목욕통 가장자리에 머리를 기대었다. 거의 표류하듯, 그녀의 팔다리가 떠오르다 김이 나는 물속에 갇혔다. 열기를 받은 그녀의 발과 무릎이 빨갛게 되었다. 그녀는 맑고 따뜻한 물방울이 이마에 맺혀 멈추었다가 관자놀이를 따라 흘러내려 머리를 감싼 수건 속으로 스미는 것을 느꼈다. 그녀는 시간의 흐름을 잊어서 기뻤고, 아무 생각이 없는 상태로 흘러 들어가는 게 좋았으며, 한 시간 동안만이라도 자신의 내면에서 도사리는 불길한 수치심으로부터 멀어져서 흡족했다. 조금 뒤 그녀가 탁자 위에 눕자 시종이 얇은 무명 담요로 몸을 감쌌고 그녀는 거기에서 깜빡 졸았다.

그녀가 베네비데스 하우스로 돌아왔을 때, 아벨은 현관 입구 계단에서—기다리는 것처럼 보이지는 않았고—가만히 무신경하게 앉아 있었다. 마지막 빛줄기가 협곡 벼랑의 가장자리에 걸려 있었는데, 그 순간 숲속 위쪽의 핏빛처럼 붉은 바위 위에서는 자취를 감추고 있었다. 협곡을 가득 채운 거대한 어둠은 묘하게 차가웠으며 밤 추위보다도 훨씬 더 찼다. 창백한 달이 지평선 너머로 반쯤 모습을 드러냈다. 벌새들은 처마 아래 뭉쳐둔 신부의 면사포 다발 곁을 이리저리 날아다녔다. 벌 떼도 아직 주위를 맴돌고 있었다.

그는 조용히 그녀를 따라 들어와 어두운 방들을 지나쳤다. 그녀가 부엌 불을 켰고 그 갑작스러운 불빛에도 그는 여느 때보다 태연했다. 그녀는 그에게 커피를 건넸고 그는 그녀의 말에 귀를 기울인 채, 기다리는 것이 아닌 다만 그녀의 괴로움을 부드럽게 어루만지듯 그냥 지나쳐 보낼 뿐이었다. 그녀는 고마우면서도 분통이 터졌다. 일이 이렇게 흘러갈 거라 예기치 못했으며 그가 자신의 책략을 이렇게 뒤집어버릴 거라곤 상상하지 못했던 것이었다. 즐거울 줄만 알았는데 막상 이렇게 되니 고마우면서도 한편으로는 분이 났다.

그녀의 자존심을 건드리지 않았던 가장 놀라운 것은 웃고자 하는 사소한 충동이었고, 그것은 지금 그녀의 내면에서 형체를 잡아가고 있는, 본래 의도한 조소가 아닌 차갑고 불편한 환희—그리고 약간의 두려움—였다. 이제 그녀 앞에는 수치심의 묘한 실재와 그 위로 쏟아지는 빛의 압제가 놓여 있었다. 그녀는 이미 자기 자신이 아니었다. 흩뿌려지듯 편안하다고 여겼던 자신의 모습은 없었다. 그녀는 그를 대수롭지 않게 떨쳐낼 마음이 없었다. 그는 그녀를 바라보며, 기다리는 것이 아닌, 고요하고 편안한 어떤 본능, 어떤 지배와 욕망을 느끼며 앉아 있었다. 그녀는 그 강렬한 불꽃 주변을 서성였다.

커피잔과 받침을 닦아 찬장에 넣을 때 안젤라의 숨결은 짧고 고르지 못했다. "좋아요." 그녀가 희미하게 말하고는 한숨을 내쉬었다. 그 "좋아요."는 합의나 체념의 의미가 아닌 그저 내뱉은 말이었다. 그녀는 그 역시 자발적으로 무슨 말이든 해주기를 기대했다. 그러면 모든 게 훨씬 수월해질 터였다. 그러나 그는 아무 말도 하지 않았다.

"아벨, 내가 아름답다고 생각해요?" 머뭇대던 그녀가 입을 열었다.

그녀가 반대편 벽으로 가서 몸을 돌렸다. 그녀는 손을 뒤로 한 채 벽에 기댔고, 이마로 내려온 머리칼을 넘기느라 고개를 약간 젖혔다. 그러고는 생각에 잠겨 양 볼을 오므렸다.

"아니, 아름답지 않아요." 그가 대답했다.

"나랑 자고 싶어요?"

"네."

그녀는 더는 생각에 잠기지 않고 차분하게 그를 바라보았다.

"정말 그러고 싶군요, 그렇죠? 그럼 그렇지, 가끔 나를 쳐다보는 당신의 눈초리를 느꼈어요."

그는 아무런 반응도 하지 않았다.

"혹시, 나도 그러길 원한다고 생각하나요?" 그녀가 계속 말했다.

"잘 모르겠어요. 하지만 당신도 그럴 것 같아요."

안젤라는 호흡을 가다듬고 한참이 지난 후 그에게로 다가갔다. 그녀가 몸을 숙여 그에게 입을 맞추자, 그는 그녀의 몸에 손을 얹어 자신에게로 밀착시켰다. 그녀는 그 손의 힘과 그의 몸에서 전해지는 열기를 느꼈다. 그의 두 손은 노동의 흔적으로 단단해져 있었고 나무 냄새가 뚜렷하게 배어 있었다. 그녀는 그의 한쪽 손을 잡았다.

그녀는 그를 데리고 방들을 지나 빠르고 조용하게 계단

을 올랐다. 복도는 어두웠지만 그녀의 방에는 야간 등이 켜져 있었다. 방은 따스했으며 거대하고 부드러운 그림자들로 가득 차 있었다. 그녀는 그의 손을 놓고 돌아서서 옷을 벗었다. 그는 벽에 걸린 둥근 거울에 마치 실루엣처럼 비친 그녀의 모습을 볼 수 있었다. 그녀가 다시 그를 마주했을 때 둘은 모두 벗은 몸이었다. 얼마 동안은 은은한 푸른 빛 속에서 그냥 그렇게 서 있었다. 아벨은 찬찬히 그녀를 살폈지만 그녀는 움츠리지 않았다. 나체의 그녀는 매우 창백하고 가녀렸다. 하지만 그녀의 몸은 탄력 있고 둥글었다. 목이 길고 어깨가 좁아 더 가냘프게 보였다. 젖가슴은 작고 어딘가 모르게 몸에 비해 너무 낮아 보였지만 단단하고 봉긋했다. 배의 곡선이 부드러웠고 엉덩이와 이어진 넓적다리는 눈부시게 팽팽했다. 그녀의 다리는 가늘고 맵시가 있었고 두 다리 사이가 넓었다.

"나한테 뭘 해줄래요?" 그녀가 물었다. 그녀는 약간씩 들썩였고, 입술은 부드럽게 벌어져 있었다. 새까만 머리칼에 싸인 얼굴과 목은 미묘한 아름다움을 뿜냈다.

둘의 몸이 합쳐지자 안젤라는 그가 군살 없이 단단하고 생기 넘치는 몸을 가졌다는 것과 그의 짙은 살갗이 따뜻하고 축축하며 흥분으로 팽팽해졌다는 것을 온몸으로 느꼈다.

그녀는 그의 배와 넓적다리의 근육이 그녀 위로 기어 올라오는 것을 느끼자 호흡이 거칠어졌다. 그는 그녀의 이마와 눈에, 그리고 그녀의 벌어진 입술에 입을 맞추었고, 그는 어깨와 가슴의 무게로 그녀가 곧 산산조각이 날 듯할 때까지 천천히 짓눌렀다.

"좋아요." 그녀가 숨도 쉬지 않은 채, 재빠르게 다시 말했다.

"아니, 아직 아냐." 그가 말하자, 그 순간 그녀의 몸이 축 늘어지며 욕망의 칼날이 사라져버렸다. 이런, 안 돼, 이러면 안 돼! 그녀가 생각했지만, 그는 자신이 뭘 해야 할지 알았다. 그는 혀와 손가락 끝으로 그녀의 온몸을 더듬었고 아주 천천히 그녀를 다시 들뜨게 해 그녀의 살갗에 끔찍한 불을 지폈다. 그녀는 비명을 지르고 싶어질 정도였다. 마침내 그가 몸을 들자 그녀가 그를 위한 자세를 취했다. 그녀는 희미하게 신음을 토했고 눈동자가 돌아갔다. 어둡고 육중한 그는 그녀 위에서 옅은 푸른빛을 받으며 아슬아슬하게 균형을 잡고 있었다. 그 찰나, 그녀는 물가에서 봤던 오소리와 거대한 곰, 예의 그 포효하던 흑청색 곰을 다시금 떠올렸다.

여름이면 늘 그렇듯, 저녁이 마을을 찾아오는 순간은 절대적이면서도 감지할 수 없다. 그리고 마을 바깥, 언덕과 들판 사이에서는 그림자들이 땅거미를 그러잡고 있다가 이내 골짜기 자체가 흐릿한 회색 그림자가 되었다. 그렇다 해도, 그 속에는 어마어마하게 다양한 색채가 있었고, 심지어는 이제 막 얼굴을 붉히며 어두워지는 하늘보다도 더 다양한 빛깔이 있었다. 그리고 그림자에 물든 바위와 흙은 유연하고 부드럽게 변했고, 잎사귀에는 빛이 사라졌다.

옥수수밭 사이에서 속삭이는 소리가 들려 노인은 괭이를 쥐고 굽힌 자세로 잠시 휴식을 취했다. 거의 한 시간 가까이 밭고랑이 잘 보이지 않아, 땅에 닿은 괭이 날의 감각으로 바닥의 깊이를 가늠하며 목과 팔에 스치는 옥수수 잎과 수염의 감촉을 따라 일직선으로 고랑을 팠다. 목에서는 땀이 마르고 발에 묻은 진흙이 굳었어도 노인은 계속 쉬면서 손가락과 허리를 펴는 고통을 또 잠시 뒤로 미루었다. 마침내 절뚝거리는 두 다리를 모으며 그는 뻣뻣한 척추뼈를 일으켜 세웠다. 그러느라 거친 숨을 내쉬며 양손을 펼쳐 괭이의 손잡이를 팔꿈치로 안았다. 할 일이 아직도 많이 남아 있었다. 몸을 다시금 굽혀 말굽 뒤쪽 돌기를 봐주어야 했고, 손가락으로는 발굽에서 밧줄을 풀어야 했으며, 마차의 고리와 이음새, 마구를 거듭 손본 후 여물통에 물을 담아다 주고 짐짝도 가지런히 꾸려야 했다. 그러나 그는 그런 생각을 하지 않고 대신 커피과 빵, 그리고 어두운 자기 방 안을 생각했다.

   그런데 그건 정말 속삭이는 소리였던가? 그곳에 있는 무언가가 그의 권태로움의 저변을 때렸고, 작은 짐승의 울음소리처럼 그의 고막을 장악했다. 그것은 들쥐나 새끼 토끼 따위의 울음소리 같았다. 저녁은 대기를 움직이게 하고 기다란 옥수수 잎사귀가 바람에 기울며 서로 부딪친다. 그리고 어스름 녘이면 늘 잎사귀들이 서걱대다 밤으로 접어든다. 하지만 그게 그 소리였나? 그의 마음은 습관적으로 온종일 과거를 떠돌아다녔고, 그것은 어쩔 도리가 없었으며 최소한의 통제도 불가했다. 하지만 어떤 가느다란 주의력 가닥에 의해 그의 생각은 일에 매달려 있을 수 있었다. 끊임없는 뒷걸음질 ─ 괭이 날의 번뜩임과 그 뒤에서 흘러올 갈색 물줄기 ─ 은 그의 마음이 떠난 게 분명해도 다시 돌아와야 할 어떤 자그마한 현실이었던 것이다. 그러나 이제, 하루의 고된 노동을 마치고 난 그의 노쇠한 육체는 정신이 흘러가는 대로 두었다. 그때 갑자기 가까이에 있는 어떤 생경한 존재를 의식하게 되었다. 그것은 오래전부터 거기 있으면서, 몇 분, 혹은 몇 시간째 다가오지 않고 주변 대기와 수풀과 대지에 임박해 있었다. 그는 숨을 멈추고 귀를 기울였다. 그의 고막은 권태로움으로 윙윙거렸고, 그 너머로는 부드러운 물

소리, 바람 소리, 그리고 저 먼 곳 옥수수밭 어딘가에서는 순간순간 낫으로 베는 소리만 들려올 뿐이었다. 그런 다음 그 옆에 맞닿은 들판에서 나지막한 휘파람 소리와 암말이 히잉우는 소리가 들렸고, 그 소리들은 노인에게 시간을 상기시켰다. 하지만 뭔가가 또 있었다. 이것들과 따로 떨어져서 일상의 적막 속으로 빨려 들어가지 않는 무언가가 있었다. 이제 막 지나간 순간에 생겨난 호흡의 흥분, 어딘가 아주 가까이에서, 심지어 이미 사라진 뒤에도 돌이킬 수 없는 어떤 것이었다. 그는 아무 소리도 나지 않는 어두운 옥수수밭을 응시했고 거기엔 그 어떤 존재감도 없었다. 옥수숫대와 잎사귀들이 세운 짙고도 까만 벽이 피곤한 그의 시야에서 물결처럼 출렁일 뿐이었다. 두려워하기에 노인은 너무 나이를 먹었다. 뭔가 알 수 없는 존재를 인정한 그의 행동은 따분하고 고요한 슬픔과 울고 싶은 막연한 욕망 그 이상도 아니었다. 악마라면 이미 오래전에 그를 찾아내어 그가 누군지 알고 있을 테니까. 그는 옥수수밭에 축복을 빌어주고 괭이를 집어 들었다. 그는 옥수숫대를 헤집으며 옥수수밭 끄트머리에서 보이는 희미한 불빛을 향해 걸어갔다.

그리고 그가 서 있던 곳에 물이 차올라 고랑을 채우고 가장자리로 흘러내렸다. 땅으로 퍼져나간 물은 노인의 신발

뒤축이 찍어놓은 초승달 모양의 발자국들을 채워나갔다. 그가 괭이 날에서 떨어낸 시커먼 진흙 덩이가 여기저기 흩뿌려져 있었다. 그리고 거기서 호흡이 다시 시작되었다. 흥분감으로 급하고 고르지 않은 호흡이었다. 벌어진 입 위로 거의 눈이 먼 듯한 눈동자가 옥수수밭을 나가는 노인의 모습을 쫓았고, 색안경 뒤로는 황량한 눈꺼풀이 맥없이 깜빡거렸다.

8월 1일

사흘이 지나고, 올퀸 신부는 평소처럼 일을 보았다. 이런 한여름이면 그는 신부관에서 나는 시원한 사향 내음을 더 편안한 마음으로 들이마셨고, 미사를 마친 아침이면 홀로 머물며 기운을 차렸다. 피가 잘 돌지 않아 정신을 집중해 일을 처리하기가 쉽지 않은 시간이었다. 요 며칠간 받은 은혜로 교구 업무는 제자리를 찾았다. 그는 만족스러웠다. 마침내 이 오래된 마을에서 삶의 리듬을 감지하기 시작했고, 맥박도 결국엔 그 리듬에 순응했다. 그 자체만으로도 그는 대단한 만족감을 느꼈다. 그는 늘 숭배의 대상을 찾아왔었는데, 여기 지금껏 상상해오던 것보다 훨씬 더 고유한 성스러움이 있었다―그것은 좁은 거리마다 펼쳐지는, 느리고도 오래된 계절의 행렬이었다.

지금, 8월의 첫날에는 마을에 어떤 활기가 돌았다. 남자들은 평소보다 밖으로 덜 나갔고, 여인들은 다람쥐처럼 재잘거리며 이집 저집으로 들락거렸다. 주변은 온통 신중함과 다급함이 섞인 기묘한 소리로 가득했다. 황토 화덕에서 올라오는 열기로 만들어진 기둥에서는 불씨와 재들이 솟아올라 빙그르르 돌다가 길바닥으로 떨어졌고, 향나무와 고무나무가 타는 싸한 냄새가 마을 가장자리로 번지다 그 너머의 아침나절 고요한 골짜기 안으로 퍼져나갔다. 그리고 산 이시드로로 향하는 옛길의 남쪽에서 첫 포장마차가 모습을 드러냈다. 말을 탄 디네족[9] 연장자들이 행렬을 앞장섰는데, 그들은 오후와 저녁 늦도록 뒤를 따라올 사람들보다 더 나이가 많은 어르신 세대였다. 젊은이들은 아직도 역참에 모여 포도주와 물건을 맞바꾸고 있었다. 오후 내내 남쪽에서 마차들이 들어올 터였다. 그들의 행렬은 거의 움직이지 않는 것처럼 보였다. 하지만 천천히, 조금씩 더 커지다 먼 곳 평원에서부터 거대한 회색 천막들이 돛처럼 부풀고, 길 양편으로 늘어선 말에 올라탄 마른 청년들의 우중충하고 술에 찌든 모습이 보일 것이었다. 햇살에 반짝이는 은장식과 벨벳 바지를 걸친, 말 위에 탄 모습이 어울리는 탱탱하면서도 늘씬하며 등이 꼿꼿한 아름다운 처녀들과 숨을 헉헉거리는 개들도 보일 것이었다. 늦게 허드렛일을 끝내고 나면 마을의 꼬마 녀석들이 구경거리를 보러 나와 울타리에 서서 웃고 떠들어댈 것이었고, 웃음과 놀라움에 대한 옛 의식들이 열릴 것이었다. 행렬의 끝은 어설프게 긍지를 흉내 내는 멍청이들, 뚱뚱하고 술에 찌든 형편없는 여인들, 그리고 귀찮게 따라붙는 침울하고 뚱한 표정의 사내들로 마무리될 것이었다. 하지만 지금 눈에 보이는 것은 문중 사람들로 예부터 전해 내려온 신성한 동맹을 수호하는 주름이 자글자글한 노인들이었고, 인정과 퇴보의 고통을 한 해 더 연장하고자 온 이들이었다.

후에 올권 신부는 벌집에서 꿀을 모으고 윙윙대는 꿀벌 소리 위로 들려오는 잡다한 소음을 듣고 나서 안젤라를 생각했다. 이제 그는 그녀를 처음 만났을 때 내면에 일어났던 그 작은 흥분감 없이도 그녀를 떠올릴 수 있었다. 물론 그녀를 여자로 인식하고 있었지만 더는 그녀 때문에 심란해지지 않았다. 그녀는 암묵적으로 거리를 유지하는 데 동의한 셈이었다. 그렇지 않고서야 침묵을 어떻게 이해해야 한단 말인가? 그녀는 존중할 줄 알았다. 아주 좋아, 그렇다면 그는 그녀에게 합당한 보답을 해야 할 터였다. 지금처럼 호의가 넘쳐날 때, 그의 환영의 뜻이 그녀에게로 뻗어가게 할 것이었다. 고독에 익숙하지 않은 그녀도—외롭겠지, 분명— 단순하게, 무조건적으로, 그의 행운에 공감할 것이었다. 그녀는 그가 바쁘고, 명백한 신뢰감에 전념하고 있다는 사실을 인지할 터였고, 그를 부러워할 것이었다—그의 성취를 부러워하지는 않더라도, 아마, 적어도 그 가능성은 부러워할 것이었다.

그녀의 부러움을 산다는 생각에 그는 즐거워졌고 그는 정오가 되기까지 신부관 안에서 콧노래를 부르며 왔다 갔다 했다. 그리고 길고 큰 소리로 안젤루스 종을 울렸다.

평소 같으면 적막의 무게가 가장 무겁게 마을을 짓눌렀을 정오가 지나도록 일상의 소음은 사그라지지 않았고, 그 소리들은 계속되다가 점점 심해졌다. 대낮의 관례적인 동작은 중단되었고, 그는 곧 혁명이 임박함을 감지했다. 마치 새롭고 더 웅성거리는 사건들이 이제 곧 세상을 덮쳐올 것 같았다. 그 예감은 거의 마지못해 그가 차를 몰아 마을에서 벗어나 다가오는 축제를 뒤로한 채 협곡으로 들어섰을 때에도 가라앉을 줄 몰랐다. 마치 불처럼 나지막한 환희와 묘한 충만감이 그를 사로잡았고, 그는 그 감정 위로 부드럽게 숨을 토해내며 바깥의 힘찬 대기를 향해 손을 펼쳤다.

북쪽으로 보이는 산꼭대기 뒤로 저 멀리 펼쳐진 높은 지평선 위에 뭉게구름들이 낮게 깔려 있었다. 구름들은 멀리 있어 그윽했고 늘 그 자리를 지켜왔던 것처럼 보였다. 시야의 끝에서 어둡게 변치 않는 모습으로, 어떻게 보면 극지의 밤처럼 보였다. 그는 거기서 눈을 떼지 않은 채 속도를 높여 빗물 내음 속으로 질주하기를 기대하듯 달렸다. 8월에 내리는 비의 망령은 대지 위로 내리는 빛의 증류수이자 바위들 위에 남은 짙은 백태이며 강물과 잎새 위에 놓인 무해하고도 굉장한 빛살이다. 한여름 하늘에서 어둠의 입자는 언뜻언뜻 망설이듯 보이지만 모래와 벼랑, 그리고 소나무와 향나무의 먼지 쌓인 가지 위에 가늘고 색채 없는 광채를 던진다. 그리고 대기에는 어떤 텅 빈 저항의 질감이 스며 있다.

베네비데스 하우스의 지붕과 벽이 햇살에 반짝였다. 그는 브레이크를 살짝 밟고 방향을 틀어 하얀 자갈이 깔린 길로 올라섰다. 군데군데 딱딱하게 굳은 칙칙한 흙덩이가 널려 있고 툭 튀어나온 회색 바위 모서리가 빼내지도 못할 만큼 땅에 깊이 박혀 있는 길이었다. 현관 층층대를 향하는 길은 울퉁불퉁했고, 샌들을 신은 그의 발뒤꿈치 아래에서 자갈이 굴러다녔다. 현관 주위에는 평소보다 파리 떼가 더 많았고, 덩굴 옆에서는 벌들이 빙빙 돌고 있었다. 안젤라가 문을 열고 아무 말 없이 들어오라는 고갯짓을 해 보였다. 방금까지 생각에 잠겨 있었다는 듯 특유의 희미한 미소가 내비쳤다. 만약 그가 최소한의 의심을 품었더라면 그녀가 아주 조금이지만 그를 보고 깜짝 놀랐다는 사실을 눈치채고 그녀 주위를 맴도는 어떤 강압적인 고요를 알아차렸을 것이었다. 아무튼 그는 모든 커튼이 내려진 어두운 방 안으로 들어가 앉았다. 집처럼 편안했다. 마을에서는 수도승 같은 이들의 준

비가 한창이더라고, 그녀도 꼭 봐야 하지 않겠느냐고, 그가
말했다.

처음부터 그는 그녀에게 주제넘게 다가가려고 생각했다.
그것은 자신의 편견에 근거한 생각으로, 이솝과 창세기에
나오는 이야기를 향한 질투랄까, 모든 역사들이 우화적이길
바라는 본능적인 욕구였다. 그렇게 그는 몇 분 동안 말을 했
다. 구구절절 떠들어대진 않았어도, 마을에서는 오래된 태
양력을 따르며 그 달력은 온갖 신들의 강림과 수난 주간을
기념하고 있다고, 가장 마지막 미미한 신탁과 모든 저주와
구원의 날짜 그리고 횟수까지 표시되어 있다고 그는 말해주
었다. 그녀는 귀를 기울이고 들었다. 그녀는 그를 통해 저 먼
데 산 위로 떨어지는 천둥과 빗소리를 들었다. 하늘을 가르
고 초목을 떨게 하는 끔찍한 소리였다. 그녀는 상록수 몸통
을 적시는 빗소리와 빗물에 나뭇가지가 굽어지고 그 굽어진
까만 경사로 물방울이 튀어 올랐다 흘러내리는 소리마저 들
었다. 그러는 동안에도 그는 계속 말을 이어갔고 건조한 열
기가 바깥 창문과 벽을 짓눌렀다. 그녀는 비를 갈망했다. 그
때문에 그녀의 눈가가 욱신거렸고 입가의 선이 더 짙어졌
다. 그녀가 귀를 기울이지 않는다는 것을 알고 그는 바로 말
을 멈추었다. 그는 고개를 돌려 처음으로 그녀를 바라보았

다. 어두운 방에서 그녀는 아주 작아 보였다. 그녀가 입을 열 때까지 그는 기다렸다. "어머, 나 좀 봐." 그녀가 웃으며 말했다. "정말로 죄송해요……. 신부님 기분을 상하게 해드렸네요." 그것은 딱딱하고 귀에 거슬리는 웃음이었지만 절망적이라기보다는 완벽한 현재성이 저변에 깔린, 거의 작위적이다 싶을 만한 웃음이었다. 그리고 그것은 웃음의 의미와 조소보다 더 그를 소름끼치게 했다. 그는 굳어버렸다. 방 안에서는 그녀의 목소리만 들렸다. 그 소리는 그가 귀를 기울이지 않은 뒤에도 계속해서 아무런 억양도 없이 무미건조하게 이어졌다.

* * *

후에 올권 신부가 마을로 돌아왔을 때 거리는 온통 사람들로 가득했다. 아이들이 그를 향해 고함을 쳐댔고 닭들과 개, 그리고 양 따위의 가축들이 차 앞으로 달려들었다. 그쪽으로 차를 몰자 가축들은 흩어졌다. 그는 경적을 울리며 방향을 홱 틀었다. 시력 좋은 눈으로 한쪽을 흘끗 보니 아이 한명이 길 바깥으로 뛰다가 고꾸라졌다. 그 아이는 데굴데굴 구르며 웃었다. 갑자기 마을의 모든 벽들이 웃음을 터뜨리며 온 주위로 그를 둘러쌌다. 그는 이쪽저쪽 길로 들어서 봤지만 어디로 가든 가파른 흙벽들이 끊임없이 늘어서 있었고, 벽을 따라 무수히 많은 사람이 괴기한 얼굴을 하고 열을 지어 서 있었다. 어딜 가나 남자들과 여자들의 모습이 눈에 들어왔다. 살이 잔뜩 쪘거나 늙어서 쪼글쪼글한 노인들, 흥겨운 축제의 물결에 휩싸여 날뛰고 몸부림치는 어린 애들, 그리고 그들의 눈동자에는 하나같이 똑같은 거리감, 어리석음과 즐거움이 어려 있었고, 모두가 시간을 초월한 그들만의 불가사의한 얼굴을 하고 있었다. 두려움과 혐오가 그의 뇌를 때렸다. 그가 탄 차가 돌진하더니 벽 모퉁이를 날카롭게 획 돌았고, 그가 앉은 자리에서 가장 가까이 있던 타이어가 제자리에서 꺾여 급정거할 때 일으킨 먼지가 그의 주변과 밑으로 휘몰아쳤다. 그리고 거기, 바로 정면에는 높이 덮개가 씌워진 마차의 버팀대, 바퀴의 쇠 살과 그것이 파놓은 작고 까만 구멍이 있었다. 그는 브레이크를 마구 밟으며 타이어가 땅을 파헤치다 모래 더미와 겹쳐지고 단단한 흙 속에 처박히는 소리를 들었다. 그는 순간의 충격이 채찍처럼 자신을 갈기고 지나가는 것을 느꼈다. 그 거대한 동작의 무게가 엔진 위로 떨어져 엔진의 사리를 틀게 했다. 그러고 나서 이어진 썰물처럼 빠지는 흥분감과 흔들림 속에서 먼지와 웃음소리가 구름처럼 덮쳐왔을 때, 그는 마차에 달린 요람을 보았다. 그리고 덮개 장식 너머 그의 눈높이와 같은 위치에 누워 있는 아기의 얼굴이 보였다. 아기의 작은 눈은 지방으로 돌출되어 있었고 양 볼과 턱은 아래로 처져 목 주변을 단단히 감싼 포대기에 닿을 정도였다. 두 눈 위로 머리카락은 축축한 게 바짝 말려 올라가 있었고 짜임새 없는 얼굴 살위로는 땀이 흘러내려 햇살을 받은 동전처럼 빛났다. 파리들이 얼굴 위로 기어 다녔고 눈과 입가로는 시꺼멓게 몰려 있었다. 지방 밑에서 근육이 실룩거렸고 머리는 슬프고 무력한 괴로움으로 천천히 양옆으로 흔들렸다. 그때 먼지 벽이 얼굴 위로 내려왔고 아이들의 고함이 날카롭고 쉴 새 없는 구호로 변했다. "신부님! 신부님! 신부님!"

천둥이 하늘을 가르며 내리치고 산 위에서 우르릉거렸다. 통렬한 천둥은 협곡의 깔때기를 채우고 벼랑에서 끊임없는 메아리를 울렸다. 벼락이 번쩍이더니 비가 만든 어두운 벽을 찢어발기고, 끔찍하게 번뜩이며 협곡으로 옮아가 거의 느릿느릿 기울고 있는 따뜻하고 건조한 돌풍에 실려 갔고, 물러나는 빛의 황금빛 가장자리는 안개에 싸여 희미해졌다. 그리고 그 돌풍 뒤로 여전히 보이지 않는 급류가 다가오듯 휘몰아치는 바람의 포효 같은, 강과 바다를 때리는 빗소리가 들려왔다. 그 무거운 표류는 웅덩이에 모이지 않고 강둑과 충돌했고, 땅도 그 물의 무게에 눌려 깨어지고 희미하게 흔들렸다.

처마 아래서 바람이 일어나 베네비데스 하우스의 방들은 마구 흔들리다 깜깜해졌다. 안젤라는 몸을 일으켜 기다렸다. 간간이 지붕에 떨어지던 빗방울 소리가 거의 사그라들다가, 그때 처음으로 경사로 흘러내린 엄청난 빗물이 홈통을 타고 흘러 북쪽 벽으로 튀어 오르고 우박처럼 유리창과 처마를 때리고 철판 지붕을 치며 고막이 터질 정도로 우람한 소리를 냈다. 너무 갑작스럽고 요란한 폭풍우에 그녀는 본능적으로 움츠러들어 손톱으로 손바닥을 팠다. 그녀는 목을 웅크리고 눈을 힐끗 올려 굉장한 소리가 들려오는 시커먼 천장을 바라보았다. 강렬한 소리의 물살이 그녀를 집어삼킬 때 그녀는 문을 활짝 열어 바깥을 내다보았다. 포효하는 빗소리와 그녀를 둘러싼 어둠 위로 낮게 내려지는 천둥의 울림만 들려왔다. 그녀의 눈에는 번개의 번뜩임과 스스로 산산조각을 내며 고통처럼 시야를 찢는, 창백하고 불투명한 홍수의 끔찍한 회색빛 경사만 비쳤다. 처음 일어난 폭풍우의 재빠른 파도는 그 소리가 사그라지지도 않은 채 지나갔고, 처마 홈통에서는 물이 넘쳐 흘러, 접시꽃과 박하 사이사이로 두꺼운 물줄기가 콸콸 흘러내렸으며, 쏟아져내린 물줄기는 그 뿌리를 덮은 흙을 파헤쳐놓았다. 빗물의 광택은 맑고 새하얀 돌들 사이로 올라와 도로 위로 흘러갔다. 그리고 길 건너 우르릉대며 몰아치는 강으로 흘러들었다. 다시 바람이 일고 천둥 번개가 치더니 비가 협곡 너머로 기울어왔다. 비는 발사된 포탄처럼 열린 현관 입구까지 쳐들어와 그녀의 맨다리를 스쳤다. 비가 생겨난 곳에서 하늘의 깊고 검은 구름층이 부풀어 오르며 소용돌이쳤고, 구름들은 천천히 남쪽으로, 골짜기 벼랑의 바위 가장자리 쪽으로 옮겨가고 있었다. 그리고 싸늘하고 갑갑한 어둠에 갇혀, 온 사방에서 뻗쳐오는 분노의 소리와 광경을 마주한 채 안젤라는 그 자리에서 얼어붙어 열린 문으로 들어오는 깨끗하고 선명한 공기를 허파 깊숙이 들이마셨다. 두 눈을 감은 그녀는 여전히 들려오는 다른 어떤 것도 생각할 겨를이 없게 만드는 폭풍우의 여운 때문에 과거 자신을 괴롭히던 비천하고 잡다한 다른 두려움들을 지울 수 있었다. 아주 날카롭게 각진 빛살이 그녀의 눈꺼풀 위에서 뛰놀았고, 거대한 소리의 산사태가 그녀 주위로 쏟아졌다.

축제가 이미 시작된 마을은 잠잠한 때를 지나고 있었다. 각반을 두르고 하얀색 의식용 바지를 입은 절름발이 노인이 늦은 오후 속으로 발을 질질 끌며 들어왔다. 그는 소매로 눈을 닦고 마지막으로 한번 목을 큼큼 하고 가다듬었다. 이젠 너무 늙은 게야, 그는 생각했다. 무슨 일이 일어났던 건지 이해할 수가 없었다. 그러나 이제는 그 비애조차도 미미해졌고, 요 몇 해 동안 그 감정은 그의 다리처럼 시들해졌으며, 다만 한 번씩, 뭔가 심상치 않은 일이 생겨 슬픔을 환기했을 때만 날이 곤두서서 고통스러웠다. 그렇기에 중앙 광장을 향해 발걸음을 옮기던 그는 축제 음식과 불꽃 내음을 맡으며, 내 슬픔이 뭐였더라, 하며 의아해했지만 떠올리지 못했다. 마차들이 계속 들어왔고 그는 저 멀리서 마차를 몰고 오는 웃음소리를 간간이 들었다. 그 소리는 이제 권태를 품고 있었고 점점 더 드물게 들렸다. 이제 곧 페코스 황소가 등장할 시간이라 어린 꼬마 녀석들이 구경할 채비를 차리고 있었다. 그가 지나쳐온 문 쪽에서 괴상하고도 친근한, 자꾸만 더 듬거리는 말소리가 들려왔다. 타노아 말, 아타파스카 말, 엉성한 영어와 스페인어가 섞여 있었다. 그는 끓고 있는 커피 내음을 맡으며 좋은 냄새라고 생각했다. 그는 피키와 축축한 소토발라우 빵의 달큰한 냄새, 그리고 반죽과 포졸레 수

프의 뜨겁고 매운 냄새는 별로 신경 쓰지 않았다. 늙으면 허기가 덜 지는 법이니까. 그보다는 마차 천막촌에서 피워놓은 모닥불, 불씨 위로 떨어져 지글지글 타는 들큰한 비계 냄새, 훈제된 양고기, 그리고 튀긴 빵이 새로워서 좋았다. 그리고 이 냄새들보다 더 구수한 것은 이 연기들을 싣고 가늘고 길게 지붕 위로 번져간, 비가 내리기 전 부풀어 오른 공기였다. 어마어마한 폭풍우의 제방이 북쪽 저 멀리 수평선을 온통 새까맣게 물들였다. 꾹꾹 뭉쳐진 그 중심은 마치 꿈틀대는 거대한 뱀처럼 협곡의 어귀에서 뻗어 나와 따스하게 펼쳐진 골짜기를 감쌌고, 다시금 서서히 옮겨가면서 마을을 가로지르는 도랑, 언덕, 들판을 향해 다가오고 있었다. 노인은 나무꾼의 피를 물려받아 수확과 비에 대한 애정을 품고 있었다. 그리고 바로 거기 흑요석 빛깔의 하늘에는 평원 동쪽 경사면 너머까지 뻗은 휘황찬란한 색채들의 완벽한 호弧가 눈부시게 그어져 있었다.

이야기와 축전의 한가운데에 머무는 것, 콩과 옥수수, 고추밭 위로 드리운 비의 예감으로 풍성한 안도감을 음미하는 것, 날씨가 돌아오고 마을에서 거래와 모임이 이뤄지는 걸 보는 것, 이 모든 상황이 그를 기쁘게 했다. 그가 늙고 병들어 겁이 났는지, 천막 사이에 숨어 고개만 빼죽 내밀고는 자신을 수줍게 바라보는 나바호족 아이들에게 고갯짓으로 인사를 했다. 아이들 역시 일종의 수확이었고, 어떻게 보면 그의 뼈와 피를 재생한 존재들이었다. 모든 이들 중에서도 디네 사람이라면 아름다워지는 법을 알았다. 느지막한 황금빛이 벼랑을 붉게 물들일 무렵, 그는 여기저기서 그들의 풍요로움을 뽐내는 찬란한 담요와 번쩍이는 은 장신구들을 보았다. 그들의 버클과 허리띠, 팔찌, 활 덮개, 호박꽃, 그리고 흐리고 푸른 돌들의 눈부신 무게를 느꼈다. 만일 값나가는 물건을 가지고 있었더라면 그 돌이나 청록색 거대한 타원형의 거미줄 장식과 맞바꿔 손에 두르고 다녔을 것이었다. 그리고 분명 기민하고도 무심하게 거래에서 이득을 보았을 것이다. 그 돌들은 치료제라서 시력을 보호해주노라고 그들이 말했다. 노인의 시력을 되찾아주기도 한다고 했다. 노인은 그들이 돌에 관한 노래를 부르겠거니 여기며 당연하고 놀랍지도 않다고 생각했다.

중앙 광장으로 들어선 그는 신성한 장소로 갔다. 성모 안젤레스 포르친굴라의 제단이 키바와 근접한 북쪽 한가운데 세워져 있었다. 나무와 철사 틀로 에워싼 자그만 초록색 제단은 향나무와 소나무 가지로 덮여 있었다. 비록 그 안에는 아직 빈 제단과 의자뿐이었지만, 노인은 그 앞에다 머리를 숙였다. 내일이면 촛불과 천으로 아름답게 장식되고, 향을 피워 신성한 장소가 될 터였다. 어찌 됐든 그는 성구 관리인 이니 일을 도울 것이었다. 두 소년이 소총을 들고 입구에 서 있으면 그가 그들의 신앙을 깨울 터였다. 그리고 예배가 끝 나면 행렬을 지어 아름다운 성모를 모셔 나오고, 통로에는 작은 말 한 마리가 그녀를 맞으러 나와 캄포 산토까지 앞장 서 가다가 거리에서는 그녀 옆에서 춤을 출 터였다. 그리고 그 황소는 온 사방으로 껑충껑충 뛰며 나뒹굴고 나무로 만 든 뿔로 공기를 낚아채리라. 침략자들을 상징하는 아이들이 얼굴에 검댕을 칠한 채로 광대들과 웃어 젖히고 욕설을 퍼 부으며 그 행렬을 뒤따를 것이었다. 성모는 온종일 제단에 올라 서 있고 행정관들과 관리들도 참석해 그 발밑에 앉아 있을 터였다. 그리고 키바의 꼭대기에서 호박족과 터키석족 춤꾼들이 하나둘씩 그 화려한 예복을 걸치고 저 높은 곳에 서 땅으로 내려와 그녀 앞에 무릎을 꿇을 것이었다.

그는 매끄러운 버팀대를 잡고 천천히 사다리 가로대를 밟 으며 위로 올라갔다. 다리뼈가 자신의 무게를 버텨내기 위 한 지팡이라도 되는 것처럼 절름발이 다리를 하나씩 올렸 다. 그러나 거의 공허한 수고였다. 버텨내야 할 것은 무게가 아니라 최근 늙음의 그림자처럼 그를 덮쳐온 어떤 부분적인 의구심과 두려움이었다. 그의 두 팔과 손은 튼튼했고, 어깨는 목 뒤쪽에서 굽어 깊은 굴곡을 그리며 척추와 이어져 있었다. 그는 키바의 높은 수직 벽에 더 가까이 올라갔다. 몸 전체를 경사진 사다리 버팀대와 가로대에 밀착시켜 가슴과 어깨의 무게가 거의 사라지고 무게중심조차도 없어지게 하면서, 마침내 마지막으로 가로대에 자신의 뺨을 기대었다. 그리고 볕에 말라 비틀어지고 휘어진 회색 나무와 버팀목과 가로대를 잇는 새빨간 금속이 나무 속으로 파고들어 녹슨 것이 보였다. 그는 쳐다보지도 않은 채 위로 손을 뻗어 벽을 잡을 수 있었다. 그는 자신을 꼭대기로 끌어 올렸고 잠깐 서서 숨을 골랐다. 비가 마을 위쪽의 언덕으로 엄습했고, 머리 위로 하늘이 어두워졌다. 그는 지붕 위로 치닫는 돌개바람을 느꼈고 저 멀리 날씨의 가장자리에서 가축들이 흐느끼고 우는 소리가 맴도는 것을 들었다. 그의 아래로는 키바의 거대한 서까래들이 천둥과 북소리에 떨렸다. 그는 햇살받은 남쪽과 서쪽의 들판을 바라보았다. 그것들은 빛의 웅덩이에 떠 있는 조각보 같았고, 그 너머 암석 대지의 새까만 언저리도 빛나고 있었다. 그는 아래로 내려가 흙냄새 나는 거대한 어둠의 방으로 들어갔다.

그가 다른 성스러운 사람들과 함께 키바에서 나왔을 때는 어스름이 지고 거리에는 비가 내리기 시작했다. 처음엔 간간이 내려 먼지 위에 동그랗고 까만 자국을 남기다가, 이내 가늘고 꾸준해지더니 중앙 광장의 단단한 땅도 반짝이기 시작했다. 사람들이 문밖으로 나와 빗속에서 서성이며 기다렸다. 그는 몸에 담요를 두르고 다른 사람들과 함께 그 작은 말이 나올 채비를 하는 집으로 갔다. 문 앞에 도착한 그가 칸막이를 열자 그 말이 춤을 추기 시작했다. 깡통으로 만든 목걸이가 소리 내며 흔들리기 시작했고, 그와 동시에 고수는 북 위에다 막대기를 끊임없이 돌리고 덜거덕거리는 소리를 냈다. 작은 말이 비 내리는 희미한 빛 속에서 등장하자 고수와 노인들이 그 뒤를 따랐다. 말은 마치 아주 옛날 무어인이 기르던 새까만 아라비아산 말처럼 머리가 너무 작고 정교하게 장식한 데다 목은 심하게 아치형으로 굽어 있었다. 그래도 그 말은 아름답고 섬세한 물건이었고, 춤꾼들이 생명력을 불어넣어 주었다. 춤꾼들이 숨어 들어간 틀의 윗부분은 알록달록하고 팽팽하고 매끄러웠다. 전체 얼거리는 춤꾼의 허리춤까지 낮게 놓여 있었다. 그에 동작과 신비로움을 부여하는 이가 바로 그였다. 그는 온통 검은 옷을 해 입고, 작은 말의 어깨와 등에서부터 흘러내린 킬트 천 아래에서 검은 장화로 빠르게 땅을 디디고 있었다. 흉내 내기에는 너무도 미세하고 빠른 동작이었다. 그의 몸과 말의 몸체가 완강한 바람 속에 놓인 이파리처럼 신경질적인 동요로 고조되었다. 하지만 그 모든 기묘하고 격렬한 떨림은 그의 머리에서 멎었고, 그는 거기에서 완전히 고요하게 분리된 채로, 아무 생각 없이 베일에 가려 보이지 않게 서 있는 것 같았다. 그리고 얼굴의 뼈대를 덮은, 출렁이는 베일의 검은 모자와 가면이 비바람에 흩날리며 땅거미 위로 까맣게 정지한 실루엣을 만들어냈고, 그 아래로 흐릿한 동작이 순전한 안도를 안겨주었다.

의술사가 기도문과 깃털, 꽃가루와 음식들을 가지고 그 작은 말의 의식을 주재했다. 그리고 거리의 다른 쪽에서는 소리의 파도가 밀려오듯 그 황소가 달려왔다. 광대들이 그 뒤를 바짝 쫓았고, 황소는 이리 뛰고 저리 뛰다 갑자기 멈추고 몸을 웅크리더니 이내 그들 사이를 휘젓고 다시 내달렸다. 검은 얼굴을 한 광대들이 음탕한 욕설을 퍼부어대며 그것을 쫓자 우스꽝스레 두려움을 표현하던 자그만 침략자들은 뿔에 치여 피투성이가 된 자신들의 살을 움켜잡고 그 짐승이 지나간 길바닥에서 나뒹굴었다. 그 황소는 서글프고 진짜 같지도 않은, 임시변통으로 그냥 즐기며 놀기 위해 만든 조잡한 물건이었다. 그것은 신성함도, 켄타우로스의 성스러운 자태와 동작도 지니지 않았으며 오로지 사악해 보일 뿐이었다. 큼지막한 나무 해골에 엉성하게 검은 헝겊을 두르고, 그 위로는 하얀 동그라미를 낙인처럼 찍어놓았다. 기다란 나무 막대로 만든 뿔은 양가죽으로 만든 머리 위에 수평으로 놓여 있었다. 두 눈은 새까만 쇠 단추였고, 혓바닥은 희끗해진 빨간 천 조각이었다. 하지만 황소 역할은 힘든 일이었는데 황소란, 어떤 원시적인 괴로움을 지니고 있는 일종의 희생물이자 조롱과 비난의 대상이었다. 그리고 마을 사람들이 예부터 내려온 삶의 방식을 고수하는 데 더 느슨해지고, 점점 관대해지고 의심을 가질수록 그것은 더 어려워졌다. 아니면 단지 마을 사람들이 더 늙어버린 것뿐일지도 몰랐다. 노인은 광대들이 떠들어대는 소리를 들었다. 그는 주위를 둘러보지 않고도 그 황소가 중앙 광장으로 들어왔다는 것을 알았고, 그것이 뒤편에 있어도 마음의 눈으로 완벽하게 볼 수 있었다. 그는 마리아노를 떠올리며 예의 그 달리기 시합을 회상했다. 비와 한기는 그 옛날 동틀 녘 눈보라가 치던 날 근력 좋은 다리로 마을까지 전 코스를 달렸던 때를 떠올리게 했다. 그리고 언제였던가, 그 역시도 아마 두 번인가 세 번, 황소가 되어본 적이 있었다. 몇 번인지 잘 기억나진 않지만, 그 역할을 명예롭게 제대로 해냈었다. 몸을 앞으로 구부려 황소처럼 등을 웅크린 자세의 각도만으로도 굉장히 고통스러웠을 텐데도 광대들에게서 영원히 도망칠 수 있었다. 하지만 이제는 그때 생각을 해서는 안 되었다. 숭고한 작은 말이 그의 앞에서 떨었고, 베일에 가린 기수는 정교한 머리를 엉덩이 높이로 쳐들고, 그 위에 놓인 변함없이, 거의 맹렬하게 부과된 생명력을 표현하는 데 결코 게을리하는 법이 없었다. 검은 갈기와 꼬리가 비와 섞여 소란을 피웠다. 그 작은 말은 마을의 어르신들 사이에서 이리저리 움직이다 성수를 받게 될 터였다. 추장이 그 말에게 뭔가를 말하며 그 위로 음식을 흩뿌려주었다. 마을 사람들과 방문객들은 빗속에서 떼를 지어 그 장면을 구경했다. 황소가 거리로 달려들었고, 광대와 영양들이 그 뒤를 따랐다.

비가 잠잠해지고 밤이 내리자 폭풍우의 여파가 서서히 평원 위로 옮겨왔다. 마지막 마차도 역참에서 떠난 뒤였고 서너 명의 나바호족 청년들만이 파코스 술집에 남아 있을 뿐이었다. 그중 하나가 쓰러지면서 방바닥에 토했다. 다른 이들은 이제 말이 없고 침울한 표정이었다. 바에서 서성대다 비틀거리던 그들은 남은 포도주 찌꺼기조차 마실 힘이 없었다. 1리터짜리 녹색 술병 바닥에 달콤한 붉은 포도주가 동그란 원을 그리며 남아 있었고, 그 위로 어두운 유리병이 볼록해지면서 에메랄드 불꽃처럼 빛났다. 녹색 유리병은 그들이 손을 뻗으면 닿는 카운터 위 노란 램프 불빛 아래 놓여 있었다. 그들은 무력한 경이감으로 그것을 쳐다보았다. 아벨과 그 백인 남자는 그들을 거들떠보지도 않았다. 둘은 낮은 목소리로 조심스레 대화를 주고받았다. 마치 자신들이 하는 말의 의미가 기묘하고도 틀림없다는 듯이. 이따금 그 백인이 웃었는데 그때마다 옥타브가 너무 높아서 결국엔 기괴하고 야만적인 울음, 고통의 울음소리같이 되어버렸다. 그것은 물처럼 엷고 연약한, 늙은 여인의 웃음이었다. 오로지 거대하고 악랄한 입속의 혀와 이빨에서만 생겨날 수 있는, 그 새파란 입술에서 새어 나와 흔적도 아무것도 남기지 않는 그런 것이었다. 그러나 입은 그 뒤에도 벌어진 채 아무런 소리를 내지 않았고 그 거대한 몸집은 마구 흔들렸고 하얀 두 손도 맥없이 떨렸다. 나바호 청년들은 그를 의식하게 되었다. 그러는 내내 아벨은 미소를 지었고 고개를 끄덕이며 오랫동안 침묵했다. 그리고 그 미소는 엷고 본능적인 것으로 그의 입과 눈을 덮은 딱딱하고 투명한 가면 같았다. 그는 기다렸고, 포도주 기운이 혈관을 타고 올라갔다.

그러고 나서 두 사람은 나갈 채비를 했다. 둘은 비가 내리는 어둠 속으로 나왔다. 고속도로를 가로질러 모래언덕 위를 걸었다. 멀리 역참의 불빛이 현기증 나는 안개 뒤에서 촛불처럼 너울거리며 희미하게 반짝였다. 도로와 강의 중간쯤와서 그들은 걸음을 멈추었다. 근처에 서 있는 전신주는 새까만 밤하늘에 기대어 석탄처럼 반짝거렸다. 빗소리, 그리고 바람에 흔들리는 전선이 신음하는 소리 말고는 주변이 온통 고요했다. 아벨은 기다렸다. 그 백인 남자가 그를 껴안을 듯이 두 팔을 높이 들고 앞으로 나왔다. 그러나 아벨은 이미 칼을 쥐고 있었고, 그것을 꺼내었다. 백인의 팔 안쪽에 기대면서 그는 칼날로 갈비뼈 아래쪽을 찌르고 가로로 그어버렸다. 그 백인 남자는 두 손을 아벨의 어깨 위에 놓은 채 잠시간 꼼짝 않고 서 있었다. 그의 표정에서는 분노나 고통 따위가 전혀 보이지 않았고, 다만 평소의 그 반투명한 창백함, 검은 안경에 가려 눈은 보이지 않았으나 입가에 늘 서려 있던 비애와 놀라움의 모호한 뒤틀림만 보였다. 그는 아벨이 아닌 그 너머, 비가 내리는 어둠 속, 그 소리와 고요함이 뒤섞인 새까만 영원 속을 응시하는 것 같았다. 그러다 두 손을 모아 아벨을 가까이 끌어당겼다. 아벨은 백인의 숨결에서 묘한 흥분을 들었으며 그것은 빠르고 거칠게 그의 귀를 강타했다. 그리고 새파랗게 질린 입술의 감촉과 심지어 그 입술의 비늘, 뜨겁고 미끌미끌한, 비틀린 혀끝의 감촉까지 느껴졌다. 아벨은 두려움과 혐오로 메스꺼워 몸을 빼내려 했으나 그 백인은 놓아주질 않았다. 새하얗고 거대한 몸집으로 아벨을 짓누르고 질식시켰다. 그는 칼을 빼내 다시, 더 낮게, 사타구니 깊숙이 찔렀다. 팔과 허리의 온 힘이 내장을 찌른 칼날의 비탈로 기울자 살갗이 쩍 갈라지면서 김이 나는 핏덩어리가 그의 손 위로 떨어졌다. 그 하얀 두 손은 마치 축복을 내리듯 여전히 그의 어깨 위에 놓여 있었고, 머리의 그 끔찍한 응시는 아직도 그의 몸 너머 저 멀리에 있는 무언가를 향하고 있었다. 그러다 그때 머리가 조금 움직이며 마치 그 어둠과 비에 대해 속삭여주려는 듯 창백한 얼굴 살이 씰룩거렸고, 거대하고 새파란 입은 여전히 벌어진 채로 아무런 소리도 내지 않았다. 하얀 두 손이 아벨을 잡아 가까이 끌어당겼을 때 그 무시무시한 손아귀의 힘은 아벨이 안간힘을 쓰고 버텨야만 끌려가지 않을 정도였다. 공포에 질린 그는 칼을 휘두를 줄밖에 몰랐다. 그는 칼날을 돌려 그 묵중한 하얀 팔을 찔렀고 마침내 그 백인 남자의 두 손이 떨어져 나갔다. 비틀대며 뒤로 물러선 그는 진이 다 빠져 홀쭉이고 있었다. 아벨은 칼을 내던졌고 빗물이 그 위로 내려 피를 깨끗이 씻어갔다. 고개를 들었을 때 그 백인 남자는 아직도 그 자리에서 있었고, 여전히 가까운 데서 환영이 보이는 듯, 기다리고 있었다. 바로 그때 그가 시들고 늙어가는 것처럼 보였다. 무너져내리기 바로 직전 그 순간, 그 거대하고 하얀 몸체가 꼿꼿하게 섰다가 몸의 나이와 무게를 떨쳐버리는 듯 보였고, 유연하고 느릿하게 마치 몸 안의 뼈들이 용해되는 것처럼 땅바닥으로 내려앉았다. 아벨은 더는 겁먹지 않았고 오히려 경이와 존중으로 가득한 묘한 호기심과 관심이 생겨났다. 그는 아무 생각도 할 수 없었다. 내면에 아무것도 남지 않고 오로지 경이와 존중을 향한 차갑고 본능적인 의지만이 생겨났다. 그는 다가가서 무릎을 꿇고 죽음이 백인의 얼굴을 덮치는 것을 지켜보았다. 자그만 검정 안경은 백인의 얼굴에서 조심스레 벗겨 옆에 놓아주었다. 마침내 백인의 눈동자가 굳어버리고 빗물이 스미지 않았다. 팔 하나가 몸에서 쭉 뻗어 나와 있었다. 아벨이 무릎을 꿇은 것은 바로 그 자리, 백인의 주검이 이룬 창백한 각도에서였다. 소매가 잘려나가 팔 전체와 펴진 손바닥이 그대로 드러나 있었다. 그 하얗고 털이 없는 팔은 물고기의 아랫배처럼 빛났고 새까만 손톱들은 크고 까만 염주처럼 보였다. 그는 무릎을 꿇어 오랫동안 그 백인 남자 곁에 머무르며 고개를 숙이고 있었다.

8월 2일

달아맨 향로가 흔들리는 소리와 북소리가 났다. 남자와 여자들의 행렬이 교회를 돌아 거리를 통과했다. 일행이 치켜든 조각상이 태양 아래서 빛났다. 행렬 도중 그 작은 말이 춤을 추었고 황소는 내달리다가 주위를 빙빙 돌곤 했다. 태양이 높이 떠 있었으며 골짜기가 반짝거리고 비 온 뒤 들판은 맑고 찬란했다.

한동안 춤꾼들이 키바에서 줄지어 나왔다. 기다랗게 두 줄로 선 그들이 춤을 추었고 손에 들린 호리병과 상록수 가지가 노래와 북소리에 맞춰 흔들거렸다. 그들의 발은 박자에 맞춰 땅을 두드렸고 엄숙한 눈동자는 똑바로 앞을 바라보고 있었다. 그리고 노래꾼들의 그윽한 목소리가 하나로 모여 춤 위에 쌓였고 골짜기와 땅 위로도 내려앉았다. 온전하고도 영묘한, 영원한 소리였다.

"아벨리토." 노인 프란치스코는 마차를 타고 들판으로 나갔다. 고삐가 암말들의 옆구리까지 낮게 늘어져 있었지만, 암말들은 어디로 갈지를 알았고, 알아서 강과 들판을 향해 갔다. 강 수위가 높아서 말들은 마차를 끌고 들어가 물을 마셨다. 노인은 생각 없이, 오직 본능으로 자신이 어디에 있는지 가늠하고 그 갈대를 찾았다. 갈대는 아직 거기에 있었지만 높아진 강물이 닿은 탓에 튀어 올라 물 위에 기대어 떠 있었다. 자그만 올가미는 거미줄처럼 갈대에 매달려 있었다.

후에 노인은 마차에서 내려 암말들의 두 다리를 한데 묶고는 괭이를 들고 옥수수밭으로 들어갔다. 옥수수는 높이 자라 있었고 기다란 잎사귀 날들은 볕 아래서 반짝였다. 수확물들이 주변에 온통 널려 있었고 옥수수수염들은 비에 젖어 검고 축축했으며 커다란 녹색 옥수수알들은 묵직하고 향내를 풍겼다. 그는 멀리서 나는 북소리와 그윽하고 능숙한 노랫소리를 들을 수 있었다. 춤은 생각지 않으려 애썼지만 그것은 바로 거기, 그의 뇌리에서 진행되고 있었다. 마음의 눈으로 춤꾼들을 선명하게 볼 수 있었고 심지어 그들이 어떻게 몸을 굽히고 도는지, 벽과 문들 그리고 땅의 경사와 어떤 각을 이루는지까지 볼 수 있었다. 그는 춤꾼들이 무엇을 하고 해야만 하는지에 관한 오래고 틀림없는 감각을 지니고 있었다. 이전에는 결코 춤을 떠나본 적이 없는 터였다. "아벨리토." 그가 다시 말하며 괭이질을 시작했다. 기나긴 오후가 그의 주위를 지나갔고, 그는 들판에 홀로 있었다. 그는 다만 자신이 혼자가 되었다는 사실을 알 뿐이었다.

2

태양의 사제
1952년, 로스앤젤레스

1월 26일

남부 캘리포니아 해안을 따라 조그마한 은빛 물고기들이 살고 있다. 봄과 여름이 되어 만조가 지나고 파고가 높아질 때마다 해변으로 나와 각 세 시간씩 세 번에 걸친 산란을 한다. 이 물고기들은 수백 마리씩 떼를 지어 바다에서 몰려온다. 그들은 자신들의 몸을 땅 위에 거칠게 내던지고 달빛 아래서, 바로 그 달빛, 달빛을 받으며 온몸을 비튼다. 달빛 아래서 몸부림치는 것이다. 그들은 이 땅에서 가장 무력한 생명체 중 하나다. 어부들, 연인들, 그리고 지나가는 이들은 맨손으로 그들을 잡아 든다.

태양의 사제는 제자 크루즈와 함께 로스앤젤레스에 있는 이 층짜리 빨간 벽돌집 아래층에 살았다. 위층은 A. A. 카울 사무보급회사의 창고로 쓰이고 있었다. 지하층에는 일종의 교회가 있었다. 지하실로 향하는 계단 위의 벽에는 유리판으로 덮인 게시판이 하나 있었다. 시커먼 칠판 위에 단정하게 붙여놓은 흰색 글자판 내용은 다음과 같았다.

로스앤젤레스

신성한 범汎-인디언 구원 선교회

J.B.B. 토사마 목사, 목회자이자 태양의 사제

토요일 오후 8시 30분

〈요한복음〉

주일 오후 8시 30분

〈비 내리는 산으로 가는 길〉

오늘 백인 한 사람에게 친절을 베풀라

　지하층은 춥고 음울했고, 연단 위로 양쪽 벽에 달린 40와트짜리 전구 두 개가 희미하게 빛을 밝히고 있었다. 연단은 잡다한 나무 널판들을 못질도 제대로 하지 않은 채 엉성하게 꿰맞춘 것으로, 높이는 바닥 위로 20센티미터 정도였고 그 위에는 불을 피우는 깡통 상자와 초승달 모양의 제단이 놓여 있었다. 한쪽 편에는 일종의 성서 낭독대 같은 것이 태양과 달을 상징하는 빨강 노랑 문양으로 장식돼 있었다. 연단 뒤에는 실이 너덜거릴 정도로 아주 낡은 자줏빛 휘장이 드리워져 있었다. 제단으로 가는 복도 양편에 놓인 의자와 나무 상자들은 이를테면 예배당 신도석인 셈이었다. 사방의 벽은 휑한 잿빛이었고 물이 샌 흔적이 남아 있었다. 천장 가까이 땅과 같은 높이에 나 있는 작고 네모난 구멍 하나가 유일한 창문이었다. 석탄 기름과 엉긴 먼지가 창문의 유리판을 두껍게 덮고 있었고, 거미줄은 창틀에 매달려 있거나 연기처럼 방 안 여기저기 늘어져 있었다. 공기는 무겁고 퀴퀴했으며 오래된 연기와 향내가 진동했다. 사람들은 좌석을 채우고 앉아 조용히 기다렸다.

땅딸막하고 기름진 얼굴에 흑청색 머리카락이 가시처럼 삐죽삐죽 선 사내, 크루즈가 연단으로 나와 이미 조용한 사람들에게 조용히 하라는 몸짓으로 두 손을 올렸다. 모두가 잠시 그를 쳐다보았는데 희미한 불빛 아래서 그의 피부는 땀에 젖어 노랗게 빛났다. 몸을 약간 돌려 팔을 뒤로 뻗으며 그가 말했다. "존 거대한-절벽 토사마 주교님이십니다."

어두운 막에 잔물결이 일고 휘장이 갈라지더니, 태양의 사제가 모습을 드러냈고 그림자처럼 움직여 낭독대 앞에 섰다. 엷고 적나라한 불빛 아래서 그의 모습은 텁수룩하고 무시무시했고, 크고 고양이처럼 민첩한 데다, 가는 눈에 외모와 태도 전체에서는 오만과 괴로움을 풍겼다. 그는 성직자처럼 검은 옷을 입고 있었고, 거대한 개의 목소리를 내고 있었다.

"'인 프린치피오 에라트 베르붐In principio erat verbum.'[10] 창세

기를 생각해봅시다. 세상이 창조되기 전은 어땠을지를 생각해봅시다. 아무것도 없었다고 성경은 말하고 있습니다. '땅이 혼돈하고 공허하며 흑암이 깊음 위에 있었다.' 깜깜했고, 아무것도 없었습니다. 산도, 나무도, 바위도, 강도 없었습니다. 아무것도 없는 것이죠. 그러나 주위로는 온통 어둠이 깔려 있었고, 그 어둠 속에서 무슨 일인가가 벌어졌습니다. 무슨 일이 벌어졌다는 겁니다! 하나의 소리가 들렸습니다. 어둠 저 멀리서 어떤 소리가 들렸습니다. 만들어진 적이 없었지만 그것은 거기 있었고, 들을 사람도 없었지만 그것은 거기에 있었습니다. 그것이 거기 있었고, 다른 것은 아무것도 없었습니다. 그것은 어둠 속에서 생겨나, 서서히 고요하게, 그 자체로는 아무것도 없는 것처럼—마치 한 번의 부드러운 숨결처럼, 막 일어난 바람처럼, 그렇습니다, 이른 아침 속으로 천천히 불어 들어오는 바람의 속삭임처럼 거기 있었습니다. 그러나 바람은 없었습니다. 다만 작고 부드러운 소리가 있었을 뿐. 그것은 그 자체로는 아무것도 아닌, 가장 작은 소리의 씨앗이었습니다—그러나 그것이 어둠을 장악하자 빛이 생겨났고, 빛이 그 적막을 장악하자 영원한 움직임이 생겨났으며, 그것이 고요를 장악하자 소리가 생겨났습니다. 그것은 그 자체로는 거의 아무것도 아니며, 하나의 소리이자 말씀―밤의 어둠 한가운데서 깨어져 나와 끔찍한 공허로 영원히, 영원히 내던져진 말씀이었습니다. 그리고 그것은 그 자체로는 아무것도 아니었습니다. 거의 존재하지 않았다고도 할 수 있는 말씀이지만 분명 존재했고, 그렇게 모든 것이 시작되었습니다."

바로 그때 놀랄 만한 일이 일어났다. 태양의 사제가 무언가에 사로잡힌 듯 청중들을 그대로 둔 채 자기 자신 속으로, 자신의 어떤 기묘한 잠재 속으로 물러났다. 이제껏 낮고 깊이 울리던 그의 목소리가 갑자기 거칠고 밋밋해졌다. 어깨는 축 처졌고 마치 참을 데까지 숨을 참았던 사람처럼 배가 불룩 솟았다. 잠시간 놀란 표정이었지만 이내 완전히 무심한 표정이 얼굴에서 나타났다. 확신, 서투른 모방, 냉혹. 그의 나머지 설교는 이런 것들 사이에서 왔다 갔다 했다.

"정말로 고맙소, 크루즈 형제. 안녕들하십니까, 피를 나눈 형제자매 여러분. 환영하고, 또 환영합니다. 은혜롭게도 오늘 저녁에는 새로운 얼굴들이 많이 보입니다. 은혜가 넘칩니다! 위대한 성령께서―저기 뒤에 조용히 좀 해주시겠습니까?―여러분과 늘 함께하시기를 기원합니다.

'태초에 말씀이 계시니라.' 저는 오늘 저녁 이 전능한 말씀 자체를 설교 본문으로 삼으려 합니다. 들어보십시오. '하느님께로부터 보내심을 받은 사람이 있으니 그의 이름은 요한이라. 그가 증언하러 왔으니 곧 빛에 대하여 증언하고 모든 사람이 자기로 말미암아 믿게 하려 함이라.' 아멘, 형제자매여, 우리 아멘합시다. 그리고 불가사의한 이 말씀을 생각해 봅시다. '태초에 말씀이 계시니라⋯⋯.' 늙은 요한이 무슨 뜻으로 그렇게 말했을까요? 그 인간은 설교자였고, 음, 뭐랄까, 설교자들이 어떤 사람들인지 여러분도 잘 아시다시피, 뭔가 큰 뜻을 품고 있었습니다. 오 정말, 그것은 거창했고, 진리였으며, 대단해서, 늙은 요한은 그것을 서둘러 적어두려 했습니다. 그리고 그리 서두르다 보니 그는 말을 너무 많이 했습니다. '태초에 말씀이 계시니라 이 말씀이 하느님과 함께 계셨으니 이 말씀은 곧 하느님이시니라.' 그것은 진리였습니다, 맞아요. 그러나 그것은 진리 이상이었습니다. 그 진리에 비곗살이 붙으며 지나치게 커졌는데, 그 비계가 바로 하느님이었습니다. 그 비계는 요한의 하느님이었고, 그 하느님이 요한과 진리 사이에 서 있었던 겁니다. 늙은 요한은, 아시다시피, 어느 날 아침 일어나 진리를 보았습니다. 그것은 분명 번갯불처럼 번뜩였고, 그 광경은 요한을 눈멀게 했습니다. 그리고 잠시간 그 형상은 두 눈동자 뒤에서 불타올랐는데, 그는 그것이 무엇인지를 알았던 것입니다. 그 순간 요한은 전에 결코 본 적 없고, 이후에도 영영 볼 수 없을 그 무언가를 보았습니다. 그것은 계시의 순간, 영감과 진리의 순간이었습니다. 그리고 늙은 요한은, 무릎을 꿇고 주저앉았을 것이 분명합니다. 여러분, 그는 분명 몸을 덜덜 떨고 울고 웃고 고함치며 기도를 드리고―이 모든 걸 동시에 하며―진리에 취해 의식이 혼미해졌겠지요. 아시다시피, 그는 일생토록 그 순간을 기다리며 살았고, 그 순간이 왔을 때, 그를 불시에 덮치고, 사라진 것입니다. 그리고 요한은 말했습니다, '태초에 말씀이 계시니라…….' 형제자매 여러분, 그것은 진리요, 진리의 모든 것이요, 본질이자 영원한 진리, 진리의 뼈와 피와 근육이었습니다. 그러나 그 늙은 요한은 계속 말했습니다. 설교자였으니까 말입니다. 그 완벽한 광경은 마음속에서 점점 희미해졌고, 그는 계속 말했습니다. 그 순간은 지나갔고, 기억밖에 남은 게 없었던 것입니다. 그는 발악했고 혼란스러워했으며 그 혼란 속에서 비틀대며 계속 말을 했습니다. '태초에 말씀이 계시니라 이 말씀이 하느님과 함께 계셨으니 이 말씀은 곧 하느님이시니라.' 그는 계속해서 유대인과 예루살렘, 레위인과 바리새인, 모세와 빌립보와 안드레와 베드로에 관한 이야기를 했습니다. 모르시겠습니까? 늙은 요한은 계속해야만 했던 것입니다. 그 인간은 위태로운 상황이었습니다. 그는 진리를 그냥 놔둘 수 없었습니다. 그는 자신이 진리의 끝에 와 있다는 걸 몰라서, 계속해야만 했던 것입니다. 그는 진리를 보다 더 크고 좋은 것으로 만들려고 했지만 되려 위신을 떨어뜨리고 거추장스럽게 만들었습니다. 그는 진리에 비곗살을 붙여 부드럽고 크게 만들었습니다. 설교자였던 그는, 진리에 관한 복합구문을 만들고, 두 문장으로, 세 문장으로, 그렇게 한 문단을 만들어버렸습니다. 그는 진리에 대한 설교와 신학을 만들었습니다. 그는 영원한 진리 위에 자신의 신론을 부과했습니다. '태초에 말씀이 계시니라……' 그것이 있었던 전부였고, 그것으로 충분했습니다.

자, 형제자매 여러분, 늙은 요한은 백인이었고 그 백인 남자에게는 자신만의 방식이 있었습니다. 정말 은혜롭게도 그에겐 자기만의 방식이 있었습니다. 그는 말씀에 관해 이야기합니다. 그는 말씀을 꿰뚫고 맴도는 이야기를 합니다. 그 위에다 음절을 세우고 접두사 접미사를 덧붙이고 연결부호를 끼우고 억양을 만듭니다. 그는 말씀을 덧붙이고 나누고 늘립니다. 그리고 이 모든 것으로 그는 진리를 작게 만들어버린 것입니다. 그리고 형제자매들이여, 여러분들은 이곳 백인의 세상에 살러 왔습니다. 이제 백인은 단어들로 거래하고 손의 교묘한 수완과 우아함으로 능수능란하게 거래합니다. 그리고 그의 존재 안에서, 여기 그의 본거지에서, 여러분은 어린이, 혹은 숲에 남겨진 아기에 불과합니다. 그러나 개의치 말아야 할 것입니다. 그 안에는 어느 정도 유리한 점이 있습니다. 어린아이는 듣고 배울 수 있습니다. 말씀은 어린아이에게 신성한 것입니다.

　제 할머니는 이야기꾼이셨고, 말을 다루는 법을 아셨습니다. 읽고 쓰는 법을 결코 배운 적이 없었어도 어쩐지 읽고 쓰기의 선善을 아셨고, 귀담아듣고 즐거워하는 법을 배웠습니다. 말과 언어 안에서, 오직 그 안에서만 자신이 온전하고 완벽한 존재가 된다는 사실을 배웠습니다. 할머니는 제게 이야기를 들려주셨고 이야기 듣는 법을 가르쳐주셨습니다. 어린아이였던 저는 귀담아들었습니다. 할머니는 아시다시피 읽지도 쓰지도 못했지만, 말 속에서 사는 법, 듣고 즐거워하는 법을 알려주셨습니다. '이야기하기, 말을 내뱉고 듣는 것……' 그리고 듣는다는 단순한 행위는 언어의 개념에서 결정적이고, 심지어 읽고 쓰기보다도 중요하며, 결론적으로 언어는 인간 사회에서 결정적인 요소입니다. 내 생각엔 인간 경험의 모든 역사와 선사시대 이야기 속에 그 증거가 있습니다. 그 나이 든 카이오와 여인이 내게 이야기를 들려주었을 때 나는 그저 한 귀로만 들었습니다. 나는 어린애였고, 그 말들을 당연한 것으로 여겼습니다. 그 말들이 모두 무엇을 뜻하는지는 몰랐어도 어찌어찌 그 말들을 붙들었고, 그것을 기억했고, 지금도 기억하고 있습니다. 그 이야기들은 오래되고 정겨운 것들이었고 제 할머니한테는 대단한 것들이었습니다. 할머니가 돌아가시고 나서야 그것이 할머니께 얼마나 대단한 것들이었는지 알았습니다. 나는 그것에 대해 생각하기 시작했고, 그제야 알았습니다. 할머니가 제게 그 옛이야기들을 들려주셨을 때 뭔가 기묘하고 선하고 권능 있는 일들이 일어나고 있었습니다. 나는 어린애였고 그 나이 든 여인은 내가 자신의 정신과 영적인 영역 속으로 직접 들어오길 청하고 있었던 것입니다. 할머니는 나의 상상력을 사로잡고 자신의 경이와 기쁨이라는 위대한 재산을 나눠주려 했던 것입니다. 할머니는 성스럽고 영원한 그 무엇을 대면하는 곳에 내가 동행해주길 바랐습니다. 그것은 시간을 초월한, 특정 시간에 한정되지 않는 것이었습니다. 할머니의 늙음과 나의 어림이 우리 사이에 아무런 방해를 하지 않았으니 말입니다.

어린이들은 말의 권능과 아름다움에 관해서라면 우리가 일반적으로 지닌 것보다 더 훌륭한 감각을 지녔습니다. 그리고 만약 그게 사실이라면, 모든 어린이의 마음속에는 모든 인간 경험의 그림자 같은 것이 생겨나고—혹은 다시 생겨나기 때문일 것입니다. 나는 인간 태아의 발육 과정이 인류의 진화 단계를 차례차례 반영한다 들었습니다. 그렇다면 깨어나는 어린이의 정신이 인간의 사상과 통찰력의 전체 진화 과정과 일치한다 여겨도 이치에 맞을 겁니다.

백인들의 세상에서도 언어는 역시—그리고 백인이 언어를 생각하는 방식도—변화하는 과정을 겪었습니다. 백인들은 말이나 문학을 당연시 여겼습니다. 그럴 수밖에 없는 게, 그들의 세상에서 그것만큼 흔한 게 없으니까요. 백인 주변으로는 온통 수백만의 말들이 널려 있고, 전단지, 서류, 서신과 책, 계산서와 잡지, 논평과 대화들이 끊임없이 이어집니다. 백인들은 그 말씀을 희석하고 부풀렸고, 말들이 그들에게 밀어닥치기 시작했습니다. 그들은 창조 도구로의 언어에—그리고 말씀 그 자체에—물리고 무뎌져서 거의 되돌릴 수 없을 만큼 관심이 사그라들었습니다. 그들이 말씀 때문에 멸망할지도 모를 일입니다.

그러나 그들이 항상 그랬던 것은 아니고 여러분들도 그렇지 않습니다. 잠시 그 나이 든 카이오와 여인, 제 할머니를 생각해봅시다. 언어를 말하는 데에만 국한해 사용했던 분 말입니다. 말에 의지하면 할수록 말을 향한 그녀의 관심은 깊어졌습니다. 여러분도 아시다시피 그녀의 말은 약이었고 마법이자 눈에 보이지 않는 것이었습니다. 그것은 공허에서 나와 소리와 의미 속으로 들어갔습니다. 값을 매길 수 없었고, 사고팔 수도 없었습니다. 그리고 할머니는 결코 말들을 내던져버리지 않았습니다.

할머니께서는 제게 타이-메 이야기를 들려주시곤 했습니다. 타이-메가 어떻게 카이오와족 사람들에게로 왔는지 말입니다. 카이오와 사람들은 태양춤 문화를 지켜왔고, 타이-메는 태양춤 인형으로써, 카이오와 사람들이 가장 신성시한 주물呪物이었습니다. 그보다 더 권능 있는 약은 없었습니다. 타이-메의 출현에 관한 이야기가 하나 있습니다. 할머니가 들려주셨던 이야기는 이렇습니다.

아주 먼 옛날, 살기 힘든 시절이 있었지. 카이오와 사람들은 굶주렸고 먹을 거라곤 없었단다. 한 사내는 자신의 아이가 배가 고파 우는 소리를 듣자 먹을 걸 찾아나섰단다. 남자는 사흘 내도록 걷다가 몸이 녹초가 되었어. 나흘째 되던 날, 그는 거대한 협곡에 다다랐다. 그때 갑자기 천둥과 번개가 내리쳤지. 웬 목소리가 그에

게 말을 걸었단다. "왜 나를 따라오느냐? 내게 무엇을
원하느냐?" 남자는 겁이 났단다. 눈앞에 선 존재는 사
슴의 발을 하고 온몸이 깃털로 덮여 있었단다. 남자는
카이오와 사람들이 굶주리고 있다고 대답했지. 그러자
그 목소리가 "나를 데려가거라, 그러면 너희가 원하는
것은 뭐든 주겠다."라고 대답했단다. 그날부터 타이-메
는 카이오와 사람들에게 속했단다.

아시겠습니까? 거기, 멀리 떨어진 그 어둠 속에서, 뭔가
가 일어났습니다. 이해가 됩니까? 멀리, 저 멀리 공허 속에
서 뭔가가 일어났단 말입니다. 목소리 하나, 소리 하나, 말 하
나가 있었고―그리고 모든 것이 시작됐습니다. 타이-메가
출현한 이야기는 수백 년간 구전으로 전해졌습니다. 구전은
인간이 자신에게 있어 가장 오래되고 최고라 여기는 생각을
나타냅니다. 그것은 매우 풍성한 문학이며 글로 적어둔 것
이 없었기에 한 세대가 지나고 나면 사라져버릴 위기에 처
해 있었습니다. 그러나 바로 그 이유 덕분에 이야기는 존경
의 대상이 되어 소중히 다뤄졌습니다. 할머니의 눈빛과 목
소리에서 그 존경심을 느낄 수 있었습니다. 내 생각에는 그
늙은 성자 요한이 '태초에 말씀이 계셨다……'라고 말했을

때도 마음속에 존경심이 있었습니다. 그러나 그는 계속했습니다. 계속해서 말씀 주위에 계략을 깔아놓았습니다. 그는 말씀이 계셨다는 그 단순한 사실에서 만족을 얻지 못하고 더 설명해야만 했던 것입니다. 단번에 그를 압도했을 게 분명한, 그 갑작스럽고 심오한 통찰이 아닌, 그 이후 순간에 생겨난 부적절하고 동떨어진 견지에서, 상상력의 측면이 아닌, 단지 편견에 기대어서 말입니다.

따라서 해봅시다. '태초에 말씀이 계셨다…….' 그땐 아무것도 없었습니다. 아무것도 없었단 말입니다! 어둠만이, 그때는 어둠만이 있었고, 어둠에는 끝이 없었습니다. 때로 밤하늘을 올려다보면 별들이 있습니다. 여러분은 별들에 이르는 모든 길을 볼 수 있습니다. 그러면 우주를 알고, 그것이 얼마나 무시무시하고 거대한지를 알기 시작합니다. 별들은 하늘에 기대어 있어도 하늘을 채우지 못합니다. 우주 속에서 깜빡거리는 별 하나는 우리의 마음을 채우기엔 충분하지만 밤하늘에서는 아무것도 아닙니다. 어둠이 그 주변을 휘감고 있습니다. 어둠은 별들 사이를 흐르고 그 너머로 영원히 흘러갑니다. 태초에 바로 그랬습니다. 그러나 별은 없었습니다. 다만 아무것도 없는 깜깜한 공허가 무한히 펼쳐져 있었습니다. 그리고 무언가가 일어났습니다. 별이 있는 거리쯤에서 뭔가가 일어났고, 모든 것이 시작됐습니다. 말씀이 존재하러 오지 않았어도 그것은 계셨습니다. 그것은 침묵을 깨며 나타나지 않았으나, 침묵보다 더 오래되었으며, 침묵은 그것으로 이뤄진 것이었습니다.

늙은 요한은 뭔가 끔찍한 것을 보았습니다. 눈앞에 선 존재가 말했습니다. '왜 나를 따라오느냐? 내게 무엇을 원하느냐?' 그리고 그날부터 말씀은 우리에게 속했습니다. 그것을 있는 그대로 듣고, 두려움과 경외심으로 살아온 사람들 말입니다. 말씀에 태초가 있었고, '태초에 말씀이 계셨습니다……'"

태양의 사제는 탈진한 모습이었다. 그는 낭독대 뒤로 물러서서 고개를 축 늘어뜨리고 미소를 지었다. 그의 마음속에서는 지구가 돌고 별들이 거대한 하늘에 휑하게 떠 있었다. 태양도 달도 빛났다. 태양의 사제는 황홀한 듯 보이는 미소를 지으며, 해산을 기다리는 신도들 앞에서 얼마간 말없이 서 있었다.

"평안한 밤 되십시오. 축복이 함께하기를." 마침내 그가 말했다.

아벨은 왜 물고기들을 떠올려야 했을까? 그는 바다를 이해할 수 없었고, 바다는 그의 세계가 아니었다. 그것 역시 마법에 걸린 존재였다. 달의 주술 아래 놓여 있었으니까. 바다는 달을 향해 몸을 굽혔고, 달은 그 위에다 밝고 찬란한 물결을 만들어 널따란 길을 가르며 영원히 온전하고 무한하게, 파도를 일으키며 녹아 들어갔다. 거대한 잿빛 암흑의 은빛 바닷속 은밀한 섬을 향해서. "아름다움의 길", "찬란한 길", "꽃가루가 깔린 길"—그의 친구 베날리는 이런 것들에 관해 말하곤 했다. 그러나 벤이 달빛을 받은 바다를 생각했을 리가 없었다. 아니, 절대로, 이 바다는 아니지. 그 바다…… 그리고 달의 양상과 조수의 만조와 간조에 따라 아무 생각 없이 산란하는 그 조그마한 은빛 물고기는 절대 아니지. 이런 생각은 그를 슬프게 했고, 이름 지을 수 없는 그리움과 경이로 그를 벅차게 했다.

추웠다. 어둡고 춥고 축축했고, 눈을 뜰 수가 없었다. 그는 쓰러져 있었다. 얼굴을 땅에 대고 누워 있었는데, 날씨는 차가웠고 뇌리에서는 바다가 포효하고 안개가 밀려오고 있었다. 고통이 너무 심해 몸이 떨렸고, 마음은 덜컥거리고 흔들렸으며, 이제는 비틀거리다 궤도를 벗어나 고통의 중심조차 잡을 수가 없었다. 앞이 보이지도 않았다. 눈을 뜰 수가 없었으니까. 뭔가 잘못되어도 아주 단단히 잘못되었다. 잠에서 깨었을 때 그는 움직이려 해보았지만 추위로 감각이 없었고, 괜히 새로운 고통, 찌를 듯하다 더 묵중해지는 고통만을 느낄 뿐이었다. 그는 너무 아파 정신을 잃었다. 그러다 다음번에는 갑자기 움직이면 안 된다는 걸 잘 알게 되었다. 술기운이 약해지고 있었다. 그러다 그는 헛구역질하며 온몸을 웅크렸으며 자기도 모르게 몸을 떨다가 다시 너무 고통스러워 정신이 혼미해졌다. 그는 죽고 싶었다. 그렇게 추위 속에서 아무 생각 없이 꼼짝 않고 누워 있는 동안 한 시간이 지났다. 끊임없이 철썩이는 파도 소리 너머로 밤을 지나는 도시의 소음이 들려왔다. 시곗바늘처럼 째깍거리며 동틀 녘을 향하고 있었다. 저 멀리서 뱃고동 소리가 들려왔지만, 그는 그게 무슨 소리인지 알지 못했다. 바다의 그 광활한 잿빛 적막 위에서는 동방에서 출발한 선박들이 증기를 뿜고 있었다.

잠시 후 그는 앞이 보일 만큼만 한쪽 눈을 살짝 뜰 수 있었다. 그는 잡초와 조그만 흰색 자갈이 널려 있고 기다란 회색 풀숲이 우거진 움푹 파인 바닥에 누워 있었다. 앞쪽에 놓인 둑에는 울타리가 쳐져 있었고, 뒤편으로는 너른 바위투성이 해변이 바다 쪽으로 기울어 있었다. 울타리는 육중한 철망으로 되어 있었고, 그 뒤로는 트랙터와 트레일러들이 기다란 지붕을 이룬 듯 세워져 있었다. 트레일러에는 상표와

글자 몇 줄이 쓰여 있었으나―몇몇 운전대에도 마찬가지였다―그는 그 글자들을 알아볼 수 없었다. 하역장 위, 창고 벽에 켜진 유일한 불빛을 제외하곤 마당은 어두웠다. 그러나 그 빛이 마당을 가로지르며 비추었고, 안갯속은 흐리고 어둑했다. 깡통과 종이쪼가리, 깨진 유리 조각들이 울타리 아래 널려 있었는데, 그는 손을 뻗으면 닿을 만큼 울타리 가까이에 있었다. 그가 몸을 일으켜 울타리로 손을 뻗으려 하자 통증이 다시 그를 때렸다. 그는 푹 쓰러졌고, 뻣뻣하게 굳어 가는 몸으로 마치 고통을 쥐어짜듯 웅크렸다. 그러나 통증이 너무 거대해 쥐어짜 봐야 고통은 더 심해질 뿐이었다. 점점 긴장이 풀리자 그 통증이 두 손으로 흘러갔다. 아픔이 손으로 몰렸다. 두 손이 뒤틀려 그는 손가락을 움직일 수도 없었다. 시커먼 마른 피에 손가락 몇 개가 엉겨 서로 들러붙어 있었다. 그 모습을 보자 속이 메스꺼웠다. 정신이 혼미해지더니 움츠러들었고…… 다시 물고기들 주위로 돌아갔다.

그는 자신의 육체를 사랑했었다. 그것은 단단하고 재빠르며 아름다웠고, 민첩하고 확실하게 마음과 의지를 따라주어 쓸모가 있었다. 그의 가슴과 어깨는 두꺼웠고, 할아버지만큼 힘이 세지는 않았어도 더 날렵하게 멀리 뻗을 수 있었다. 그리고 그의 두 손은 호리호리하면서도 강했다. 군살 없이 늘씬한 두 다리는 기다란 근육이 탄탄하게 붙은 것이 백인의 다리에 비하면 몹시 가늘었다. 그것은 전형적인 인디언의 다리였다. 한때는 온종일 달릴 수 있었다. 느릿느릿 뛰는 게 아니라, 아주 빠르게 먼 거리를 달려도 발바닥이 지치거나 몸이 지치는 일이 없었다. 술 때문에 병을 앓기 전에는 결코 아픈 적도 없었다. 어머니와 비달의 목숨을 앗아갔던 질병도 그가 아는 한, 그를 건드리지도 않았다. 그런데 한번은 말을 타다 떨어졌고 그 후 며칠간 그의 등허리에서 찌를 듯 날카로운 통증이 느껴졌다. 프란치스코가 주문을 외우며 기도를 하고 약초와 분가루와 물약과 침을 발라도 아무 소용이 없었다. 아벨은 결국 뚱보 조시를 찾아갔다. 당시 그녀는 이미 나이가 들었었는데―아벨도 거의 청년에 가까웠다―뒤에서 그를 포대 자루처럼 들어 올려 가까이 끌어안는 바람에 그는 그녀의 툭 튀어나온 배 위에 앉은 꼴이 되었다. 그리고 힘센 팔로 갈비뼈 아래를 어찌나 세게 죄는지 숨을 못 쉴 지경이었다. 그러더니 그녀는 그를 흔들어―심하지 않고, 부드럽게―팔다리를 느슨하게 늘어뜨리도록 만들었다. 그녀는 그를 내려놓으며 눈짓을 한 번 보내고 툴툴거렸고, 그는 다시 괜찮아졌다. 뚱보 조시. 그의 육체는 고통으로 짓이겨지고 뒤틀렸다. 그의 육체는 그의 정신과 마찬가지로 그에게 대들었다. 그것은 그의 적이었다.

안젤라가 새하얀 두 손을 그의 몸에 갖다 댔다.
아벨이 두 손을 그녀의 새하얀 몸에 갖다 댔다.

바다는 영원하다. 저 멀리 안갯속에서 파도가 철썩였다. 그는 6년 전 그 재판을 떠올렸다. 6년이 지났어도 그는 밤비에 축 늘어져 죽어가던 그 백인의 몸뚱이를 기억해낼 수 있었다. 흡사 인광체처럼 번뜩이던 그 몸뚱이, 몸체와 팔다리의 각도, 하얗게 빛을 발하던 벌어진 음탕한 손. 그러나 재판에 관해서는 생각나는 게 거의 없었다. 혐의가 있었고, 질문, 그리고 답변이 있었다. 그것은 형식적이고 질서 정연하며 문명화된 것으로, 그와는 거의 아무 상관도 없었다.

"내 말은, 그는 자신이 죽인 것이 사람이 아니라고 생각했다는 겁니다. 그것은 뭔가 다른 것이었어요." 올권 신부가 말했다.

"어떤 악령 말인가요."

"뭔가 그런 거죠, 맞습니다."

"더 구체적으로 설명해주시겠습니까, 신부님?"

신부는 아주 겸손한 척, '아, 아닙니다.'라고 대답하고 싶었으나, 그 대신 이렇게 말했다. "우리는 우리가 아는 바가 거의 없는 어떤 심리 상태를 다루고 있습니다. 저는 날마다 그 심리의 징후들을 보지만, 정확히 감을 못 잡겠습니다―더는 모르겠어요. 사제가 되려고 고향을 떠날 때, 주술 심리에 대한 나의 권리도 포기했으니까요. 어쨌든, 이런 문제에 관해서는 객관적이고 정확한 태도를 취할 도리가 없습니다. 제가 무슨 말을 하겠습니까? 저는 이 사람이 우리로서는 생각조차 할 수 없을 정도로 막강한 어떤 착란에 빠져 일을 저질렀다고 봅니다."

"네, 그래요, 맞습니다. 하지만 이것들은 사실입니다. 그는 한 사람을 죽였습니다―다른 인간의 목숨을 앗아갔다는 말입니다. 그는 자유 의지로 그 일을 저질렀고―그도 인정했습니다―그 일을 저지르려고 칼을 지니고 있었습니다. 그는 잔인하게 미리 계획한 일을 저질렀고, 그 행위를 명명하기에 알맞은 말은 하나뿐입니다."

"법률 용어로는 살인이 되겠지만, 저는 법률적으로 말하려는 게 아니고, 그도 분명 저와 마찬가지로―"

"살해는 도의상의 용어지요. 죽음은 보편적인 인간 용어이고요."

아벨은 한 번 간단하게 자신의 이야기를 하고 나서는 묵비권을 행사했다. 그는 바위처럼 의자에 가만히 앉아 있었고, 조금 지나고 나서는 아무도 그가 말할 거라 기대하거나 심지어 말하길 기대하지 않았다. 그게 좋았다. 그는 무슨 말을 어떻게 해야 할지 더는 알지 못했으니까. 한마디 한마디 한마디씩, 이 사람들은 언어로, 그들의 언어로, 그를 처분하고 있었지만, 아주 서툴었다. 그들은 망설이고 꺼림칙해하고 묘하게 불안해했다. 그는 그들을 돕고 싶었다. 완전하게는 아니더라도, 그는 그들이 그에게 무엇을 하려는지 이해할 수 있었다. 하지만 그들이 서로에게 무엇을 하는 건지는 이해할 수 없었다. 다 끝났을 때, 그는 자신을 향해 내밀어온 손을 잡았다. 신부의 눈빛에 어찌나 큰 아픔이 서려 있었던지 차마 눈 뜨고 쳐다볼 수 없을 정도였다. 그는 당혹스러웠고 굴욕감을 느꼈다. 그토록 고통스러워하는 신부에게 반감이 들었던 것이다.

그는 그 백인 남자를 죽였다. 무엇보다도 복잡할 게 없는 매우 단순한 일이었다. 그것은 세상에서 가장 자연스러운 일이었다. 분명 그들도 이해했으리라. 말로 그를 처분하려던 그들. 그들은 그가 기회만 된다면 다시 백인을 죽일 거라는 사실, 거기에는 한 치의 망설임도 없을 거란 사실을 아는 게 분명했다. 그는 백인이 누구인지 알 것이었고, 할 수만 있다면 그를 죽일 테니까. 사람은 할 수만 있다면 그런 원수를 죽여버리는 법이다.

　그는 기침을 해대며 잠에서 깼다. 목구멍과 입에서 피가 묻어났다. 온몸이 추위와 고통으로 떨리고 있었다. 괴로움으로 천천히 신음하다 질식할 지경으로 이제 숨이 막혀 헐떡거렸다. 내면에서 무언가가 희미하게 떨렸다. 조용히 해! 그는 조용히 해야만 했고, 무언가가 일어나고 있었다. 그는 밤을 가만히 응시했다. 별과 달이 환하게 떠 있는 하늘을 배경으로 온통 새까만 땅이 펼쳐져 있었다. 그의 시야로 들어온 올빼미가 갑자기 급류처럼, 귀신같이, 꿈처럼 고요하게, 그의 얼굴을 향해 들이닥치더니 산산이 부서졌다. 그는 정신이 아찔해져 숨이 멎을 듯했고 마음을 추스르고 서둘러 올빼미를 시야 모퉁이로 밀어냈다. 올빼미는 의미 없이 그를 바라보았고, 무언가가 일어나고 있었다. 그의 발이 미세하게 떨렸다. 밤은 무한하고 고요했으며 어둠 속에는 올빼미 한 마리가, 땅에는 어떤 떨림이 있었다. 그는 무릎을 꿇고 엎드려 땅에 귀를 갖다 댔다. 남자들이 그를 향해 달려오고 있었다. 길에서 벗어나 덤불 속에 숨은 그의 시야에 이내 저 멀리 그들이 보였다. 노인들은 악마를 쫓고 있었고 다리에 두른 하얀 각반들이 땅 위에서 연기처럼 흔들거렸다. 그들은 밤 속을 지나쳐 갔는데 침착하고 확신에 찬 모습이었다. 숨소리나 끙끙대는 소리조차 들리지 않았다. 그들은 물이 흐르듯 달려가고 있었다.

그의 눈동자에서 불꽃이 일었다.

악마를 쫓는 노인들은 깊은 수로에서 저항을 거의 받지 않고, 혹은 아무런 저항도 받지 않고 흘러가는 물처럼 달렸다. 그의 살갗이 흥분감으로 근질근질했다. 그리움과 외로움이 그를 엄습했다. 그들의 추격에서, 하얀 각반을 두르고 밤에 악마를 쫓는 그 노인들에게서 결정적인 것을 감지했기 때문이었다. 그들은 자신들이 하는 행위 속에서 온전했고 없어서는 안 될 존재였다. 창조되는 모든 것이 그들과 연결되어 있었다. 그들이 있어서 우주에 전망, 균형, 설계가 있었고, 그들 때문에 의미가 있었다. 그들은 굉장히 위엄 있고 차분하게 달렸다. 뭔가를 희망하며 달리는 게 아니라 되려 절망적으로, 악마를 향한 두려움이나 증오, 혹은 절망감도 아닌, 단순히 그 존재를 인정하고 존중하는 마음으로 달려갔다. 악마는 존재했다. 악마는 밤마다 널리 떠다녔다. 그들은 악마를 대면하는 위험을 무릅쓰면서 지불할 것을 셈하며 세계를 갈라야만 했다.

이제, 여기, 세계는 그의 등 뒤로 열려 있었다. 그는 이미 자신이 있을 곳을 잃었다. 오래전 중심에 있었고 자신의 위치를 알았지만 길을 잃었고, 지구의 끝까지 방황해오다 심지어 지금도 공허의 끝에서 휘청거리고 있었다. 바다가 밀려오고, 기울면서 그를 핥다 물러났고, 깊은 구렁으로 영원히 가라앉았다. 그리고 그 물고기들⋯⋯.

나이와 생년월일:

성별:

키:

몸무게:

머리 색깔:

눈동자 색깔:

혼인 여부:

자녀(나이):

종교(선택 항목):

학력(학교 교육을 마친 나이에 동그라미 치시오):

아버지 성함(살아 있으면 나이와 직업도 기입):

어머니 성함(살아 있으면 나이와 직업도 기입):

그가 있던 감방의 벽은 하얬고, 아니면 회색이었나, 녹색이었나, 잘 기억이 나지 않았다. 한동안은 벽 너머로 화장실과 큰 식당이 있던 바깥마당 외에는 아무것도 상상할 수 없었다. 혹은 벽조차도 사실 상상이 안 됐다. 그것들은 그의 이해를 넘어서는 추상체들로, 감금이 아니라 감금의 상징물들이었다. 벽의 본질적 특성은 그 실체에 있는 게 아니라 그 휑한 일차원적 표면인 외관에 있었고, 그것은 하얬던가, 아니면 회색이었나, 녹색이었나, 그랬다.

　　—남자들과 어울릴 때가 좋은가, 여자들과 어울릴 때가 좋은가?
　　—과음하는 경우가 자주 있는가, 종종 있는가, 아니면 전혀 없는가?
　　—테니스 경기와 투우 경기 중 어느 것을 보고 싶은가?
　　—당신의 지능이 우수, 평균 이상, 평균 이하 중에 어느 쪽이라고 생각하는가?

　　그는 이 문제가 어디서부터 시작됐는지, 무엇이 잘못되었는지를 생각하려 애썼다. 문제가 있긴 있었고 그도 스스로 인정하는 사실이었지만, 자신이 처한 상황을 제대로 간파할 수가 없었다. 아마도, 분명, 그것이 문제였을 것이다. 그러나 알 도리가 없었다. 그는 술을 마시고 싶었고 술에 취하고 싶었다. 버스가 기울며 삐걱거렸고 기계 전체가 자갈길 위에서 격렬히 몸을 떨자 그는 운동감이 고조되는 것을 느꼈다. 그 운동감과 소음이 그를 엄습했다. 그때 갑자기 그는 처절한 외로움에 휩싸여 울고 싶어졌다. 들판을 바라봤지만 완만하게 솟은 땅이 가로막고 있었다. 마을은 저 멀리 대지 속에 자리를 잡고 있었다.

굽어진 길에서 버스가 속도를 높이며 휘청거렸다. 현기증이 난 그는 이제는 웃고 싶어졌다. 그는 뚱보 조시가 준 갈색과 흰색 무늬 신발을 신고 있었다. 그 신발은 원래 뚱보 조시의 딸이 시내에서 하녀로 일하던 집 남자의 것이었다. 그 남자가 죽자 미망인이 옷가지들을 거저 줘버린 것이었다. 아름다운 그 신발은 거의 새것이었고, 얇은 바닥에 끝이 뾰족했으며, 각이 지고 나선형으로 뚫린 구멍이 무늬를 이루고 있었다. 뒤꿈치에는 쇠붙이 굽이 달려 있었고 가죽은 버걱거렸다. 아벨에게는 너무 컸지만 아무튼 그는 그 신발을 신었고 그것을 신을 기회를 오래도록 기다려왔다. 그는 버스 안에서 이따금 신발을 내려다보고 한 짝씩 들어 뒷다리에 문지르며 먼지를 닦고 광을 냈으며, 뒤축을 꺾어 버걱거리는 소리를 듣곤 했다.

그러나 그 신발은 갈색이자 흰색이었다. 거의 새것인 신발은 윤이 나고 아름다웠으며, 걸을 때마다 가죽이 버걱이는 소리가 났다. 그가 알고 있는 유일한 기준에서, 그 신발은 단순하고 정직하게 주의를 집중시켰다. 신발에는 갈색도 흰색도 있었고 정교하게 만들어져 훌륭한 도공이나 화가, 은 세공사의 작품이 그러하듯 경탄을 자아냈다. 신발은 그 자체로 아름다웠으며 그 자체로, 그 자체를 위해 감상할 가치가 있었다. 그러나 이제 아벨의 이전 기준을 넘어서 그 신발은 아벨에게 주의를 집중시키게 했다. 신발에는 갈색도 흰색도 있었고, 눈에 띄게 새것이었고 지나치게 컸으며, 광이 나고 덜걱거리며 버걱대기까지 했다. 그리고 그 신발은 그의 발을 너무도 아프게 했다. 주변은 온통 원수들이었으며 그는 자신이 그들의 눈에 우스꽝스러워 보인다는 것을 알았다.

　　—아래 빈칸에 한두 단어를 써서 완성하십시오.(최대한 빠르게, 가장 먼저 떠오르는 답을 써넣으십시오)

　　나는 ＿＿＿＿＿＿ 좋아한다.

　　나는 ＿＿＿＿＿＿ 아니다.

　　부자들은 ＿＿＿＿＿＿.

나는 _____ 두렵다.

내가 _____ 것은 중요하다.

나는 _____을/를 굳게 믿는다.

내가 가장 선명하게 기억하는 것은 _____다.

어릴 적에 _____을/를 즐겼다.

나는 언젠가 _____ 할 것이다.

큰 소리로 웃는 사람들은 _____다.

기타 등등.

밀리?

"완벽하게 정확한 검사는 없어요. 어떤 검사는 다른 검사보다 조금 더 정확하긴 하지만요." 그녀가 말했다.

하지만 밀리는 검사를 믿었고, 설문과 답안, 종이 위에 쓰인 글자를 믿었다. 그녀는 벤과 아주 비슷했다. 명예와 근면성, 제2의 기회, 인류의 형제애, 아메리칸 드림, 그리고 그—아벨을 믿었다. 그녀는 그를 믿었다. 얼마 후에 그는 그만큼이나 의심하기 시작했고, 그리고…….

그날 밤—약간 술에 취해 어쩌다 그리됐는지 기억은 잘 안 났지만—그는 그녀와 잠자리를 했다. 그는 그녀를 지켜봐왔었다. 그가 벤과 함께 집에 있을 때마다 그녀는 주변을 서성거렸었다. 그녀는 부끄럼이라곤 없었다. 눈을 똑바로 보고 할 말을 하고 웃어댔다. 처음 만났을 때부터 그녀는 늘 웃었다. 여자의 헤픈 웃음은 뭔가 위험하고 잘못된 것이었다. 그녀의 얼굴은 평범했다. 눈은 너무 작고 입은 너무 컸다. 그래도 노랑 머리카락에 탄력 있고 풍만한 몸매를 갖고 있었다. 그는 그녀의 걸음걸이, 두 발을 붙이고 무릎이 아닌 엉덩이를 흔들며 나긋나긋 편하게 걷는 것을 봐왔다. 그녀의 엉덩이는 빵빵하고 볼록했다. 가슴도 컸다.

그녀는 그에게 말을 걸며 웃어댔는데, 그 소리는 귓가에서 울리는 진짜 웃음이었다. 하지만 그는 시무룩했다. 그는 그녀 말에 귀를 기울이는 게 아니라 어떻게 그녀를 가질지 생각하며 그녀를 원하고 있었다. 그녀는 그가 무슨 생각을 하는지 알았고, 목소리와 웃음소리가 성급해지고 엷어지더니 두 손으로 장난을 치기 시작했다. 남자에게 몸을 줘본 지 오래 지난 터였다. 무엇을 생각하고 어떻게 걱정하고 무슨 말을 늘어놓아야 할지도 거의 잊었다. 그리고 그것은 괜찮았다. 그녀는 크고 평범하고 숨결이 거칠었지만, 그녀의 물건들 사이에서 작고 아름답고 소중한 자신을 느꼈다. 그녀가 사는 방은 우중충하고 싸구려들로 꾸며져 있었지만, 그녀는 방이 매력적이고 예스러운 데다 고상하다고 스스로 말했다. 침실은 무미건조하고 천박하고 자질구레한 장신구들이 널려 퀴퀴하고 쉰내가 났으나 그녀는, 이곳에는 어떤 따스한 기운이 스며 있다고, 우유병과 대리석, 그리고 타원형 엔티크 액자 속 색바랜 몇 장의 사진 같은 것들, 그리고 깨끗하고 신선한 리넨과 라일락이 스민 물의 향기가 있어, 하고 말했다. 두 사람은 침대 모퉁이에 앉아 있었다.

　그는 그녀를 조심스레 끌어당겨 이마에 아주 가볍게 입을 맞추었다. 그의 손이 그녀의 팔을 따라 올라가자 그녀의 팔이 점점 팽팽해졌다. 그녀는 하던 말을 멈추었고, 그의 팔에 반응하며 부드럽게 안겼다. 그가 그녀에게 입을 맞추고 그녀의 머리카락을 쓸어 넘겼고 그녀가 입은 원피스 리본을 풀더니 어깨에서 끌어 내렸다. 그녀의 어깨는 둥글고 주근깨가 많았으며 보드라웠다. 그는 브래지어 고리를 끄르고 가슴에서 떼어냈다. 그녀의 젖가슴은 새하얬고 갈색 꼭지에서 좋은 냄새가 났다. 그가 한쪽 젖가슴을 어루만졌다. 그녀의 입술이 벌어지며 그의 입술 아래서 천천히, 조그마한 짐승처럼 일을 벌이고 있었다. 그녀는 허리를 젖히고 그를 향해 젖가슴을 내밀었다. 그는 그녀의 입술에 입을 맞추고 눈과 머리칼과 목과 어깨에도 입을 댔다. 그녀는 긴장이 풀린 듯 조용히 눈을 감고 누웠다. 그러나 그의 손길이 닿자 살갗이 튀어 올랐고, 마침내 그가 그녀의 젖꼭지에 입을 맞추었다. 그는 손가락 끝으로 그녀의 젖꼭지를 마치 빗방울 만지듯 조심스레 쥐었고, 오랫동안 그것을 빨았다. 그녀는 그의 머리를 가슴에 안고 조금씩 앓는 소리를 냈고, 두 다리는 그를 향해 움직였다. 그러다 어느 순간 옆으로 눕더니 원피스와 하프슬립, 그리고 팬티를 엉덩이 밑으로 내렸다. 가슴을 만지던 그의 손이 그녀의 옆구리 곡선을 따라 미끄러져 내려갔다. 그녀는 골반이 아주 넓었는데, 그렇게 몸을 뒤틀자 그를 향해 어깨를 내밀고 가슴을 밀착시킨 자세 때문에 엉덩이의 곡선과 넓이가 두드러졌다. 그녀의 엉덩이는 매끄럽고 둥글며 하얬다. 그는 손으로 천천히 골반 곡선의 꼭대기를 더듬다가 그 너머 양쪽 엉덩이를 만졌다. 그녀가 바닥에다 발을 대고 몸을 뒤로 젖혀서 양쪽 엉덩이가 바짝 달라붙어 조여졌고, 그는 그녀의 옷을 발목까지 내려 옷을 벗겨주었다. 그는 다시 그녀의 입술에 입을 맞추고 손으로는 하얗고 꽉 찬 엉덩이를 움켜쥐었다. 그것은 이제 긴장이 풀려 축 늘어지고 무거웠고 땀으로 번들거렸다. 이제 그의 손은 축축하고 곱고 주름진, 길고 새까만 터럭 숲 사이 깊은 골까지 어루만지고 있었다. 그녀의 두 손도 부드럽게, 아주 부드럽게 그를 만지고 있었다. 그는 그녀를 간절히 열망하며 기다렸지만 그녀는 흥분해도 결코 거칠어지는 법이 없었다. 그녀의 욕망이 절정에 이르렀을 때, 그는 잠시 그녀를 가만히 두었고, 그녀는 입을 벌린 채 신음했다. 그녀의 눈꺼풀 뒤로 눈알이 마구 굴렀고 온몸이 전율했으며, 풍만하고 새하얀 육체가 빛을 발하며 번들거렸다. 그의 콧구멍은 그녀의 향기에 벌름거렸고, 그는 그녀를 가차 없이 다루었다.

바다가 철썩이고 포효했다. 그의 눈동자에서 무시무시한 불꽃이 천천히 타올랐고 그는 두 손을 움직일 수가 없었다. 바다의 포효가 그의 온 육체를 부수어 열어젖히고 있었다.

연설가이자, 의사, 태양의 사제, 벌새의 아들인 토사마가 말했다.

"'페요테는 작고, 가시가 없고, 당근처럼 생긴 선인장으로, 리오그란데 골짜기와 남부지방에서 서식한다. 그것은 아이소퀴놀린 계열의 아홉 가지 마취성 식물 염기 성분을 함유하고 있으며 그중 일부는 생리학적으로 작용하는 신경 흥분제 같고 나머지는 모르핀 같다. 생리학적으로 페요테의 가장 두드러진 특성은 시각적 환영이나 색채 환상을 일으킨다는 점이며, 거기에는 근육 운동 및 지각, 후각, 청각적 착란 현상도 수반된다.' 혹은, 달리 말하면, 그 자그맣고 늙고 솜털로 덮인 요물이 불을 켜듯 여러분을 환하게 켠다는 겁니다. 다 자란 페요테는 식물에서 태양을 상징하지요."

태양의 사제는 기도 모임을 주재하기 위해 몸에 물감을 칠해놓았다. 머리카락 일부분에는 밝은 황색 선이, 얼굴 양쪽으로는 빨간 선이 수직으로 그어져 있었으며 눈 밑에는 노란 반달이 그려져 있었다. 그는 신성하고도 불길한 모습을 하고 있었다. 모든 준비가 끝났다. 그는 한 손에 조롱박 딸랑이와 지팡이를, 다른 한 손엔 자잘한 소지품이 든 가방을 들고 연단에 올랐다. 예배자들이 한 명씩 따라 들어와 원을 두르고 앉았다. 크리스토발 크루즈가 불을 담당했고, 나폴레옹-숲에서-죽이다는 북을 쳤다.

원 한가운데에 있는 냄비 속에서 불길이 타올랐다. 태양의 사제는 불의 서쪽, 불 담당자와 고수 사이에 앉았다. 사제 앞에는 초승달 모양으로 낮게 흙으로 빚은 제단이 있었고 동쪽으로는 뿔들이 놓였다. 제단은 양쪽 끝에서 중앙으로 올수록 높아지는 형태로 거기에는 작고 평평한 공간이 있었는데, 그곳이 다 자란 페요테를 누일 일종의 요람인 셈이었다. 제단을 따라 끝에서 끝까지 패인 가느다란 홈은 인간이 탄생한 순간부터의 삶을 상징하는 것으로써, 남쪽 끝에서 서서히 올라가다 중앙에서 권능과 지혜의 꼭대기에 오르고,

거기서 노년과 죽음을 향해 북쪽 끝으로 내려갔다. 모든 사람이 자리에 앉자 태양의 사제는 세이지 잔가지를 모은 다발을 제단 위에 올려놓고 그 위에 주물을 놓았다.

주철 재질의 배가 볼록한, NO.6 상표가 붙은 세발 향로가 북이었다. 줄질해서 손잡이를 잘라낸 그 솥에는 물이 반쯤 채워져 있고 그 안으로는 불붙은 석탄과 약초가 떨어졌다. 사슴 가죽 덮개는 팽팽했고, 북소리는 먼 데서 들리는 천둥소리처럼 나직하고 감미로웠다. 태양의 사제는 앞쪽 바닥에 새하얀 천을 펼치고 그 위에다 가방에서 꺼낸 자질구레한 물건들을 올려놓았다.

1. 화려한 꿩 깃털로 만든 질 좋은 부채

2. 염주가 달린 가느다란 북채

3. 담배 마는 갈색 종이 한 갑

4. 세이지 잔가지 다발

5. 신성한 물새가 그려진 연기 막대

6. 향나무를 빻은 향 가루 주머니

7. 독수리 뼈 호각

8. 자그마한 페요테 마흔네 개가 담긴 종이봉투

첫 의식이 시작되었다. 태양의 사제가 불더럼사의 담뱃잎과 갈색 종이로 담배를 말자, 그의 왼쪽부터 차례로 담배를 말았다. 모두가 담배를 말았을 때, 크루즈가 불붙은 막대기를 집어 들어 토사마에게 건넸다. 태양의 사제는 자신의 담배에 불을 붙이고 막대기를 왼쪽으로 보냈다. 모두가 담배에 불을 붙인 뒤 그는 "오늘 밤 우리와 함께하소서."라고 기도를 올렸다. 그런 다음, 그는 담배를 피우라고 하듯 자신이 피우던 담배를 주물을 향해 내밀었다. 다른 사람들도 기도를 올렸다.

향으로 축복하는 예배 의식이 이어졌다. 태양의 사제는 말린 향나무 가루를 손으로 비벼 불 위에다 흩뿌렸고, 그런 다음 작은 페요테가 든 봉투를 쥐고 불꽃을 향해 네 번 원을 그리며 돌리는 동작을 했다. 그러고는 봉투에서 페요테 네 개를 꺼내고 나머지를 왼쪽으로 보냈다. 그는 무릎을 꿇고 양 손바닥으로 세이지 다발을 물크러뜨리며 그 향을 깊이 들이마셨고, 그 손으로 머리와 가슴, 어깨와 팔과 허벅지를 문질렀다. 다른 이들도 그를 따라 했다. 먼저 손을 내밀어 향의 축복을 받고 그 손으로 자신들을 문질렀다.

그때 모든 예배자가 작은 페요테를 씹다가 솜털이 난 가운데 부분은 뱉어냈다. 그때부터 동이 틀 무렵까지 노래와 기도, 딸랑이와 북소리가 이어졌다. 냄비에서 불꽃 한 줄기가 솟구치더니 흔들리며 춤을 추었다. 모든 이가 그것을 바라보았고, 잠시 후 무시무시한 동요와 들뜸의 순전한 물결이 방 안에 몰아쳤다. 중심 없는 물결이 한꺼번에 전체를 덮쳤다. 모두가 젊고 온전하며 막강해진 기분을 느꼈다. 그 누구도 아프거나 피곤하지 않았다. 모든 이가 달리고 뛰고 웃고 숨을 깊이 들이마시고 싶었다. 혈기 왕성하고 즐겁고 영원히 살아 있다고 외치고 싶었다. 하지만 아무도 입을 열지 않고 그저 기다렸다. 그리고 곧장 흔들리던 불꽃이 가만히 멈추자 모두는 점점 슬퍼졌다. 기분이 현저히 가라앉더니 모두가 비참함과 절망에 빠져 몸을 앞뒤로 흔들었다. 불꽃이 새까만 연기 몇 가닥을 뿜어내자 끔찍한 비탄의 감각이 방 안에서 솟구쳤다. 누구나 죽음을 생각했고, 그 생각에 압도되었다. 모두가 치명적 우울감의 극심한 고통에 시달렸다. 욕지기가 올라오며 따분한 마음에 괴로움이 번져갔다. 그러고는 천천히, 아주 천천히, 불꽃이 선명해지면서 밝게 타올랐다. 그것은 시야 깊숙한 지점까지 뒤로 물러나더니 그 주변으로는 온통 희미한 기운이 감돌았고, 그 안에서 하얗고 빨갛고 노란 빛의 조각들이 빛을 발하기 시작했다. 빛의 발산 과정이 빨라지고 선명해졌다. 마침내 이 세상에는 아무것도 남지 않았고, 그 휘황찬란하고 영원까지 비추는 빛의 조각만이 남았다. 그리고 그 빛으로부터 장밋빛 빨강과 진홍, 암적색과 포도주 빛깔까지, 가장 순수한 빛의 물결이 일어났다. 그러고 이 물결에 노란빛이 터지듯 덧붙여졌다. 버터색과 녹빛, 황금색과 사프란색까지. 그리고 최후의 불꽃—태초부터 모든 불의 본질이었던 그것이 바로 그 가장 아름답고 찬란한 빛의 구슬 안에 있었다. 그리고 그 구슬에서 파랑 초록 불꽃이 솟아나 부서졌는데, 그것은 터키석이나 에메랄드, 물과 풀의 파랑 초록이 아닌, 그보다 훨씬 강렬하게 아름다운, 태양의 환한 빛이 스민 수정처럼 맑은 색이었다. 그리고 소리도 있었다. 토사마의 손에서 조롱박이 춤을 추었고, 지붕에는 비가 떨어지고 물방울이 굴렀으며, 돌사태가 일어나 데구루루 구르고 우르릉거렸다. 그리고 그 아래와 그 너머로는 초월적인 북소리가 들렸다. 북소리가 방 안에 모였고 불꽃이 북소리에 맞춰 너울거리자 저 멀리 언덕 어딘가에서는 천둥 벼락이 내리쳤다. 소리는 쌓이고 또 쌓였다. 북의 처음과 마지막 리듬이 방 안에서 한데 어우러졌고, 그 사이의 심연은 소리로 바짝 조여졌으며, 그 소리는 끔찍하고도 심원했고, 본질적인 불꽃처럼 희미하게 떨렸다. 그 소리는 사그라지지 않고 벽으로 물러나 모두는 기다렸다. 그리고 원의 중심에서 목소리가 하나둘씩 올라와 주물과 불꽃을 장악해버렸다.

헨리-노란황소:

"오늘 밤 우리와 함께하소서. 찬란한 색채와 달큰한 연기를 타고 이제 우리에게 오소서. 우리의 길로 나아가도록 도우소서. 늘 웃음과 좋은 기분을 허락하소서. 기도로 당신께 영광을 올리고자 하오니 들어주소서. 무언가를, 이 말들을 바치고 싶사오니, 들으소서."

크리스토발 크루즈:

"음, 저는 여기 모인 모든 선한 친구들에게 불을 담당할 영예를 안겨주어 고맙다고 말하고 싶습니다. 이곳에 모여 얼마나 좋습니까, 여러분? 우리가 모두 선한 계시를 보았다는 것을 압니다. 이 얼마나 우정과 선의가 넘칩니까, 네? 저는 단지 번영과 세계 평화, 그리고 형제애를 위해 기도하고 싶습니다. 예수님의 이름으로 기도합니다, 아멘."

나폴레옹-숲에서-죽이다:

"위대한 성령이시여, 우리와 함께하소서. 당신이 우리 불쌍한 인디언들과 함께해 주시길 열렬히 바라나이다. 우리는 오래전부터 불운했고, 난리를 피우고 서로를 죽이며 살아왔나이다. 그래서 당신은 우리를 저버렸고, 우리에게서 등을 돌리셨나이다. 이제 당신의 도움을 바라며 기도합니다. 도와주소서! 우리는 지금껏 지옥 같은 고통을 맛보고 있사옵니다. 우리는 아주 오래전 패배를 인정했사옵니다. 오 주여, 우리는 백인들과 친구가 되길 원하옵니다. 이제야 당신께 고백합니다, 위대한 성령님이여. 우리에게 돌아오시옵소서! 오늘 밤 제 기도에 귀 기울여 주시옵소서. 우리가 죽는 게 저를 슬프게 합니다. 옛사람들은 이제 다 떠났고……. 오, 오. 그들은 우리에게 이런 방식으로 노래하고 연기를 피우고 기도를 올리라고 일러주었나이다……. (여기서 나폴레옹은 흐느끼기 시작했고, 흐느낌으로 몸을 떨었다. 수치스러워하는 이는 없었다. 그리고 잠시 후 그는 마음을 가다듬고 기도를 이어갔다.) 우리 자녀들은 당신의 도우심이 간절하옵니다, 위대한 성령이시여. 그들은 더는 존경심이라곤 나타내지 않나이다, 아시나이까? 그들은 게으르고 쓸모없는 주정뱅이가 되었사옵니다. 감사를 드리며, 기도를 마칩니다.ˮ

벤 베날리:

"보라! 보라! 저기 푸른빛 보랏빛 말들이 있고…… 여명으로 빚은 집이……."

한밤중이 되자 세상의 소음과 움직임이 잠잠해졌다. 불꽃이 사그라들고 있었고, 동그랗게 둘러앉은 사람들은 잔잔하게 진동하는 불꽃에 맞추어 느리게 몸을 앞뒤로 흔들었다. 그리고 어느 각도에서 보아도 불꽃의 끝에는 주물이 놓여 있었고, 그것은 적막 속에서 부풀다 수축하는 듯 보였으며, 세이지 향이 어찌나 짙게 퍼졌는지 코가 얼얼했다. 태양의 사제가 일어나 밖으로 나갔다. 먼 데 자동 전축에서 흘러나오는 음악이 천박한 소음으로 밤의 모퉁이를 채우고 있었고, 거리에서는 이따금 차 소리가 들렸다. 그때 그 정체됨 속의 괴로움 안에서 그들은 소리를 들었다. 한 번의 날카롭고 찌를 듯한 음과 그다음 한 번 더, 한 번 더, 또 한 번 더. 독수리 뼈 호각에서 터져나온 네 번의 비명이었다. 물감을 칠한 태양의 사제가 거리에 서서, 뭔가 성스러운 일이 우주 안에서 거행되고 있다는 사실을 사방을 향해 공표하는 소리였다.

아벨의 얼굴은 찢어지고 깨졌고, 눈동자가 타올랐으며, 눈 가장자리는 끔찍하게 따끔거렸다. 그는 자신의 두 손을 눈에 갖다 대고 싶었다. 그 통증은 그의 신경을 건드리고 정신이 번쩍 들게 했다. 한쪽 눈을 슬쩍 뜨자 그 틈으로 자신의 손이 보였다. 두 손은 뒤틀리고 짓이겨져 엄지손가락이 뒤로 꺾이고 마디가 부러져 있었다. 그는 엄지손가락이 서서히, 거의 부드럽게, 손바닥 쪽으로 접치다가 관절의 첫 마디가 홱 비틀리며 동그란 돌기가 툭 하고 큰 소리를 내며 튀어나오던 장면을 기억할 수 있었다. 손은 새까만 피로 범벅되어 있었고 퉁퉁 부어올라 고무장갑처럼 거대해 보였다. 그의 주변으로 안개가 짙게 깔려 급기야 그는 자신의 손도 볼수 없었다. 그는 온몸이 격하게 떨리고 있다는 것, 물고기처럼 팔딱거리며 이리저리 튀고 있다는 것을 감지했다. 그러다 그는 깨어진 육체의 고통을 넘어, 자신이 춥다는 것, 그 어느 때보다 심한 추위를 겪고 있다는 것도 깨달았다. 그는 비명을 질러보려 했지만, 목구멍에서는 쉬어서 가르랑거리고 숨이 씨근덕거리는 소리만 새어 나왔다.

어머니가 돌아가신 후 아벨은 가끔 뚱보 조시를 찾아가곤 했는데, 그때마다 조시는 그를 다정하게 대해주고 달콤한 간식거리를 주었다. 그리고 다른 누군가가 같이 있지 않을 때면 그녀는 바보 같은 표정을 지어 보이며 그를 웃겨주려고 했다. 그는 웃지 않는 어린아이였고, 뚱보 조시에겐 아들이 없고 이제 다 자라 도시에 사는 딸만 하나 있었다. 프란치스코가 혀를 끌끌 차며 손자들 좀 가만히 내버려두라고 말했지만, 뚱보 조시는 다리를 들고 방귀를 뀌며 노인을 쫓아버리는 시늉을 했다. 그 어린 형제는 그녀의 품에 웅크리고 앉아 거대한 갈색 팔에 머리를 기대었다. 그러다 비달을 땅에 묻고 일주일 뒤에 아벨은 어린아이로서는 마지막으로 그녀를 찾아갔고, 프란치스코는 그 사실을 전혀 몰랐다. 그녀는 두 눈동자를 안쪽으로 모으고 혓바닥을 내민 채 그 거대한 맨발로 부엌 주위를 뱅뱅 돌고 춤을 추면서 말처럼 콧김을 쿵쿵 내뿜었다. 두 손으로는 엄청나게 큰 가슴을 받치고 있었는데, 그것은 물주머니처럼 출렁이며 오르내리고 흔들렸다. 거대한 둔부도 흔들리고 들썩거리며 몹시 오래돼 반들거리는 옷을 찢을 듯했고, 넓적하고 빛나는 얼굴은 놀라우리만치 멍청해 보이는, 이 네 개가 빠진 싱긋 웃음으로 갈라져 있었다. 그리고 그러는 내내 그녀의 두 눈에서는 눈물이 주르륵 흘러내렸다.

밀리?

그는 겁이 났다. 그는 파도가 부서지는 소리를 들었고, 소용돌이치는 안개 속에서 어슴푸레한 형체를 보았다. 그래서 두려웠다. 그는 늘 겁을 먹고 있었다. 마음 가장자리에는 뭔가 근심스러운 것, 두려운 것이 도사리고 있었다. 그게 무엇인지는 몰랐지만, 그것은 늘 거기에 있었고, 생생했고, 급박했고, 상상을 넘어섰다.

"그는 겁이 났던 게 아녜요, 전혀요, 재판장님." 보우커가 말했다. 아벨은 그의 말에 귀를 기울이면서, 이 백인이, 자신에 대해서 마치 그가 그곳에 없는 사람인 듯이 이야기하고 설명한다는 사실에 화가 치밀어 오르고 혼란스러워지는 것을 스스로 의식하고 있었다.

"미치—레이트 상병 말입니다—와 저는 13열 쪽에 참호를 파서 들어가 있었고, 능선을 따라 남쪽을 볼 수 있었어요. 조금 전 포격이 끝난 상황에서 빠져나온 사람이라고는—그를 제외하면—레이트 상병과 마샬 이병, 저, 이렇게 셋뿐이었는데, 제길, 우리는 그가 아직 살아 있는지조차 몰랐죠. 포격에 맞아 나가떨어진 줄만 알았죠. 음, 그런데 재판장님, 마샬이 미치와 저보다 앞서갔습니다. 그가 계속해서 13열 꼭대기를 넘어갔고, 미치—레이트 상병—와 저는 탱크가 다가오는 소리를 듣고 참호에 들어갔지요. 우리는 능선 양쪽을 다 볼 수 있었습니다, 재판장님. 그 탱크는 느리고 수월하게 지그재그 꼴로 능선을 향해 올라오고 있었습니다. 그냥 정찰을 도느라고요, 재판장님. 제겐 쌍안경이 있었습니다. 음, 저는 그 거대한 탱크를 유심히 관찰했는데, 잠시 후에 미치가 나를 툭 치더니 언덕 아래를 가리켰습니다. 바로 그가 있었어요, 재판장님, 그 추장이, 빙빙 돌고 있었습니다. 그는 몸을 일으켜 능선 쪽을 바라보며 그 탱크를 찾고 있었습니다, 재판장님. 맙소사, 그때 우리는 처음으로 그가 살아 있다는 것을 알았어요. 모두가 다 죽었고, 아시다시피 그 탱크가 재차 확인하러 정찰을 나온 마당에 말입니다. 아무튼, 제 생각엔 그가 막 다가가려던 참에, 탱크가 능선에 다다랐습니다. 맙소사, 재판장님. 음, 그가 그 마지막 순간에 고개를 떨구고 죽은 척을 했습니다. 적들이 그를 봤는지는 모릅니다만, 오 맙소사, 그 탱크가 넘어왔고 바로 그를 덮칠 것 같았어요, 정말 그렇게 보였어요. 그런데 적들이 그를 못 봤고, 아주 가까이, 그를 덮치지 않는 선에서 아주 가까이 그를 지나쳐 갔습니다. 오, 주여! 미치가 욕을 내뱉었고, 저는 숨을 죽였습니다. 그리고 바로 그때 여기 이 추장이 일어났습니다, 재판장님. 오 주여, 그가 갑자기 일어나 온통 날뛰고 돌면서 그 빌어먹을 탱크를 향해 고함을 질러댔습니다. 아마 언덕 아래로 2~30미터쯤 내려갔을 때였지요. 오 주여, 재판장님. 그가 탱크를 향해 손가락질하고, 와 하고 소리를 내지르고, 그 망할 놈의 전쟁 춤을 추는 겁니다, 재판장님. 저와 미치는 그냥 숨죽이고 있었습니다. 눈앞에서 벌어지는 일을 당최 믿을 수가 없었거든요. 그리고 여기 이 남자가, 손가락으로 하늘을 가리키고 펄쩍펄쩍 뛰면서 탱크를 향해 수족 말인지 알곤킨족 말인지 모를 말로 뭐라고 지껄였습니다, 제기랄. 그는 무기도 없고 철모도 쓰지 않았었어요. 그리고 재판장님, 그 빌어먹을 탱크가 갑자기 저벅저벅 내려오더니 휙 튀어 올랐어요―맞아요, 재판장님, 실제로 튀어 올라 멈춰 서더니―모두 그를 향해 총을 쏴대기 시작했어요. 팡, 팡, 피융, 피융, 팡! 맙소사, 우리는 그 주변에 있던 잎사귀들이 사방으로 튀는 것을 볼 수 있었어요. 그리고 그는 와와 소리를 지르고 법석을 떨고, 뭐라더라, 그건 잘 모르겠어요, 재판장님. 맞아요, 영화에서처럼 박수를 치면서 소리 지르고―그러는 동안 내내 손가락으로 하늘을 가리켰어요, 재판장님. 그러다 결국 그곳에서 벗어나 나무 사이사이로 들어갔는데, 정신이 나간 듯하다가 태연해 보이기도 하면서 춤을 췄어요! 이리저리로 몸을 피하더니 소리를 꽥 지르고 그 빌어먹을 투스텝인지 뭔지 춤을 추면서 다시 뛰쳐나와, 뒤에서 몰

래 그들을 향해 저주를 퍼붓더라고요, 그랬더니 그쪽에서
그 망할 놈의 총알이 팡, 팡, 피융, 피융, 팡. 맙소사, 재판장
님. 오 주여!"

밀리?

오 하느님, 그의 손이 아픕니다.

안개 속에 까만 구멍이 하나 나 있었고, 잠시간 선착장 위
의 불빛이 뒤로 물러나 저 멀리 날카롭고 미세한 하나의 점
이 되더니, 안개가 다시 그 위로 소용돌이치며 그것을 가까
이 끌어오자 빛은 달처럼 커져 고동치기 시작했다.

그리고 그들은 강에 가까워졌고, 구름 한 점이 달의 얼굴
을 가렸는데 그 구름의 중심은 납빛을 띠었고 연기처럼 어
두운 조각들로 가득 찬 채로 달을 가로질러 갔다. 그 구름의
가장자리는 고동치는 11월의 달 위를 가로지르면서도 은빛
으로 날카롭고 자욱하게 피어올랐다. 그리고 길게 늘어진
다른 구름들도 하늘에 걸려 있었고, 가까이 떠 있는 것들은
수면에서 표류하듯 움직였으며, 모래언덕이 어렴풋이 빛을
발했는데 마치 어두운 빛과 함께 떠는 듯했다. 그는 형을 따
라 기어가면서, 몸을 낮게 숙이고 모래언덕 위 덤불 사이사

이를 지나 조용히 차가운 모래의 잔물결을 밟으며 갔다. 그
리고 비달이 물에 가까워지자 발걸음을 좁히고 조심조심 걸
으며 반짝이는 권총을 들고 몸에서 약간 떨어뜨려 완벽한
균형을 맞추었다. 강 하류, 새까만 땅이 드러난 곳에서 아벨
은 강의 완만한 곡선을 따라 내리쬔 달빛이 반짝이는 걸 볼
수 있었고, 모래언덕 너머로 물결이 찰랑이는 소리를 들을
수 있었다. 그때 비달이 뒤돌아보지도 않은 채 조용히 하라
는 신호를 보내 그는 몸을 웅크리고 기다렸다. 그들은 기나
긴 흐름의 기슭에 있었고, 그 반대편은 강둑 아래로 완만하
게 경사져 있었다. 비달은 바닥에 배를 깔고 팔꿈치와 무릎
으로 그 흐름의 꼭대기까지 기어갔다. 그가 다시 움직이자
아벨도 뒤를 따랐다. 그 흐름의 꼭대기에서 둘은 기다란 강
줄기를 보았고, 저 멀리 강이 닿은 곳은 구겨진 포일처럼 반
짝거렸다. 하지만 바로 그 밑은 어두워서 보이지 않았다. 그
반대편 둑에 울창한 버드나무와 낙엽송 숲이 길게 펼쳐져
있었기 때문이었다. 강 상류, 강이 바위와 갈대들을 끼고 갈
라지는 곳에는 물목이 만들어졌다. 바로 그 너머로 물살이
합쳐지는 곳에서는 달빛을 받은 강물이 희미하게 떨렸다.
저 멀리 검은 언덕 위 달빛이 춤을 추는 것 같았다. 그때 아벨
이 숨을 죽였다. 금속의 반짝임이 그의 시선을 사로잡았고,

그는 비달이 어둠 속을 겨냥하는 것을 보았다. 그는 지레 겁을 먹고 몸을 움츠리고 저 아래 강을 바라보았다. 처음에는 아무것도 보이지 않았다. 그러나 총성이 울리기 전부터도 깜깜한 강물은 산산이 부서지며 기어갔다. 회색 거위, 모두 스물네 마리의 거위가 강에서 솟아오르더니, 낮게, 천천히, 견고한 허공의 압력을 붙들었다. 어찌나 기를 썼던지 잠시간 버드나무 사이에서 날개를 파닥이며 무력하게 거대한 광란의 몸짓으로 떠 있는 것처럼 보였다. 그러나 하나둘씩 거대한 날개를 치며 남쪽으로 날아올라, 지나는 길에 찬란한 물방울을 흩뿌리며 멀어져갔다. 겨울밤 머나먼 끝까지 천천히 날아오르던 거위들이 긴 목을 늘이고 달을 향하는 모습을 그는 볼 수 있었다. 그들은 하늘에다 날렵하고 완벽한 새까만 각을 이루며 날아갔고, 그리고 잠시간 거위 떼는 어느 구름의 찬란한 가장자리에 어떤 징조처럼 펼쳐졌다.

봤어? 오, 거위들 정말 아름다웠어! 오 비달, 나의 형, 형도 봤지?

강 위로 끔찍한 적막이 되돌아왔고, 비달은 고개를 돌리지 않은 채 어딘가를 가리켰다. 아벨은 그것을 겨우 볼 수 있었다. 깜깜한 데 떠가는 그 어두운 형체를. 그가 물을 헤치고 다가갔을 때 물살은 느리며 잔잔했고 강에서는 아무런 소리도 나지 않았다. 그 새는 차갑고 검은 물속에서 꼼짝도 하지 않고 그를 쳐다보았다. 그는 겁이 났지만, 새는 움직이지도 소리를 내지도 않았다. 두 손으로 들어올린 새는 무겁고 따뜻했으며 용골에 난 깃털은 피로 뜨겁고 끈적였다. 그는 새를 달빛 아래로 내왔다. 그 밝은 눈동자에는 두려움이라곤 없었고, 그에게서도, 강과 땅에서도 초점이 떨어져 있었으며, 남쪽 하늘에 떠 있는 달의 고리에 흔들림 없이 단단하게 고정되어 있었다.

밀리?

달과 물새.

밀리?

뭐야, 자기? 왜 그래?

오 밀리, 오 하느님, 내 손이, 내 손이 다 망가졌어요.

그는 다른 한쪽 눈도 떠서 양쪽 다 눈을 크게 떠보려 했지만 그럴 수가 없었다. 그는 자신을 짓누르고 그 안에 머무르는 어둠을 응시했다. 눈꺼풀 안쪽이 안개처럼 어둡고 탁했다. 아주 미세한 형체, 티끌들과 살아 있는 실 가닥들이 비스듬히 떠내려가다가 다시 떠오르고, 실명의 거대한 심연으로 사라졌다. 그는 자신의 통증을 어떻게 말해야 할지 몰랐다. 그의 능력으로는 이름 붙이거나 이해할 수 없는 아픔이었다.

오 밀리 그 물새들은 아름다웠어 당신도 봤으면 좋았을 텐데

형도 그 물새들을 봤으면 좋았을 테지 새들은 높이 멀리 밤하늘을 날아갔고 하늘에는 하얀 보름달이 뜨고 빛의 고리들이 걸려 있었어 기다랗고 밝은 구름도 빠르게 움직이고 있었지 우리 형이 살아 있었고 물새들은 남쪽 저 멀리에 있었어 나는 형이 새들을 봤으면 했어 새들이 아름다웠으니까 나는 제발 하고 말했어 제발 새들 좀 봐봐 그들이 머리로 달을 가리키며 달의 고리를 통과해 날아가는 모습을……

"밀리?"

"응, 자기."

"좋았어, 밀리? 다시 좋아졌어, 안 그래 밀리?"

"응 자기, 나도 좋았지."

"나 내일 나갈 거야, 밀리. 일자리를 찾아보려고."

"잘 생각했어. 계속 찾아보면 좋은 일자리가 있을 거야. 어떤 때는 좋은 자리 찾기가 힘들어."

"나는 내일 당장 찾고 말 거야, 밀리. 두고 보라고."

"알지, 자기."

"잘 들어, 나는 좋은 자리를 구할 거고, 토요일이나 일요일에 당신하고 나하고 벤하고, 다 같이 해변에 가는 거야, 알았지?"

"오 좋아, 꼭 그랬음 좋겠어."

"오늘 다시 좋아졌어, 밀리."

"나도 행복했어. 사랑해."

그녀가 일을 마치고 집에 일찍 돌아오는 날이면 두 사람은 오후에 사랑을 나누었다. 가끔은 그녀가 돌아와도 그가 집에 없었고, 그럴 때면 그가 다시 술에 취했거나, 아프거나, 아니면 골치 아픈 일에 휘말렸다는 걸 그녀는 알았다. 그러면 그녀는 조용히 밤까지 기다리다가 음악을 듣고 옷을 다리거나, 영화를 구경하러 나갔다. 그리고 돌아와 옷을 벗고 침대에 누워 아주 조용한 어둠 속에서 가만히 귀를 기울였다. 그런 시간이면 그녀는 너무도 외롭고 두려웠으며 울고 싶어졌다. 하지만 그녀는 울지 않았다.

그리고 추위와 안개와 통증 너머 어딘가에는 깜깜하고 무한한 바다가 달을 향해 몸을 굽히고 있었고, 물 위로는 차갑고 하얀 달의 흔적이 비췄어. 그리고 저 멀리 다른 아무것도 없는 밤에, 그 물고기들이 깜깜한 물속에 놓여 있었지. 바다의 기운과 움직임을 가만히 버텨내면서, 아니면 수면 가까이에서, 미끼처럼 몸을 구르고 빙빙 돌면서, 달의 흔적을 타고 놀고 있었어. 그리고 저 멀리 내륙에는 거대한 회색빛 거위 떼 행렬이 달 아래서 이동하고 있었어.

그녀는 로스앤젤레스에서 4년을 살았고, 그동안 누구와

도 말을 섞지 않았다. 주변에는 온통 사람들이 있었고, 그녀는 그들을 알고 같이 일도 했지만—때로 사람들은 그녀를 그냥 내버려두지 않았다—그녀는 사람들과 대화를 나누지 않았으며 중요한 얘기는 아예 입 밖에 꺼내지도 않았다. 만나면 인사하고 농담도 하고 잘 지내란 말은 했어도, 물러서면 자신만의 삶을 살았다. 그녀가 누구인지, 무슨 생각을 하고 어떤 기분인지 아는 사람은 아무도 없었다.

그러던 어느 날 그가 문 옆에 서서 그녀를 기다리고 있었다. 덥고 습한 오후였는데 그녀가 집으로 돌아오는 길에 거리는 사람들로 가득했다. 그날 그가 기다리고 있었던 것이다. 둘은 서로 알게 된 지 얼마 되지 않았었고, 그는 여전히 쑥스러워했다. 그는 그녀를 기다렸고, 그녀를 보는 것만으로 기뻐했으며, 그녀는 그 사실을 알고 있었다. 그는 뭐라고 중얼거리다가 자기가 여기 왜 왔는지 설명하려 했고, 그때 갑자기 그녀는 자신들이 둘 다 얼마나 외로운지, 설명할 수 없을 정도로 얼마나 외로운 사람들인지를 깨달았다. 그녀가 머리를 흔들며 입술을 깨물기 시작했고 눈물이 두 뺨을 타고 흘러내렸다. 이따금 호흡을 가다듬을 뿐 아무런 소리도 내지 못하며 늙은이처럼 울어댔다. 그리고 눈물 너머로 그가 당혹해하고 놀란 모습을 보았다. 어찌나 측은하고 우스꽝스럽던지, 그녀는 자신 안에서 흐느끼던 웃음소리를 온통 내뱉을 수밖에 없었고―그리고 후에, 그들의 욕망을 발산한 뒤에는 약간의 통증을 느꼈다.

나는 지저분한 아이였어. 노란 머리에 팔다리는 가늘고 관절이 툭 튀어나와 있었지. 신발을 신지 않아서 뒤꿈치가 딱딱하게 갈라지고 시커먼 먼지가 묻어 있었어. 나는 토끼처럼 뛰어다녔어. 한번은 아빠가 헛간 뒤에서 한참 울타리를 두르고 계셨는데, 내가 튀어나온 철조망에 찔려 갈비뼈 아래가 죽 찢어졌어. 여기, 손으로 만져봐. 상처가 남아 있어, 잘 보이진 않지만―피부가 얇아지고 색이 조금 밝아지긴 했지, 그뿐이야―네가 나를 안아 올리거나 거기를 꽉 조이면 상처에 작은 주름들이 생겨. 상처 아래로는 푸른빛 보랏빛 핏줄들이 지나지. 대부분 푸른빛이야. 핏줄들이 이리저리 앞뒤로 온몸을 지나가는 게 좀 우습지 않니?

우리가 살던 땅은 단단하고 건조했고, 붉은 벽돌색이었어. 아빠가 땅을 갈고, 씨를 뿌리고, 물을 주었는데, 결국에 거둔 것은 얼마 안 됐어. 그해에도, 다음 해에도, 또 그다음 해에도 늘 마찬가지여서, 아빠는 결국 땅을 증오하고 적으로 생각했어. 아주 사적이고 치명적인 그런 적으로 말이야. 어느 날 저녁엔가 아빠가 땅에 참패한 뒤 밭에서 돌아오던 모습을 기억해. 그때 아무 말씀도 없으셨지. 그는 말이 없었어. 그저 가만히 앉아서 적에 대해 생각했지. 그리고 이따금 믿을 수 없다는 듯 눈을 크게 뜨고 입을 헤벌리고 있기도 했어. 마치 지금껏 시도했던 모든 일이 실패로 돌아갔고, 할 수 있는 일이라곤 가만히 앉아서 적의 막강함을 의아해하는 것밖에 없다는 사실을 갑자기 깨달은 사람처럼. 그리고 날마다 동트기 전에 아빠는 절망감을 안고 밭으로 나갔고, 나는 그 모습을 지켜봤어. 때로는 해가 뜰 무렵 저 멀리 텅 빈 지평선에 홀로 조그맣게 서 있던 아빠의 모습도. 밭이랑을 오르내리던 순간에도 돌로 변한 듯한 그 모습을 말이야.

아빠는 날 사랑했어. 날마다 밭에 나갔다가 들어오는 것 말고는 말이나 행동으로 표현하지 않았지만, 나는 알고 있었어. 어떤 깊고도 필사적인 사랑이었고, 웃음기라곤 전혀 없는 사랑이었어. 아빠는 "얘야, 너는 여길 떠나야 한다."라고 말씀하셨고, 그때 아빠의 눈동자는 거의 난폭해지기까지 했어. 아빠는 그 순간을 위해 17년간 모은 돈을 내밀었고, 우리가 함께 플레처 씨네 농장에 가자 달리 플레처 씨가 자기 아버지 트럭으로 우리를 철길까지 데려다줬어. 열차가 오자 아빠가 여행 가방을 건넸고, 나는 그것을 받으며 아빠의 큰, 상처에 얼룩지고 볕에 그을린 손을 만졌어. 손은 딱딱하고 뿌리처럼 울퉁불퉁했고, 금방 갈아엎은 깊은 땅속 어두운 흙처럼 좋은 냄새가 났어. 나는 말했지. "아빠 안녕 — 아빠, 안녕히 계세요."

그러고 나서 다시는 아빠를 만나지 못했어. 그 기차역에서 줄무늬 코트에 까맣게 광택을 낸 구두를 신고 서 있던 아빠의 모습이 아직도 기억나. 그 구두를 신은 건 수년간 두세 번밖에 없었어. 그리고 얼마 후 아빠가 주신 돈이 다 떨어졌지만, 나는 몸집이 크고 강했고 일을 할 줄 알았으니 학교가 끝나면 식당에서 일하고 새벽에 일어나 책을 읽고 공부했어. 그러다 졸업 학년에 매트와 사랑에 빠져 그와 결혼했지. 우리는 행복했고 한동안 나쁜 일도 일어나지 않았어. 아기도 생겼어. 그 애는 보드랍고 아름다웠는데 우리는 캐리라는 이름을 지어주었어. 그러다 매트가 멀리 떠나서 돌아오지 않자, 나는 내 모든 사랑을 캐리에게 바쳤어. 그녀가 있어서, 캐리가 있어서 다 괜찮았어. 나는 일자리를 구했고 캐리를 봐줄 사람을 구했어. 그리고 주말에는 캐리와 함께 놀고 자장가도 불러주고, 오후에 날씨가 좋으면 놀이터에 데리고 나가 그네를 밀어주었지. 그러면 캐리는 작은 두 손으로 줄을 꼭 쥐고 웃고 또 웃었어. 캐리가 웃었지.

그리고 캐리가 네 살이 되었어. 애가 울길래 방에 들어가 보니 몸이 불처럼 뜨거웠고, 밤이 되니 호흡이 얕아지며 얼굴이 창백해졌어. 목소리도 이상하게 가늘어지고 눈 아래가 거무스름했지. 그 애는 아주 작고 여리고 아름다웠어. 나는 아래층으로 내려가 길모퉁이 약국에서 의사를 불렀어. 그리고 다시 돌아오는데, 히

치콕 씨가 말을 걸길래 ─ 안녕하신가, 아니면 뭐를 좀 도와드릴까? ─ 그를 쳐다봤는데 놀라서 입이 떡 벌어진 그의 표정에서 내 모든 두려움과 무력함을 읽을 수 있었어. 그리고 그는 아무런 이유도 없이 웃었는데 그 소리에 자기도 소름이 끼친 듯했어.

의사가 와서 캐리를 구급차에 실어갔어. 그 애는 지금 자신에게 무슨 일이 일어나고 있는지 아는 것 같았어. 그리고 병원에서는 꼼짝 않고 누워서 천장만 바라보고 있었어. 캐리는 겁내는 거 같진 않았고 다만 호기심 어린, 묘할 정도로 사려 깊고 현명한 눈빛을 하고 있었어. 내겐 그것이 가장 터무니없고 끔찍한 일이었어. 내 아이가 죽음에 임해 그렇게 고요히 있다는 것 자체가. 그 애는 성년이 된 것처럼 보였고, 그 짧은 몇 시간 동안 전 생애를 다 살아버려서 마침내 무한한 지혜와 늙음이 그 작은 얼굴에 서려 있었어. 그리고 그 밤에 몇 번인가 애가 자기가 죽는 거냐고 물었어. 그때 심정이 어땠는지 알아? 그때는 속일 겨를도 없었고, 눈길을 돌릴 권리도 없었어. 나는 "그래."라고 답했지. 그러자 죽는 게 어떤 거냐고 애가 물었어. 나는 "나도 몰라."라고 대답했지. "사랑해요, 밀리." 그 애가 말했어. 캐리가 내 이름을 부른 건 그때가 처음이었어. 잠시간 캐리는 천장을 뚫어지게 쳐다보았고, 그 순간 아이의 눈동자가 불타 올랐어. 그러고는 고개를 약간 돌리고 두 눈을 감았어. 아주 피곤해 보였지. "많이 사랑해요."라고 속삭이고 나서, 다시는 깨어나지 못했어.

　그는 일어나야만 했다. 일어나지 않으면 얼어 죽을 터였
다. 두 다리는 괜찮았다. 적어도 다리는 부러지지 않았으니
까. 그는 한쪽 무릎을 앞으로 끌어당긴 다음 다른 한쪽도 끌
어당겼고, 겨우 울타리로 기어갔다. 오랫동안 기를 써서 마
침내 울타리에 등을 기대어 앉았다. 바로 앉으니 정신이 맑
아져 당분간은 기절할 위험이 없었다. 그는 아래로 두 다리
를 모으고 울타리에 전신을 기댔다. 먼저 뒤통수를, 그다음
어깨를 기대면서 다리 힘으로 몸을 밀어 올려 간신히 일어
섰다. 그러고 나서 그는 비틀거리며 어두운 골목과 거리를
지나 오랫동안 걸었다. 이따금 차들이 지나갔고, 그때마다
그는 어두운 건물 벽에 납작하게 붙어서서 차가 지나가기를
가만히 기다렸다. 길을 따라가다 보니 어느 지점엔가 0.75톤
짜리 픽업트럭이 한 대 서 있었다. 포장된 침대가 실려 있고
뒷문은 열려 있었다. 라이트에 불이 들어와 있었다. 그는 뒷
문으로 상체를 숙이고 들어가 안쪽으로 몸을 굴렸다. 잠시
후 누군가가 운전석에 타고 트럭이 출발했다. 아벨은 통증
과 탈진에 자신을 내맡겨버렸다. 그리고 후에 트럭이 멈추
자 그는 차에서 내려 다시 벽들을 따라 그림자 속에서 헤매

고 다녔다. 한번은 웬 남자가 모퉁이를 돌아오다가 그를 보았다. 그 남자의 입이 뭔가를 말하려는 듯 벌어졌다. 잠시 후 그는 입을 닫고 그를 가만히 바라보더니 서둘러 사라져버렸고, 더는 보이지 않았다.

　이따금 아벨은 걸음을 멈추고 쉬었는데 그때마다 현기증이 엄습해 계속 걸어야만 했다. 너무 피곤해 정신이 찌그러지는 것 같았다. 그는 안개를 생각하다 발을 헛디디고 굴러서 소용돌이치는 안갯속 축축한 벽돌담에 어깨를 부딪쳤고, 고통과 권태감을 느끼는 와중에 밀리와 벤이 해안가를 달리는 모습을 보았다. 자신도 밀리와 벤과 함께 해변에 있었고 높이 뜬 달이 환하게 빛났으며 물고기들은 저 멀리 깊은 바닷속에 있었다. 달빛, 그리고 길고 하얀 바다의 가장자리만 있을 뿐, 해변에는 아무것도 없었다.

1월 27일

연설가이자, 의사, 태양의 사제, 벌새의 아들인 토사마가 말했다.

"오클라호마의 평원, 위치타 지역 북서쪽에는 둥근 언덕 하나가 솟아 있습니다. 예로부터 그 언덕은 우리 부족 사람들에게 매우 중요한 곳이었고, 사람들은 그 언덕을 비 내리는 산이라 불렀습니다. 그곳, 대륙 골짜기의 남쪽은 세상에서 가장 날씨가 혹독한 곳입니다. 겨울이면 우박과 진눈깨비를 동반한 눈보라가 윌리스턴 회랑 지대까지 몰아칩니다. 봄이면 뜨거운 토네이도 바람이 일어나고, 여름에는 목초지가 대장간의 모루 언저리처럼 됩니다. 풀잎이 바싹 마르고 갈색으로 변해서 밟기만 해도 부스러질 정도이죠. 강과 개울을 따라 초록이 무성한 숲이 우거져 있는데, 그것은 히코리나무와 피칸, 버드나무와 개암나무 수풀이 길게 이어진 것입니다. 7월이나 8월에 멀리서 보면 나뭇잎이 열기를 내뿜는 것이 거의 불에서 몸을 비트는 듯합니다. 키가 큰 풀잎 사이로는 온통 커다란 녹황색 메뚜기들이 톡톡 튀면서 살을 찌르고 다니고, 거북들은 빨간 흙 위를 기어 다닙니다. 갈

데도 없이 긴긴 시간만 때우는 거죠. 거기에서는 외로움이 대지의 한 양상입니다. 평원 위의 모든 것들이 고립되어 있습니다. 여러 대상이 뒤죽박죽 눈에 보이는 게 아니라, 언덕 하나, 나무 한 그루, 사람 한 명, 이런 식입니다. 조금만 높은 곳에 오르면 세상의 끝을 볼 수 있습니다. 이른 아침 태양을 등지고 서서 그 풍광을 바라보면 균형 감각을 잃게 됩니다. 당신의 상상이 현실이 되면서, 여기 바로 이곳이 창조가 시작된 곳이구나, 하고 생각하게 됩니다.

나는 7월에 비 내리는 산으로 되돌아갔습니다. 할머니가 봄에 돌아가신 터였고, 나는 할머니 무덤에 가보고 싶었던 겁니다. 할머니는 아주 오래 사시다가 결국엔 쇠약해졌습니다. 유일하게 생존해계셨던 할머니의 따님이 임종을 지켰는데, 죽음에 임한 할머니의 얼굴이 어린아이의 얼굴 같았다는 말을 전해 들었습니다.

나는 할머니를 어린아이로 생각하는 게 좋습니다. 할머니가 태어났을 당시, 카이오와족은 그들의 역사상 최후의 위대한 순간을 지나고 있었습니다. 백 년이 넘는 시간 동안 그들은 스모키힐강에서 레드까지, 캐나디안 상류에서 아칸소강과 시머론강이 갈라지는 지역까지 넓게 확 트인 지역을 장악했습니다. 코만치족과 동맹을 맺고 남부 대평원 전체를 지배했던 것입니다. 그들에게는 전쟁이 성스러운 직업이었고, 그들의 말 타는 솜씨는 온 세상이 알아줄 정도였습니다. 그러나 카이오와 사람들에게 전쟁은 생존을 위한 것이 아닌 타고난 기질적인 것이었기에, 그들은 미국 기갑부대의 그 음침하고 가차 없는 침략을 결코 이해하지 못했습니다. 마침내, 뿔뿔이 흩어져 먹을 양식도 변변치 않은 상태에서 서남부 지방의 라노에스터카도 고원으로 쫓겨난 추운 겨울날, 그들은 잔뜩 겁에 질렸습니다. 팔로 듀로 협곡에서는 생존에 꼭 필요한 양식마저 약탈당해, 남은 거라곤 목숨뿐이었습니다. 목숨이라도 건지기 위해 그들은 실 요새에서 군사들에게 항복했고, 지금은 군사 박물관이 있는 그 자리에 있었던 오래된 돌 울타리에 갇히게 되었습니다. 저의 할머니는 그때로부터 8년인가 10년 정도 이후에 태어나신 덕에 굴욕적인 회색 담장에서의 수용 생활은 모면하셨지만, 분명 태어났을 때부터 참패의 고통과 노전사의 음울함을 느꼈을 겁니다.

할머니의 성함은 아호였고 북아메리카에서 진화한 마지막 문명에 속한 사람이었습니다. 할머니의 조상들은 거의 3세기 전에 북쪽 고원지대에서 내려왔습니다. 그들이 존재했다는 가장 오래된 증거는 서부 몬타나에 있는 옐로스톤강의 원천까지 거슬러 올라갑니다. 그들은 산악 부족으로, 사용하는 언어가 어떤 주요 부족들의 언어로도 분류되지 않을 만큼 신비로운 사냥 종족이었습니다. 17세기 말경 그들은 남동쪽으로 기나긴 이주를 시작했습니다. 그것은 여명을 향한 여정이었고, 그렇게 황금시대로 이어졌습니다. 이주 도중 카이오와 사람들은 까마귀족 사람들과 친교를 맺었고, 그들에게서 평원의 문화와 종교를 전승했습니다. 그들은 말들을 얻었고, 오래전의 유목민 정신이 되살아나 땅 위에서 자유로운 몸이 되었습니다. 성스러운 태양춤 인형 타이-메를 얻은 그들은 그때부터 타이-메를 숭배의 대상이자 상징으로 삼았습니다. 태양의 신성에 동참하게 된 것입니다. 특히, 그들은 운명에 대한 감각을 지니게 되어 용기와 자부심을 품게 되었습니다. 남부 대평원에 들어섰을 때, 그들은 이미 다른 사람들이었습니다. 더는 단순한 생존경쟁의 노예가 아니었습니다. 그들은 투사와 도적과 사냥꾼과 태양의 사제들이 한데 어울린 품위 있고 위험한 집단이었습니다. 탄생 신화에 따르면, 그들은 속이 텅 빈 통나무를 통해 세상에 들어왔다고 합니다. 한편으로는 그들의 이주가 오랜 예언의 결실이라고 볼 수 있습니다. 그들은 정말 태양이 없는 세상에서 나왔으니 말입니다.

그것이 보였습니다. 나는 종족의 오랜 길을 따라 할머니의 무덤으로 갔습니다. 할머니는 비록 오랜 생애를 비 내리는 산의 그림자 속에서 살았지만, 대륙 내부의 그 광활한 풍광—모든 계절과 소리—은 할머니의 피 속에서 기억처럼 흐릅니다. 할머니는 본 적도 없는 까마귀족에 대해, 가본 적도 없는 검은 언덕에 관해 이야기할 수 있었습니다. 나는 할머니가 마음의 눈으로 더 완벽하게 보았던 것들을 실제로 보고 싶습니다.

나는 옐로스톤으로 가는 길에서 순례를 시작했습니다. 그곳이, 내겐 세상의 꼭대기처럼 보였습니다. 그 깊은 호수와 어두운 수풀, 협곡과 폭포가 있는 곳 말입니다. 하지만 그곳이 아름답긴 해도 누군가는 그곳에서 갇힌 듯한 느낌을 받을 수 있습니다. 온 사방의 지평선이 손에 잡힐 듯 가깝고 높다란 수풀과 깊이 갈라진 틈의 으슥한 어둠이 주위를 둘러싸고 있으니까요. 산맥 안에는 완벽한 자유가 있지만 그 자유는 독수리, 고라니, 오소리, 곰 들이나 누리는 것입니다. 카이오와 사람들은 얼마나 멀리 볼 수 있는가로 키를 가늠했는데, 그 황무지에서는 몸이 굽고 눈이 멀었던 겁니다.

동쪽으로 내려오다 보면 고랭지는 평원으로 내려오는 계단길이 됩니다. 7월이면 로키산맥의 내륙 경사면에 아마, 메

밀, 돌나물, 미나리아재비가 무성히 피어 있습니다. 대지가 접었던 땅을 펼치면 땅의 경계가 저만치 물러납니다. 나무들이 우거진 곳, 저 멀리서 풀을 뜯는 가축들을 바라보면 시야가 더 멀리 뻗어가며 마음속에 경탄이 일어납니다. 낮 동안 태양이 지나는 자리가 더 길어지고, 하늘은 더할 나위 없이 광활합니다. 하늘에 떠다니는 거대한 구름 물결은 풀과 곡식 위로 물처럼 움직이는 그림자를 만들고 빛을 가립니다. 더 아래로 내려가면 까마귀족과 검은발족이 사는 노란색 평원이 펼쳐집니다. 언덕을 장악한 싱긋한 토끼풀들은 스스로 몸을 숙여 땅을 덮고 가려줍니다. 카이오와 사람들은 도중에 그곳에서 멈춰 섰습니다. 그들은 자신들의 삶을 변화시켜야만 하는 바로 그 장소에 당도했던 것입니다. 평원 위에서 태양은 편안함을 느낍니다. 정확히 그곳에서 태양은 어떤 신神적인 면모를 지니게 됩니다. 카이오와 사람들은 까마귀족의 땅으로 왔을 때, 동틀 녘 빅혼강을 가로지르는 어두운 언덕들의 그림자와 곡식 비탈 위로 쏟아지는 풍요로운 햇살, 그리고 하지점과 동지점을 오갔을 가장 오래된 신을 보았습니다. 아직은 그들이 남쪽으로, 가마솥 같은 땅이 놓인 아래쪽으로 방향을 틀지는 않을 터였습니다. 북부 겨울의 피를 버리고 그 산맥들을 얼마간 시야에 담아둬

야 했으니 말입니다. 그들은 동쪽으로 이동하는 중에 타이-
메를 지니게 되었습니다.

검은 언덕 위에 어두운 안개가 깔려 있었고, 대지는 냉혹
했습니다. 산마루 꼭대기에서 악마들의 탑ー회색빛 하늘 위
어떤 줄의 끄트머리가 떠 있는 것 같은ー을 보았는데 그때
그것이 대지 뒤편으로 사라졌습니다. 그것과 다시 마주하기
까지 오랜 시간이 걸렸고, 다시 보았을 때 그것은 갑작스레
골짜기를 가로지르는 온전한 전체의 모습으로 나타났습니
다. 마치 시간이 탄생할 때 지구의 중심이 그 껍질을 뚫고 나
와 세상의 운동이 시작됐던 것처럼 말입니다. 그것은 움직
임 안에 서서, 마치 하늘로 솟아오르길 간절히 바라며 영원
히 자라는 나무처럼, 대지 위에 환영을 드리웁니다. 자연에
는 인간의 마음을 끔찍이도 고요하게 만드는 것들이 있습니
다. 악마들의 탑도 그중 하나입니다. 사람이라면 그것이 무
엇인지 확인해야 합니다. 그것이 무엇인지 스스로 설명하는
데 실패한다면, 영원히 우주와 소원해질 테니까요. 두 세기
전에, 카이오와 사람들은 달리 어쩔 도리가 없었기 때문에
그 바위 아래서 전설을 하나 만들어냈습니다. 할머니가 들
려주신 이야기는 이렇습니다.

여덟 명의 아이들이 놀고 있었단다. 일곱 자매와 남
자아이 하나였어. 갑자기 그 사내아이가 벙어리가 되었
지. 그는 몸을 떨더니 두 손과 발로 땅을 짚고 달리기 시
작했어. 손가락에는 짐승 발톱이 나고 온몸에 털이 났
단다. 사내아이는 곰이 되어버린 게야. 자매들은 겁에
질려 달아났고 곰은 쫓아갔어. 거대한 나무 둥치가 있
는 곳에 다다르자 나무가 말했어. 나무를 타고 올라오
라고 말이야. 자매들이 나무에 오르자 나무는 하늘 위
로 자라나기 시작했어. 곰이 자매들을 잡아먹으려 쫓아
왔지만 이미 닿을 수 없는 데까지 올라가 있었지. 곰은
나무 둥치를 밀면서 발톱으로 나무껍질을 모조리 벗겨
버렸어. 일곱 자매는 하늘로 올라갔지. 그러고는 북두
칠성이 되었단다.

그 순간부터, 그리고 그 전설이 살아 있는 한, 카이오와 사
람들은 밤하늘에 친족을 두게 된 셈입니다. 그들이 산속에
서는 무엇이었든 간에, 더는 같은 사람이 아니었습니다. 비
록 그들의 행복은 미약한 것이었고 지금껏 당한 고통과 앞
으로 당하게 될 괴로움도 엄청난 것이었지만, 그들은 이 황
야를 벗어날 방법을 알아낸 것입니다.

그들 가운데 가장 먼저 대평원의 가장자리에 섰던 이는 이전보다 훨씬 더 멀리, 대지 저 너머까지 보게 되었습니다. 대륙의 심장부에는 늘 시야의 끝에 존재하는 어떤 태양과 바람의 본질 같은 것이 있습니다. 그 사람은 무엇을 탐색의 대상으로 삼을지를 알았고, 그의 나아감을 방해할 것은 아무것도 없었으며, 그는 대지로 들어서서도 살아남을 수 있었고, 그 적막감의 뜨거운 무게를 단번에 받아들일 수 있었습니다. 어찌 보면 생존의 문제가 그토록 절박했던 적도 없었을 겁니다. 그 땅보다 더 혹독하게 인간의 힘을 재는 곳은 없었으니까요. 하지만 또 그곳만큼 경이로운 마음이 들게 하고 운명적인 의지를 불태워 주는 땅도 없었습니다.

할머니는 태양을 숭배하셨습니다. 그런 신성한 마음은 오늘날 인류에게서는 찾아볼 수 없습니다. 할머니 내면에는 경계심이랄까, 태곳적 경외감이 있었습니다. 말년에 기독교인이 되셨지만, 아주 먼 길을 돌아오셨고, 결코 태생적 권리를 잊으신 적이 없습니다. 할머니는 어릴 적에 태양춤을 추었고, 연례 의식에도 참여하셨으며, 그 과정에서 부족들이 타이-메 앞에서 회복하는 것을 배웠습니다. 카이오와 부족이 1887년 비 내리는 산 샛강 상류의 위시타강에서 최후의 태양춤 무도회를 열었을 당시 할머니의 나이는 일곱 살 정도였습니다. 들소들이 자취를 감춘 때였습니다. 카이오와 사람들은 고대로부터 내려온 제물 봉헌식을 제대로 하기 위해ー수놈 들소의 머리를 타이-메 나무에 꽂아두기 위해ー한 무리의 노인 파견단이 텍사스까지 가서 굿나이트 목동 무리에게 애걸해 물건을 주고 들소 한 마리를 얻어왔습니다. 생존한 태양춤 문명의 집단으로 카이오와 사람들이 최후로 모였던 것은 할머니가 열 살 때였습니다. 그들은 들소를 구할 수 없어, 신성한 나무에 오래된 가죽을 걸어둘 수밖에 없었습니다. 할머니는 그해 여름을 아포토 에토다-데카도, 즉 '쇠스랑 장대가 가만히 서 있던 날의 태양춤 무도회'라고 기억합니다. 카이오와 달력에는 짓다 만 약초방 뼈대 바깥에 나무 한 그루가 서 있는 그림으로 표시되어 있습니다. 사람들이 춤을 추기도 전에, 부족 사람들을 해산시키라는 명령에 따라 실 요새에서 무장한 군사 무리가 말을 타고 내려왔습니다. 명분도 없이 신앙의 본질적 행위를 금지당한 채, 야생 가축들이 도살당해 땅 위에서 썩도록 내다 버려진 장면을 보면서, 카이오와 사람들은 그 나무에서 영원히 멀리 물러났습니다. 그때가 1890년 7월 20일, 와시타강이 크게 굽어지는 장소에서 일어난 일입니다. 제 할머니가 거기 계셨습니다. 살아 있는 동안 할머니는 신을 죽이는 그 환영을 쓰라림 없이, 그저 품고 사셨습니다.

이제는 오로지 기억 속에서만 할머니를 만날 수 있으나 나는 할머니가 몇 가지 특유의 자세를 취하시는 모습을 선명히 볼 수 있습니다. 어느 겨울날 아침 장작 난로 앞에 서서 커다란 쇠 프라이팬 안에 있는 고기를 뒤집으시던 모습, 남쪽 창가에 앉아 구슬 끼우기에 열중하시던 모습, 그리고 훗날 눈이 흐려졌을 때, 자신의 주름진 두 손을 오랫동안 들여다보시던 모습, 나이의 무게가 엄습해올 때 지팡이를 짚고 아주 느릿한 걸음으로 외출하시던 모습, 기도하시던 모습. 나는 할머니가 기도하시던 모습이 가장 자주 떠오릅니다. 할머니는 온갖 것들을 목격한 사람답게 고통과 염원에서 우러나는 길고 장황한 기도를 읊조리셨습니다. 내가 그것을 들을 권리가 있는지 확신이 선 적은 결코 없습니다. 그 기도문들은 너무도 배타적이어서 단순한 관례도, 무리의 행위도 아니었으니까요. 마지막으로 할머니를 보았을 때, 그분은 밤에 침대 옆에 서서 기도를 올리고 계셨는데, 허리춤 위로는 벗으신 채여서 석유등의 빛이 할머니의 어두운 살갗 위로 움직이고 있었습니다. 낮 동안 늘 땋아 올렸던 할머니의 검고 긴 머리카락은 숄처럼 내려와 어깨와 젖가슴을 덮고 있었습니다. 내가 그분의 기도를 항상 이해할 수 있었던 건

아닙니다. 나는 할머니의 기도들이 일상의 말들보다 더 오래된 언어로 빚어졌다고 믿습니다. 소리에는 어떤 본질적인 서글픔이 어려 있고, 그 서글픈 음절 위에는 어떤 희미한 망설임이 놓여 있습니다. 할머니의 목소리는 높은 톤으로 시작해 점점 낮아지다 고요에 이르기까지 진을 뺐고, 다시, 또 다시―늘 같은 강도로 노력하는, 있기도 하고 없기도 한, 인간 목소리의 긴박함 같은 것이 깃들어 있었습니다. 방 안의 그림자들 사이에서 그 희미하게 춤추는 빛 안에 선 할머니는 시간이 닿을 수 있는 곳 너머에서 마치 나이가 그분을 손에 넣을 수 없는 것처럼 계셨습니다. 하지만 그것은 환영이었고, 나는 다시는 할머니를 볼 수 없다는 것을 알았던 것 같습니다.

집들은 평원의 보초병이나 기상대를 지키는 늙은 문지기처럼 보입니다. 집에 쓰인 목재는 삽시간에 매우 오래된 듯한 모습을 띱니다. 비바람에 모든 색채가 금세 닳아버리고, 잿빛으로 타오르다 나뭇결이 드러나고 못들은 녹이 슬어 붉게 변합니다. 불투명한 검은빛의 유리창 안에는 아무것도 없는 것처럼 보입니다. 사실 그 안에는 땅으로 되돌아간 유령과 뼈들이 있습니다. 그들은 여기저기서 하늘을 등지고 서 있지만, 그들에게 다가가려면 생각보다 오랜 시간이 걸

립니다. 그들은 저 먼 데 속해 있으니까요. 거기가 그들의 영역입니다.

할머니는 비 내리는 산 샛강이 와시타강으로 흘러드는 곳 근처에 있는 집에서 사셨습니다. 한때는 집 안에 들락거리는 이들이 많아 잔치와 대화들로 시끌벅적했습니다. 그곳의 여름에는 재회의 흥분과 기쁨이 넘실댔습니다. 카이오와 사람들은 여름 사람들입니다. 추울 때는 집 안에 묵으며 조용히 지내지만, 계절이 바뀌고 대지가 데워지며 생기가 넘쳐나면 그들은 가만있지를 못했습니다. 아주 오랜 그 회귀 본능이 되살아납니다. 그 옛날 사람들은 섬세한 감각으로 화려한 행사를 관장했고, 예의를 갖추는 데도 경탄을 자아낼 만한 인식을 지녔습니다. 내가 어렸을 때 할머니 댁을 찾아오시던 그 나이 든 손님들은 지혜와 모멸감으로 가득찬, 어마어마한 성격의 소유자들이었습니다. 그분들은 결코 틀림없는 고요를 지니고, 단 하나의 표정만을 지어 보였는데, 그것으로 충분했습니다. 그들은 군살 없이 가죽만으로 다져진 몸을 꼿꼿이 세우고 다녔습니다. 커다란 검은 모자를 쓰고 바람에 나풀거리는 찬란한 색깔의 풍성한 셔츠를 입은 채였습니다. 머리카락에는 기름을 바르고 형형색색의 헝겊 띠로 머리를 묶었습니다. 그중 몇 분은 얼굴에도 물감을 칠하고

224

오래전부터 간직해온 적대감의 상흔을 지니고 있었습니다. 그들은 오랜 전사들의 모임 구성원으로서, 자신들이 누구인지 상기하고 서로에게 상기시키려고 모인 것이었습니다. 아내와 딸들은 그분들을 잘 모셨습니다. 여인들도 마음껏 즐겼을 것입니다. 한껏 수다를 떠는 게 봉사의 표시이자 봉사에 대한 보상이기도 했으니까요. 여인들은 큰 소리로 재주껏 떠들어대며, 농담과 손짓 발짓을 주고받고, 화들짝 놀라거나 짐짓 놀라는 표정을 지어 보이기도 했습니다. 멀리 나갈 때는 술 장식이 달린 꽃무늬 숄을 걸치고 오색 찬란한 목걸이와 독일 은전을 목에 걸었습니다. 부엌에 머무를 때면 마음이 편안했고, 잔치를 위한 음식을 준비했습니다.

기도 모임이 자주 있었고, 거창한 밤 축제도 열렸습니다. 내가 어린아이일 때는 바깥에서 사촌들과 놀곤 했습니다. 그곳에서는 등잔 빛이 땅으로 떨어지고 노인들의 노랫소리가 우리를 감싸다가 어둠 속으로 사라지곤 했습니다. 맛있는 먹거리가 많았고 웃음소리와 놀라운 일들이 넘쳐났습니다. 그리고 다시 고요가 찾아왔을 때, 나는 할머니 곁에 누워 멀리 강가에서 들려오는 개구리 울음소리를 들었고 대기의 움직임을 느꼈습니다.

이제 그 방에는 장례식의 적막감이, 마지막 한마디의 어떤 끝없는 울림 같은 것만이 남아 있습니다. 할머니가 사시던 집은 벽들이 에워싸고 있습니다. 조의를 표하러 그 집에 갔을 때, 나는 생전 처음으로 그 집이 얼마나 작은가를 알았습니다. 늦은 밤하늘에 거의 꽉 찬 하얀 달이 떠 있었습니다. 나는 부엌문 옆 돌계단에 오래도록 앉아 있었습니다. 거기서 나는 대지 건너편을 바라보았는데, 샛강 옆으로 길게 늘어선 나무숲과 펼쳐지는 듯한 평원에 깔린 으슥한 빛을 볼 수 있었습니다. 그리고 북두칠성을 보았습니다. 한번은 달을 쳐다보는데 이상한 물체가 눈에 들어왔습니다. 귀뚜라미 한 마리가 얼마 안 떨어진 난간 위에서 몸을 움츠리고 있었는데, 내 시선의 각도 때문에 그 생명체가 화석처럼 달을 꽉 채운 것처럼 보였던 것입니다. 녀석이 저리로 가버렸구나, 하고 생각했습니다. 저기서 살다가 죽을 모양이구나, 하고요. 하고 많은 장소 중에 유독 거기에서만 그 생명체의 조그마한 윤곽이 온전하고도 영원해 보였으니 말입니다. 따스한 바람이 일어나 내 안에서 그리움처럼 소용돌이치며 흘러갔습니다.

　다음 날 아침, 새벽에 일어난 나는 할머니 집에서 나와 정자 옆에 서 있는 우물 발판에 올랐습니다. 주위는 온통 고요했고, 멀리 강가의 피칸나무 숲 위에는 아직도 밤이 깔려 있었습니다. 태양이 땅에서 솟아올랐고, 대기를 태우기엔 아직 무력한 상태로 한참 동안을, 희미하게 거의 달처럼 차가운 모습으로 있었습니다. 주황색 곡선이 짙어지며 대지 위로 솟아오른 원은 불가능한 지름을 향해 아래로 꺾어졌습니다. 저러면 안 돼, 하고 생각했던 나는 겁나기 시작했습니다. 그때 대기가 용해되고 태양이 뒤로 물러났습니다. 하지만 잠시간 나는 세상이라는 실재의 중심을 보았습니다. 평원의 매일매일은 그 기묘한 태양의 식蝕에서부터 시작됩니다.

나는 비포장도로를 따라 비 내리는 산으로 나갔습니다. 날이 이미 더웠고, 메뚜기들이 허공을 채우기 시작했습니다. 그래도 아직은 이른 아침이었고, 그늘에서는 새들이 노래했습니다. 산 위의 기다란 황색 풀잎들이 찬란한 볕 아래서 반짝였고, 딱새 무리가 땅 위로 서둘러 날아갔습니다. 바로 그곳, 그것이 있어야만 하는, 기나긴 전설의 길이 끝난 그 자리에, 할머니의 무덤이 있었습니다. 그분은 마침내 그 성스러운 땅에서 번성한 것입니다. 여기저기 어두운 돌판 표면에 소중한 조상들의 이름이 새겨져 있었습니다. 한 번 고개를 돌린 나는, 산을 바라보고 떠나왔습니다.”

3

밤 노래를 부르는 이
1952년, 로스앤젤레스

2월 20일

그가 오늘 떠났다. 비가 내려서 나는 그에게 내 외투를 주었다. 나는 그걸 주기가 싫었다. 내 유일한 외투였으니까. 우리는 기차역 플랫폼에 서 있었다. 그는 고개를 숙이고 있었고, 나는 무슨 말을 꺼낼지 생각하고 있었다. 철길이 젖어 있었고—당신도 비에 젖은 철길이 반짝이는 걸 본 적이 있을 것이다—주위는 온통 작별 인사를 주고받는 사람들로 붐볐다. 그는 종이봉투 하나와 여행 가방—물감으로 세 줄 줄무늬를 그어놓은 그 자그만 양철 가방을 당신도 알 것이다—을 들고 있었다. 우리는 비를 맞으며 내내 걸어갔고 그가 입은 외투의 양쪽 어깨가 비에 젖어 얼룩졌다. 그가 외투로 봉투를 감쌌지만, 그래도 한쪽 부분이 젖었다. 역에 도착하자 그가 봉투를 꺼내어 말리려고 했는데 그것은 이미 축축해져 있었다. 아마 나중에는 찢어지고 말았을 것이다. 그는 상태가 상당히 나빠 보였다. 손에는 여전히 붕대를 감고 있어서 손을 제대로 사용할 수도 없었다. 역까지 도착하는 데도 시간이 꽤 걸렸다. 그가 빨리 걸을 수 없었으니까. 그 외투는 회색으로 품이 크고 기다란 좋은 옷이었는데 이미 낡고 세탁한 지도 오래된 터였다. 어디서 구한 옷인지 기억나지는 않는다. 누가 입던 옷이었는데, 오른쪽 주머니에는 커다란 구멍이 나 있었다. 여기서 이런 외투는 사실 비가 올 때가 아니면 쓸모가 없다.

내가 돌아왔을 즈음에는 날이 어두워졌고, 비도 잠시 그친 상태였다. 시내로 나가보니 거리는 비에 젖어 있었고 모든 불이 켜져 있었다. 당신도 알다시피, 그곳은 항상, 심지어 대낮에도 늘 어둑해서 항상 불이 켜져 있다. 그러나 비가 내리는 밤이면 온통 불빛으로 물들어 있다. 포장도로 위도 차들 위도 반짝인다. 가지각색의 불빛이 켜졌다 꺼졌다 하면서 온 사방을 돌아다닌다. 상점 안에도 모두 불이 들어와 있고 유리창은 빛나는 것들로 가득 차 있다. 모든 것이 깨끗하고 빛나서 다 새것처럼 보인다.

앞을 잘 보고 걸어야 한다. 특히 비 온 뒤 거리는 늘 사람들로 북적대고 아주 시끄럽다. 젖은 길 위에서 차들이 출발하고 멈추는 소리가 들린다. 휘파람 부는 소리, 경적 울리는 소리, 그리고 온갖 시끄러운 음악 소리도 들려온다. 신문을 파는 노인들이 길모퉁이에 서서 언제나처럼 뭐라고 소리를 질러대지만, 당신은 그들이 뭐라고 하는지 못 알아들을 것이다. 아무튼 나는 못 알아듣겠다.

비가 다시 내릴 것 같아서 곧장 걸어가는데, 몸이 으슬으슬 추웠다. 그래도 거기 있긴 싫었다. 나는 내내 기차에서 아까처럼 아파하고 있을 그를 떠올렸다. 그는 도움이 필요할 정도로 상태가 몹시 안 좋아 보였다. 눈가 주위는 아직도 퉁퉁 붓고 멍이 들어 있고, 코뼈가 부러진 게 보일 정도였으니까. 당신도 알겠지만, 그렇게 흠씬 두들겨 맞은 듯 보이는 사람은 아는 사이가 아니고선 도와줄 엄두가 나지 않는 법이다. 그가 겁날 테니까. 나는 내내 그 생각을 했다. 아무도 그를 돕지 않을 거라 생각하니 기분이 우울해졌고, 왠지 모를 외로움도 밀려왔다. 다시 비가 내리기 시작했고 그 거리를 걷는데 어쩐지 서글펐다. 모두들 어딘가를 향해, 집을 향해 걸어가고 있었다.

나는 3번가에 있는 터널에서 나와 벙커힐 거리로 접어들었다. 빗발이 꽤 굵어져 내 웃옷이 완전히 비에 젖어 달라붙었고ㅡ물에 젖은 모직에서 나는 냄새가 어떤지 당신도 알겠지ㅡ나는 실버 달러라는 헨리의 가게로 들어갔다. 가게 안은 따뜻했다. 그곳은 꽤나 괜찮은 술집이었다. 주크박스도 있고 항상 인디언 몇몇이 술을 마시며 빈둥대고 있었으니까. 그곳에선 취해도 되고, 술에 절어 시비를 붙이지 않는 한 아무도 간섭하지 않는다. 마르티네즈가 이따금 그곳에 들르는데, 그때마다 가게에는 적막이 흐른다. 사람들은 그를 뱀이라고 부른다. 그는 순경인데, 아주 질이 나쁘다. 항상 말썽거리가 없나 찾아다니고, 여차해서 걸려들었다 하면—당신이 그를 화나게 했다면—조심하는 게 좋다. 하지만 헨리는 그에게 술병을 건넨다—돈도 함께 건네지 싶다. 헨리는 그에게 친절하게 군다. 당신도 그곳에서 얌전하게 굴면 그와 얽힐 염려는 없다.

비가 와서 그런지 가게가 꽤 번잡했다. 나는 술을 한 잔 마시고 싶었지만 가진 돈이 없어서 많은-양떼에게 빌린 돈을 좀 갚아줄 수 없냐고 물었다. 그는 내가 모르는 웬 여자와 함께 있었는데—근방에서는 못 보던 얼굴이었는데 아마 오클라호마에서 왔을 것이다—오래전에 내게 돈을 빌려 간 적이 있던 터였다. 그는 주급을 받으며 일했고, 고향에서 보내오는 월세도 조금 있었다. 그는 여자랑 있어서 그랬는지 은근히 거들먹거리면서 내게 3달러를 건넸다. 그 여자의 얼굴이 볼만해서 그녀—가슴이 엄청 컸다—를 만나보고 싶은 생각이 들었다. 그녀에게 말을 걸어볼 수 있었을지도 모르겠다. 착하고 다정해 보였는데, 많은-양떼는 내가 좀 꺼져주었으면 하는 눈치였다. 그는 내가 잘 알아듣게 얘기했다.

아마 따로 계획이 있었던 것이리라. 그래서 나도 밖에서 누구를 만날 거라고 말하자 그는 기분이 좋아 보였다. 그가 돈을 갚지 않았다면 골탕 먹일 수도 있었을 텐데. 나는 이내 그 말—누구를 만나러 가야 한다는 말—을 내뱉은 걸 후회했다. 바로 나서야 했으니까 말이다. 그곳엔 내가 아는 다른 사내들도 있었다. 호워드, 토사마, 크루즈, 뭐 그런 남자들. 하지만 그들은 모두 다 같이 재밌는 시간을 보내고 있었다. 그들도 따로 계획이 있어 보였다. 나도 별 신경을 쓰지는 않았다. 어디 다른 데 가고 싶지는 않았다. 그래서 포도주 한 병을 사 들고 집으로 돌아왔다.

가로등 불빛 주변으로 떨어지는 빗줄기가 보였다. 빗줄기는 구름과 건물들을 배경으로 재미난 모양의 노란 원을 만들고 있었고, 끊임없이 가늘게 내렸다. 가로등 불빛 말고는 온통 어두웠고, 거리에는 아무도 없었으며, 이따금 차만 한두 대 지나갈 뿐이었다. 차들은 비가 내리면 으레 그렇듯 느릿느릿 달렸고, 그럴 때마다 도로 위로는 차 뒤쪽 미등이 비춘 빨간빛이 줄처럼 흐느적거렸다.

아래층엔 불이 없었다. 불이 나간 지 이미 오래였다. 주위에는 아무도 없었다. 아무런 소리도 들리지 않았고 계단도 깜깜했다. 헨리네 술집에서 성냥을 챙겨온다는 걸 깜빡해서

감으로 더듬으며 계단을 올라야 했다. 도착해서 보니 창문이 열려 있었다. 그것이 가장 먼저 눈에 들어왔는데, 창이 열려 비가 들이쳤고 문지방에서 물이 뚝뚝 떨어지고 있었다. 창문을 닫는 걸 깜빡하다니, 기분이 너무 좋지 않았다. 바닥으로 물이 새면 아래층에 사는 늙은 여인 카를로치니가 노발대발하니까. 아마 물이 새면 그녀의 침대가 젖는 모양이었다. 한번은 그 노인이 집주인한테 얘기한 적이 있었다. 불을 켜 보니 아니나 다를까, 바닥에 젖은 자국이 큼지막하게 나 있었다. 물을 닦아내려 해보았으나 이미 꽤 많이 스며들어 있었다. 노인이 지금은 어딜 나간 모양인데, 완전히 술에 절어서 들어왔으면 했다. 뭐든지 집주인한테 다 일러바치러 가겠지. 사실 여긴 창문이 하나뿐이라서 계속 열어두지 않으면 방에서 퀴퀴한 냄새가 난다. 방문도 열어둬야 한다. 그래야 바람이 통한다. 오늘 오후 창문턱에 발을 올려두고 앉아 있던 내 모습이 떠오른다. 비가 조금씩 흩뿌리기 시작했을 때 그가 조그만 여행 가방을 침대 위에 꺼내놓고 내 뒤에서 왔다 갔다 하는 소리를 들었다. 거리 위로 커다란 비둘기 한 마리가 날아다니고 있었는데, 나는 그 녀석을 창문턱으로 유인할 셈이었다. 당신도 알겠지만, 어떤 때는 빵 부스러기만 조금 흩어놓아도 비둘기가 오질 않는가. 그런데 그 녀석―아주 크고, 모가지에 푸른 보랏빛 깃털이 많이 난― 은 도대체가 마음을 종잡을 수 없었다. 녀석은 잠시간 빙빙 날 더니 결국 길 건너편 지붕 위로 날아가 버렸다. 그곳엔 다른 비둘기들도 많았다. 아주 많이 있었다. 우리는 그 창문에 대해 잊었고, 그게 다였다.

다시 들어왔을 때는 방 안이 꽤 추웠고, 나는 젖은 웃옷을 벗고 라디에이터를 틀었다. 난방로가 꺼져 있으면 어쩌나 하고 걱정했지만 금세 파이프에서 소리가 울리더니 약간의 온기가 돌기 시작했다. 웃옷을 라디에이터 위에 올리니 이내 모직 냄새가 진동했다. 거의 다 마르자 옷이 탈까 싶어서 다시 껴입었다. 완전히 따뜻해진 옷은 감촉이 너무 좋았다. 뭐가 좀 먹고 싶어졌다. 밀리가 어제 채소를 조금 가져왔었다. 밀리는 늘 자기 돈으로 먹을 걸 사다놓는다. 우리는 그가 챙겨갈 봉투에 치즈와 크래커 조금, 그리고 초코바 몇 개를 집어넣었다. 남아 있는 게 꽤 있었던 것 같다. 빵이랑 칠리 통조림 같은 것들. 하지만 그렇게 허기지지는 않았고 내겐 포도주 한 병이 있었다. 이제 그가 떠나버렸으니, 밀리가 여기에 계속 와줄지는 알 수 없었다. 아마 들르긴 하겠지. 조금 지나니 방 안이 몹시 더워져 라디에이터를 꺼야 했다. 파이프들이 그 온갖 소음을 만들어내는 게 참 우습다. 그 소리는 건물 전체를 울린다. 아무도 없을 때는 특히 더 심하다.

나는 계속 그에 대해 생각했다. 밀리가 여기 있었으면 했다. 밀리는 그를 아주 많이 좋아했고 항상 나한테 그의 얘기를 하곤 했다. 그녀는 그가 여기서 지내면서 괜찮아질 거라 생각했던 것 같다. 우리와 함께 술에 취할 때까지 마시는 일은 없었어도 그녀가 늘 안줏거리를 사 들고 찾아오면 우리 셋이 함께 먹었다. 그녀는 처음부터 늘 원주민 자치 지구나 군대, 감옥 얘기를 물어보곤 했지만 그는 그런 얘기를 하는 걸 별로 좋아하지 않았고, 조금 지나면 그녀도 눈치를 챘다. 그리고 다른 얘기를 꺼냈다. 우리는 밀리에게 농담을 아주 많이 했는데 그녀는 그걸 즐겼다. 그러고는 얼마 지나지 않아 그 인쇄물 뭉치를 가지고 더는 우리를 귀찮게 굴지 않았다. 새 일을 구한 밀리는 처음에 설문지를 잔뜩 가져와 우리에게 읽어주곤 했었다. 교육이니 건강이니 우리가 종사하는 직업이니 하는 말 같지도 않은 질문들을 던지고는 뭘 많이도 받아 적어갔다. 나는 개의치 않았어도 그는 그럴 때마다 열이 받아서 네 알 바 아니라며 그녀에게 화를 냈다. 밀리는 그를 잘 받아주었고, 그 뒤로는 설문지니 뭐니 하는 종이들을 가져오지 않았다. 그 사건 이후 그는 밀리를 좋아하기 시작했고, 나는 기분이 좋았다. 우리는 다 함께 아주 잘 지냈다.

밀리는 그가 떠나는 걸 아쉬워했다. 내색은 안 했어도 꽤 상심한 티가 났다. 오늘은 일하러 가야만 했다. 안 그랬다면 우리와 함께 역까지 내려왔을 것이다. 아마도 내일은 그녀가 들를 것이다. 안 올지도 모르고.

어젯밤 일에 대해서도 계속 생각했다. 우리는 그 언덕 위로 올랐다. 그와 나, 그리고 토사마와 크루즈도 함께 말이다. 거기에는 인디언들이 많았고, 얼마 안 가 다 함께 어울리기 시작했다. 그때쯤 우리는 모두 꽤 취했고, 그곳에는 북이 두 갠가 있고 피리를 든 사내도 있었다. 술은 아주 많았고, 모두 흥겨운 듯한 모습이었다. 우리는 진짜 옛날 옛적 노래를 몇 곡 부르기 시작했는데 그곳은 고요하고 선선했다. 누군가 불을 피우더니 북에서 팽팽하고 좋은 소리가 날 때까지 말렸다. 그러고 이내 춤을 추기 시작했다. 메르세데스 테노리오가 거북 등껍질을 몇 개 가지고 있었는데 발을 쿵쿵 구르며 춤을 추기 시작했다. 그 등껍질을 가지고 불가에서 이리저리 돌아다니며 진짜 옛사람들처럼 "에헤! 오호! 아하!" 하고 외쳐댔다. 그러자 모두가 똑같은 방식으로 대답하기 시작했고, 그녀 뒤에 늘어서 그녀가 이끄는 대로 돌아다녔다. 나 역시 그 안에 끼고 싶었지만, 그는 별 관심이 없었고, 안 그래도 만신창이라 춤을 출 수도 없어서 우리는 그저 뒤로 물러서서 구경만 했다.

그곳에서는 모든 것을 잊어도 좋다. 우리는 언덕 아래로 펼쳐진 불빛들을 볼 수 있었는데, 백만 개쯤 됐으려나, 그리고 움직이는 차들도 아주 작고 느리고 저 멀리 떨어져 있었다. 우리는 도시 한쪽을 온전하게, 강으로 뻗은 길까지 다 볼 수 있었지만 아무런 소리도 들려오지 않았다. 들리는 소리라곤 북소리와 노랫소리뿐이었다. 별이 몇 개 떠 있었고 우리는 마치 사막 어딘가에 와 있는 듯했으며, 인디언 여인들이 춤추고 노래하자 모두가 술에 취해 흥겹고 행복한 상태가 되었다.

그가 내게 뭔가를 말하려고 하는 것 같아 우리는 둘만 조용한 길로 벗어났다. 우리 둘 다 꽤 취해서, 그냥 어둠 속에서 들려오는 소리만 듣고 있었다. 우리는 같은 생각을 하는 듯했다. 그가 하고 싶었던 말이 뭔지는 모른다. 내 생각에 그는 내가 먼저 뭔가를 말해주길 바라는 것 같아 앞으로 있을 일에 대해 말하기 시작했다. 우리는 앞으로 계획이 있었다. 어딘가에서, 1년이나 2년, 혹은 조금 더 지나서 만날 계획이었다. 그는 고향으로 돌아갈 것이었고, 돌아가면 모든 게 괜찮아질 터였다. 그리고 언젠가는 나 역시도 고향으로 돌아갈 것이었고, 우리는 인디언 자치 지구 어딘가에서 만나 함께 취할 때까지 마실 것이었다. 그것이 마지막으로, 우리가 해야만 하는 일이었다. 우리는 말을 타고 단둘이 언덕을 향할 것이었다. 이른 아침에 태양이 떠오르는 모습을 함께 볼 것이었다. 다시 좋아질 테지. 그렇지 않겠는가? 우리는 마지막으로 함께 취해 옛 노래를 부를 것이었다. 옛 모습이 어땠는지, 주변엔 온통 아무것도 없고 언덕 위로 태양이 뜨고 구름만 걸려 있던 시절이 어땠는지에 관한 노래를 부를 것이었다. 우리는 함께 취해서, 평화롭게, 아름답게 머물 것이었다. 그것을 어떤 특정 방식으로, 올바르게 해내야만 했다. 왜냐하면, 그것이 마지막이 될 테니까.

나는 계획에 관해 그에게 말했다. 그것이 우리가 가진 계획이었다. 당신도 알다시피, 나는 그가 병원에 있을 때 모든 계획을 세웠고, 처음에는 단지 말만 해본 거였다. 하지만 그는 정말 믿었고, 다음 날 계획에 관해 내게 물었다. 나는 무슨 계획이었더라, 하고 떠올리면서 나 역시도 믿게 된 것 같다. 그것이 우리의 계획이었다. 우리 둘만의 계획. 다른 누구에게도 말해주지 않을 생각이었다.

"여명으로 빚은 집." 나는 그 옛날 방식들, 이야기와 노래들, 나바호 전통 의식인 아름다운 길과 밤 노래에 관해 그에게 말해주곤 했었다. 그중 몇몇 노래를 들려주며 그것이 무슨 뜻인지, 내 생각엔 어떤 의미인지 말해주었다. 우리가 함께 취할 때면 그는 옛노래를 불러달라고 부탁하곤 했다. 아무튼 우리는 어젯밤 그 언덕에 올라 북과 피리 소리를 들었다. 어둡고 선선하고 평화로운 밤이었다. 나는 우리의 계획에 관해 그에게 말했고, 술기운이 오르자 혼자서 노래를 부르기 시작했다. 다른 사람들도 노래를 부르고 있었지만 그건 잘못된 방식이었다. 나는 기도를 올리고 싶었다. 다른 이들도 좋은 시간을 보내고 있으니 내 기도를 안 들었으면 했고, 약간 창피하기도 했다. 나는 그에게만 들리도록 목소리를 낮추었다.

체기히Tségihi.[11]
여명으로 빚은 집,
황혼으로 빚은 집,
먹구름으로 빚은 집,
장대비로 빚은 집,
깜깜한 안개로 빚은 집,
보슬비로 빚은 집,
꽃가루로 빚은 집,
메뚜기로 빚은 집,

문 앞까지 드리운 먹구름.

문 앞으로 난 길은 먹구름.

먹구름 너머 저 높은 곳엔 번쩍이는 번갯불.

남신이시여!

당신께 바칠 제물이옵니다.

당신께 올릴 연기를 피웠사옵니다.

저의 발을 회복시켜주시고,

저의 다리를 회복시켜주시고,

저의 육체를 회복시켜주시고,

저의 마음을 회복시켜주시옵소서.

바로 오늘 제게서 주문을 풀어주시옵소서.

당신께서 거신 주문을 거두어가옵소서.

당신이 주문을 거두사,

그것이 멀리 사라졌나이다.

기쁨으로 제가 회복되나이다.

기쁨으로 제 속이 시원하나이다.

기쁨으로 제가 나아가나이다.

제 속이 시원하니, 걸을 수 있나이다.

다시는 아픔 없이, 걸을 수 있나이다.

고통에 휘둘리지 않고, 걸을 수 있나이다.

생기가 넘쳐흘러, 걸을 수 있나이다.

오래전 그랬듯이, 걸을 수 있나이다.

기쁨으로 걸을 수 있나이다.

기쁨으로, 풍성한 먹구름과 함께, 내가 걷겠나이다.

기쁨으로, 풍성한 소낙비와 함께, 내가 걷겠나이다.

기쁨으로, 꽃가루 길을 따라, 내가 걷겠나이다.

기쁨으로 내가 걷겠나이다.

오래전 그랬듯이, 내가 걷겠나이다.

제 앞에 놓인 길이 아름답게 하소서,

제 뒤에 놓인 길이 아름답게 하소서,

제 밑에 놓인 길이 아름답게 하소서,

제 위에 놓인 길이 아름답게 하소서,

주변이 온통 아름답게 하소서.

아름다움 안에서 삶은 완성되옵나이다.

　그는 운이 나빴다. 당신도 그걸 단박에 알아챌 수 있었을 것이다. 그가 이곳에서 못 버텨내리란 걸 알 수 있었을 것이다. 밀리는 그가 괜찮아질 거라 믿었던 거 같은데, 여기서 그의 상황이 어떤지는 이해하지 못했다. 그는, 토사마가 말했다시피 '긴 머리'였다. 당신도 알겠지만 사람은 변해야 한다.

이런 곳에서 살아가려면 그 방법밖에는 없다. 옛날엔 어쨌다는 둥, 어떤 식으로 자랐다는 둥 하는 얘기는 모두 잊어야만 한다. 때로 그것이 몹시 힘들겠지만 그래도 변해야만 하는 것이다. 아무튼, 그는 변하길 원치 않았거나 아니면 변하는 방법을 몰랐던 것 같다. 그는 감옥에서 여기에 온 탓에 상황이 좋지만은 않았다. 가석방 상태였던지라 모든 것을 처음부터 올바르게 해야만 했다. 그래서 더욱 힘들어했고, 우리만큼 운이 좋지는 못했다. 토사마는 그놈 때문에 우리 모두 번거로운 일에 말려들 거라고 말했다. 토사마는 멋대로 그를 판단해버리고, 내게 조심하라고도 말했다. 하지만 당신도 알다시피, 토사마도 모르긴 마찬가지다. 그는 늘 잘난 체나 하고, 좀 배웠다지만, 이해를 못 한다.

어느 날 밤, 내가 홀로 여기 왔을 때―그는 어디 나가고 없었고―토사마가 들어왔다. 당신도 알다시피 난 그와 별로 말하고 싶지 않았다. 늘상 젠체나 하고 남을 비웃어댔으니까. 기분이 꽤 좋았던 듯한 그는 늘 하던 버릇이 나오기 시작했다. "그 불쌍한 놈을 좀 생각해보게." 그가 말했다. "사람들이 그에게 온갖 혜택을 줬잖아. 신발도 주고 학교에도 보내준다고 하고. 공짜로 머리도 다듬어주고 이도 잡아주고 그들 편에 서서 싸우게도 해주고. 그래서 그가 고마워하던가? 아니, 천만의 말씀. 그는 문명인이 되기엔 지독히도 멍청했어. 그래서 어떻게 됐나? 결국엔 그를 홀로 내버려뒀지. 그가 해를 끼치지는 않을 거라 생각했지. 그냥 콩이나 심고, 평원에서 풀을 뜯는 가축을 먹이 삼아 살아갈 거라 생각했을 거란 말이야. 정말이지, 그가 알아서 잘 살아갈 줄 알았지. 작고 뚱뚱한 게 늘 술에 절어 사는 여편네나 만나서 온종일 술이나 퍼마시고 정부가 보호해줄 새끼들이나 줄줄이 낳을 줄로 말이야. 그리고 도자기 같은 거나 좀 만들면서 가계를 꾸려갔겠지. 그런데 일이 그렇게 돌아가질 않았던 거지. 그는 진짜로 미개한 개새끼였던 거고, 처음으로 칼이란 걸 손에 쥐자 사람을 죽여버린 거야. 사람들이 황당해할 수밖에 없었지.

그가 뭐라고 했는 줄 아나? 내 말은, 그 인간이 무슨 말을 했는지 상상이 가느냐고? 그는 뱀이라고 말했네. 빌어먹을 뱀을 죽였다는 거였어! 범죄 현장에서 시체로 발견된 그 남자가 뱀으로 변신할 것처럼 그를 위협하고, 참 나, 가르랑거리는 소리도 조금 냈다더군. 그런데 뭔가 있는 것 같지 않나? 재판은 어떻게 흘러갔는지 상상이 가나? 거기 이 긴 머리가 냉정하고 멀쩡하게 앉아 있었고, 그 망할 판사 놈이 쳐다보고 있는데, 검사는 그 가엾고 타락한 인디언에게 뭔가를 알아뜰게 얘기하려고 애쓰고 있었지. '그 얘기 좀 해주시죠. 똑바로 말씀해주시죠.' '네, 존경하는 재판장님, 이렇게 된 거예요, 아시겠어요? 내가 그 모래밭에서 작은 뱀 한 마리를 토막 냈어요.' 오 주여, 자네, 그때가 우리에게 가장 멋진 순간이었다네, 리틀 빅혼 강가에서보다 더 근사했지. 그 쓸모없는 놈 하나가 예수의 계략 전체를 손에 쥐고 뒤흔들었단 걸세. 생각해봐! 누구누구 대對 미합중국 꼴이 아닌가. 내 말은, 그런 판례가 있었냐는 말일세, 안 그런가? 잠깐만 생각해봐도, 뱀한테 물렸다는데 정당한 법 절차고 뭐고 그게 다 무슨 헛짓거리냔 말일세.

그들은 그놈을 잡아넣어 버렸어. 그들은 그래야만 했지. 그것이 예수 계략의 일부였어. 그들은 말일세, 자네. 그들은 배교자인 우리 모두를, 완고하게 버티는 우리를 조만간 잡아넣을 거라네. 그들이 제대로 된 생각을 하고 있는 거지. 그들은 우리가 태어나기 전부터 가둬버리니까. 그들은 전지전능하고 조심스러운 무리야, 그 인간들, 아주 신중해. 자네도 그들을 존경해야 해. 그자들은 결과가 어떻게 될지 알고 있어. 내 말은, 그들이 우리를 꿰뚫어본다는 말이야. 그들은 우리가 무엇을 기다리는지 알아. 우리는 잠시도 그들을 속이지 못해. 내 말을 들어보게, 베날리. 며칠 밤 안에 꽉 찬 새빨간 달이 뜰 거야, 사냥꾼의 달이지. 그리고 여자와 어린이를 가득 태운 마차를 보게 될 거야. 넌 믿지 않겠지만, 나는 이따금 그것을 위해 건배를 들곤 하지."

토사마는 늘 그런 식이다. 미친 소리나 지껄이고 거드름을 피우고. 그래도 그는 이해하지 못한다. 그러나 어쨌든, 나는 그것에 대해 생각하게 되었다. 그에 대해. 밖에 있는 그 남자를 너무도 겁내던 그를, 너무 두려워서 무엇을 해야 할지조차 모르던 그를. 당신도 알다시피, 토사마는 무언가를 그토록 겁낸다는 것을 이해하지 못한다. 그는 좀 배운 사람이라 그런지 그렇게 겁에 질릴 수 있다는 사실을 믿지 않는다. 하지만 그는 원주민 자치 지구 출신이 아니다. 그는 그 외딴곳 어딘가에서 자란다는 게 어떤 일인지 알지 못한다. 카옌타, 아니면 루카추카이 같은 곳에서 자란다는 게 어떤 건지 말이다. 거기서는 밤중에 자라나고, 뭐라고 설명해야 할지 모를 재미난 일들이 많이 벌어진다. 어린 아기가 죽거나 멀쩡하던 말이 죽는다. 갑자기 몸이 아프고 아무런 이유도 없이 곡식이 말라버린다. 그러면 당신은 그 전 주에 일어났던 일을 떠올린다. 뭔가 심상치 않았던 일들을. 올빼미가 우는 소릴 들었다거나, 기이하게 일어나는 돌개바람을 보았다거나, 누군가 길을 가다 당신을 흘겨보았는데 그 순간이 너무 길게 느껴졌다거나. 그러고 나면 당신은 안다. 그냥 알게 된다. 아마 당신의 고모나 할머니가 마녀인지도 모른다. 밤만 되면 나가서 여기저기 돌아다니고, 울타리 주변을 어슬렁대니까. 몇 번인가는 직접 보기도 한다. 그녀가 개들이나 양 떼에게 말을 거는 듯한 모습, 그러다 다시 쳐다보면 그녀는 거기에 없다. 당신은 그냥 안다. 그러니 겁을 내지 않을 도리가 없는 것이다. 그도 그런 비슷한 경험을 했지 싶다. 아마도 그랬을 것이다.

우리는 잘 지냈다. 꽤 좋은 시간을 보내기도 했다. 그를 처음 보았던 때가 기억난다. 꽤 이른 시각이었다. 출근하고 한 시간쯤 지났을까, 현장 주임이 나를 불렀다. 지각했다고 야단치려나 생각했는데 그건 모르고 있는 것 같았다. 사무실 안으로 들어갔더니 거기에 그가 있었다. 주임과 다른 몇몇 사내들, 그리고 인디언 재배치 담당자와 함께. 우리는 악수를 했고, 주임은 그가 내 작업 라인으로 배치될 테니 한번 둘러보게 해주겠냐고 물었다. 안 그래도 지난주에 데베네딕투스가 해고되어 라인 건너편이 비었고, 같이 떠들 사람이 없는 참이라 잘됐다 싶었다. 철심을 박아줄 사람이 몹시 급하기도 했다. 주문이 밀려드는데 내가 두 가지 일을 다 맡아서 하고 있었기 때문이다. 우선 그를 데리고 출근 도장을 찍는 법부터 보여주고 작업장을 둘러보며 몇몇 사내들을 소개해 주었다. 그는 수줍고 겁먹은 듯한 표정을 하고 있었다—새로운 직장에서 처음 일을 시작할 때의 기분을 당신도 알 것이다. 그러고 나서는 작업 라인으로 데려와 철심 박는 법을 알려주었다. 그는 손놀림이 날렸고, 이내 잘 따라왔다. 물론 배우는 단계였으니 초반에는 조금 느려 보였다. 실수도 조금씩 했지만 그래도 나는 못 본 체했다. 조금 더 지나니 우리는 손발이 척척 잘 맞았다.

그는 늘 고개를 숙이고 일감만 쳐다봤다. 마치 내가 거기 없는 것처럼 말이다. 그가 기분이 어떨지 알고 있었기에 말을 붙이려고 하지는 않았고, 일감이 빨리빨리 오지 않을 때면 그저 가만히 서서 라인만 뚫어지게 쳐다보고 있었다. 마치 일 생각에 푹 빠진 사람들처럼, 그것도 작업의 일부인 것처럼 말이다. 정오가 되어갈 즈음에 나는 그가 점심 도시락을 싸 오지 않았다는 것을 알 수 있었다. 나는 어떻게 하면 좋을까 하고 생각했다. 그가 돈을 챙겨 왔는지도 알지 못했다. 좀 우습긴 하지만 이전에는 그런 생각을 해본 적이 없었는데, 걱정이 되기 시작했다. 그를 무안하게 하거나 그러고 싶진 않았고, 그도 그 생각을 하고 있었는지, 종소리가 울려도 그게 무슨 뜻인지 모르는 척 계속 일을 했다. 아무튼 별일은 없었다. 우리는 도장을 찍고 나와 콜라 자동판매기가 있는 곳으로 갔다. 그는 재배치 지원금을 받은 게 있는 것 같았다. 어쨌든 동전을 조금 가지고 있어서 다행이었다. 우리는 콜라 두 병을 뽑아 마당으로 나갔다. 모두가 거기 둘러앉아서 점심을 먹고 있었다. 사내들이 꽤 친절하게 대해줬지만 그가 당혹스러워할 것 같아서 그들과 어울리고 싶지 않았다. 그 사내들은 여간 짓궂은 게 아니었다. 추장님이라고 부르질 않나, 독주를 마셔봤냐고 묻지를 않나, 시답잖은 소리를 지껄이기 일쑤였다. 나는 상관없었지만 그가 어떻게 받아들일지 알 수 없었다. 혹여나 그가 감정이 상하는 일이 생길까 걱정스러웠다. 하지만 그는 그런 데 이미 익숙했다. 군대에도 갔었고, 감옥에도 있다가 나왔으니까. 그러나 당시 나는 그걸 몰랐다. 우리는 단둘이 곧장 밖으로 나왔다. 내게 샌드위치가 하나 있어서 나눠줄까 물어봤는데 그는 배가 고프지 않다고 했다. 나는 반쯤 먹은 다음에 더는 먹고 싶지 않은 척했다. 그러고는 나머지를 그와 나 사이 널빤지 위에 올려두고 그가 마음을 바꿔먹길 바랐는데, 그는 먹지 않았다. 결국 나는 그걸 내버려야 했다.

그는 머물 곳이 없었다. 재배치 담당자가 마땅한 곳을 찾고는 있는 것 같았지만, 아직 찾지 못해서 그는 인디언 센터에서 밤을 보낼 참이었다. 저 아래 골목을 따라 내려가면 있는 창고는 당신도 알다시피 배급받은 식량이나 옷가지를 보관하는 곳이었다. 마땅히 머물 곳이 없으면 가끔 그곳에 가도 된다. 낡은 건물이라 벽에 금이 가 있어 안이 들여다보일 정도였지만, 오래된 외투랑 다른 옷가지들을 모으면 편안하고 따뜻한 잠자리를 만들 수는 있었다. 하지만 화장실도 전등도 없었고, 누군가가 항상 여자들을 데려와 노닥거리곤 했다. 거기서 병이 난 사내들도 많았을 만큼 늘 쉰내와 퀴퀴한 냄새가 났다. 나는 그에게 이런 이야기를 들려주며 원한다면 내 집으로 가도 좋다고 말했다. 그는 아무런 대답이 없었지만, 일이 끝난 후 사무실로 내려가 재배치 담당자들과 이야기를 했고, 그날 밤 그 조그만 여행 가방을 들고 나와 함께 내 방으로 왔다.

그가 누군가와 이야기를 나누기까지는 오랜 시간이 걸렸다. 아, 얼마 지난 후에 그와 나는 상당히 많은 얘길 하긴 했으나 이 주변에서 일어난 일들에 관한 이야기였다. 당신도 알겠지만, 밀리와 그 사회복지사들이 가끔 찾아오곤 했는데, 그들이 가고 나면 우리는 그 사람들 흉을 봤다. 그러고는 다른 사내들과 어울려 취하도록 술을 마시고 같이 어울려

다녔다. 하지만 그가 자기 자신에 관한 얘기를 꺼내기까지는 시간이 꽤 걸렸고―그래 봤자 결코 말을 많이 하진 않았지만―내 생각에 우리는 모두 다 그런 식이었다. 원주민 자치 지구 출신들은 대개 그곳에 대해 말을 꺼리는 편이다. 왜 그런지는 모르겠다. 아마 말해도 좋을 게 없어서겠지. 그래서 그냥 잊어버리고 만다. 그곳이 가끔 생각은 나고, 그건 어쩔 수 없지만, 그럴 때도 그저 마음속에서 지워버리려 애쓰는 것이다. 생각할 거리가 천지라서 괜히 딴생각했다가는 머릿속이 뒤죽박죽되어버린다. 만일 우리가 모두 같은 곳 출신이라면 그러기가 쉽지는 않을 것이다. 고향 얘기도 나누면서 서로를 이해할지도 모르겠다.

어떻게 보면 그와 나는 아주 비슷했다. 얼마 지난 후에 그는 어디 출신인지 내게 말해주었고, 그 즉시 나는 그와 내가 친구가 되리란 걸 알았다. 우리는 어떤 식으로든 동족일 것이었다. 나바호 사람들이 사는 지역 이름을 따서 이름을 지은 친족이 하나 있다. 나도 한 번 그곳에 가본 적이 있었다. 8년인가 10년 전에, 나는 산타페 인디언 학교에 다녔고, 친구들과 함께 11월에 열리는 성대한 무도회를 구경 간 적이 있었다. 몹시 추운 겨울이었고, 온통 눈으로 뒤덮여 있었다. 그곳은 꽤 멋진 곳이었다. 산들과 협곡이 둘러싸고 있었고,

붉은 바위들이 많이 보였다. 산맥으로 둘러싸인 것을 빼면 내가 태어난 드넓은 폐허의 남쪽 대지와 비슷했다. 물이 마른 협곡들과 덤불, 그리고 붉은 바위들이 그랬다. 그리고 그는 가족도 없었다. 할아버지만 한 분 계신다고 했다. 할아버지는 양 떼를 몰고 다닌다고 말했다. 나도 걸어 다닐 때부터 가끔 양 떼를 몰곤 했었다.

그곳에는 눈이 많이 내리진 않았어도, 한번 내렸다 하면 시야가 닿는 곳은 온통 눈으로 덮였어. 때론 밤새도록 내리기도 했는데, 그럴 때 환기 구멍으로 바깥을 내다보면 새까만 하늘에서 눈발이 흩날리는 게 보였어. 어떤 때는 눈꽃이 집 안까지 날려와 불가 마루에서 녹았고 불이 있어서 다행이다 싶었지. 바람 소리도 들을 수 있었는데, 어렸으니까 담요 밑으로 들어가서 불빛이 지붕과 벽을 받친 통나무 위로 아른거리는 걸 가만히 보았고, 노랗고 따뜻한 마룻바닥은 손으로 티끌을 만져보며 따뜻함을 느낄 수 있었어. 할아버지가 거기 계셨고, 날 돌봐주셨지. 가끔 잠에서 깨어나 보면 할아버지가 꺼지지 말라고 불을 뒤적거리고 계셨어. 그럼 모든 게 다 괜찮다는 걸 알게 되지. 그리고 그다음 날 일어나 밖에 나가보면 주변이 온통 눈이야. 해가 떠서 그런지 너무 새하얗고 밝아서 눈이 부실 정도지. 눈이 바람에 흩날려 오두막을 뒤

덮고, 그러면 오두막은 눈 덮인 자그만 언덕처럼 보이는데, 그 언덕에서 연기가 피어오르면 커피와 양고기 냄새가 풍겨. 손을 눈속에 집어넣었다가 그 손으로 얼굴을 문지르면 살아 있는 기분이 들고 기분이 좋아져. 두 손은 차가운 눈 때문에 빨갛게 젖어 있어도 말이야. 어린 나는 온통 눈 덮인 주위를 둘러봤지. 덤불 위에도 켜켜이 쌓인 눈, 그 아래로는 시커먼 나뭇가지들이 보였어. 울타리 안에서는 양 떼가 매 울고 울타리 장대 위로도 눈이 쌓여 있어. 그리고 그 밑으로 보이는 나무들은 물에 축축이 젖어 새까맣게 보이지. 조금 떨어진 곳에는 물이 마른 골짜기가 있었는데, 그 안에 눈이 쌓인 곳에는 땅이 짙은 붉은색이었고 솟아난 덤불 위로 눈이 덮여 있었어. 그것은 마치 한 줌의 목화솜이나 양모 같았지. 모든 게 달라 보였어. 주위가 온통 밝고 아름다워서, 마구 소리를 질러대며 내달리고 위아래로 뛰고 싶은 충동이 일 정도였으니까. 집으로 들어가면 불가에 손을 갖다 대. 할아버지가 꾸짖으면서도 웃지. 나는 어렸고 할아버지는 내 기분을 아셨을 테니까. 할아버지가 양고기를 잘라서 먹으라고 주셔. 방 안은 온통 커피 내음으로 가득했어. 주전자를 불에서 집어내 커피 잔에다 따르고 난 뒤에도 커피가 끓는 소리가 났지. 커피가 얼마나 새까맣고 뜨거운지를 알 수 있었어. 잔에서 하얀 연기가 모락모락 올라왔으니까. 커피 잔은 법랑으로 만든 거라 만지면 손을 델 수도 있으니 잠시 기다려야 했어. 몸은 으스스 춥고 커피 맛이 얼마나 좋을지 알고 있어서 기다리기가 힘들었어. 그래도 고기는 이내 식어서 손가락으로 집으니 따스한 온기가 느껴졌어. 비계가 즙과 훈제 향으로 그득했고, 어쩌면 그 위에 약간 탄 껍질도 붙어 있어서 이로 씹을 때 느껴졌지만 고기는 씹기 좋을 정도로 질겼어. 그러다 얼마 지나면 컵을 손에 쥐고 있어도 돼. 그냥 쥐고만 있어도 기분이 좋아져. 손가락의 기름이 컵에 묻어 번들거리고 그 안에는 김이 올라오는 새까만 커피가 담겨 있지. 그리고 그것을 마시면, 고기보다 더 좋아. 커피가 몸 안에 퍼지면서 뜨겁고 강력하게 데워주고, 이와 혀에는 딱딱한 커피 가루 찌꺼기가 남아 있지. 서둘러야 해. 아직 어린데, 밖에 눈이 내렸으니 할 게 얼마나 많겠어. 눈부신 아침에 양 떼를 몰고 나가 눈 밑에 깔린 풀을 찾아야 하지. 잘 안 보이니까 눈을 걷어내다 보면 손이 차갑게 젖어서 얼얼해져. 그래도 어쨌든 행복해. 양 떼를 데리고 다니며 혼자 중얼거리고 노래도 부를 수 있으니까. 눈은 깨끗하고 깊고 아름다웠지. 물을 얻으러 교역소에 갈 생각을 하지. 할아버지가 마차를 타고 일주일에 한 번, 어떤 때는 두 번 다녀오셨는데, 당장 필요한 게 아니면 내가 양 떼를 몰고 돌아올 때까지 기다렸다가 같이 가시곤 했어. 그분은 양 떼를 홀로 내버려두는 게 탐탁지 않으셨지만 잠시면 되니까. 그리고 내가 얼마나 같이 가고 싶어 하는지도 아셨으니까. 물통에 물이 얼마 없었어. 전날 밤에 들여다봤더니 다음 날 아침에 먹을 것밖에 없었지. 그러면 도로와 언덕길, 평원을 지나는 길을 떠올리지. 눈이 너무 빨리 녹아서 진흙탕이 돼버리면 어쩌나 걱정하면서. 괜찮을 거 같았어, 장대비가 쏟아진 다음이랑은 다를 테니까. 양 떼를 몰고 나가서 너무 오래 지체하지만 않으면 괜찮을 거였어. 그래서 서두르고 풀도 열심히 찾아다녔지. 그리고 후에, 양 떼를 몰고 돌아오면 할아버지가 물통에 눈을 채워놓아서 이미 물이 가득해. 그러든 말든 할아버지는 날 데리고 교역소로 향하는 거야. 어린 손자가 너무 가고 싶어 했으니까. 안에는 사람들이 아주 많았어. 땅은 눈으로 뒤덮였고, 사람들은 이런저런 용품이 필요했고, 또 둘러서서 담배도 피우면서 날씨 이야기를 하고 싶었으니까. 나는 어렸고, 구경하고픈 게 너무 많았어. 모든 게 새롭고 아름다웠지. 반짝이는 새 양동이와 대야 하며, 말안장과 밧줄, 모자와 셔츠와 장화, 사탕이 가득한 유리병도. 상인은 프레이저라는 사람이었어. 딱딱한 빨간 사탕을 하나 건네면서 내가 안절부절 어찌할 바를 몰라 하니까 웃어댔어. 너무 먹고는 싶은데 눈치를 보고 있으니까. 그리고 그는 할아버지에게 담배 한 뭉치와 갈색 종이를 주었어. 그가 담배를 피우는 동안 할아버지는 오랫동안 뭐라고 이야기를 하셨고, 어린 나는 무슨 말인지 알아듣지도 못하고 신기하고 아름다운 물건들만 둘러보고 있는 거야. 그리고 얼마 지나자 상인이 이런저런 물건들을 카운터 위에 올려두었어. 밀가루와 설탕 포대, 소금에 절인 돼지고기 덩어리, 통조림 깡통 몇 개, 그리고 딱딱하고 빨간 사탕이 잔뜩 담긴 자루 등등. 그러자 할아버지가 반지를 한 개 빼서 상인에게 주는 거야. 얇은 은판에 작고 푸른 돌멩이를 아무렇게나 박아둔 반지였어. 만든 지 얼마 안 되었어도 값이 별로 안 나가는 거였는데. 어쨌든 상인이 건넨 물건에 비하면 턱도 없지. 그리고 상인이 토마토가 통째로 든 통조림 깡통을 땄고, 할아버지가 토마토 위에다 설탕을 뿌리더니 두 분이 바로 그것을 나눠 드시고 달콤한 붉은색 사이다를 몇 병 마셨지. 그리고 시간이 늦어서 황혼 녘에 마차를 타고 집으로 돌아오는데 대지가 온통 새하얗고 추웠어. 그날 밤 할아버지가 불가에 앉아 망치로 은판을 얇게 두드리며 이야기를 들려주셨어. 어릴 적에, 그 신성한 산맥, 눈 덮인 산과 언덕, 골짜기와 평원, 일몰과 밤, 그 모든 것의 중심에서 말이야. 내가 어릴 때, 내가 있던 곳, 그리고 있어야만 했던 그곳에서 말이지.

당신도 알다시피, 그에게는 모든 일에 적응하는 게 힘들었다. 우리는 꽤 이른 아침부터 작업장에 나가야 했다. 그러다 밤이 되면 헨리네 술집으로 가서 빈둥대곤 했다. 취할 때까지 퍼마시고 기분 좋은 시간을 보냈다. 거기엔 늘 여자애들이 몇몇 와 있어서 월급날이면 우리는 허세를 떨곤 했었다.

하지만 그는 운이 나빴다. 약 두 달 정도는 모든 일이 잘 풀리는 것 같았다. 그리고 그 이후에도, 그들이 그를 그냥 내버려두기만 했다면, 모든 게 다 잘 풀렸을 것이다. 아마도……
당신은 그 친구와 같은 사람에 대해 결코 잘 안다고 할 수 없을 것이다. 그런데도 그들은 그를 가만히 내버려두는 법이 없었다. 가석방 담당자와 복지사, 그리고 인디언 재배치 담당자가 계속 들락거리면서, 알다시피, 그가 뭘 하든지 따라다니며 조사했다. 그가 어떻게 지내는지, 문제에 얽히진 않았는지 사사건건 알려고 했다. 내 생각엔 그런 것들이 얼마후 그의 신경을 건드렸던 것 같다. 특히 음주와 달리기에 대해 자꾸만 참견하는 게 문제였다. 그들은 항상 그에게 경고하면서, 무슨 말인지 알겠는가? 말썽 피우지 말라느니, 그러다 다시 감옥에 가게 된다느니, 하고 일러주는 식이었다. 아마 그는 늘 그런 걱정을 하면서 지내야 했을 것이다. 그들이 잊도록 내버려두질 않았으니까. 이따금 그들은 내게도 그에 관해 물어왔는데, 나는 그가 잘 적응하고 있다고 말해주었다. 하지만 그는 잘 지내고 있지 않았다. 그리고 나는 그 이유가 훤히 보였지만, 그들에게 어떻게 설명해야 할지 알 수 없었다. 내가 뭐라고 한들 그들은 이해하지 못했을 것이다. 그냥 모든 것에 익숙해져야만 했던 것이다. 그것은 마치 이전에 와본 적이 없는 곳에서 새로 시작하는 것과 같았고, 어디로 가는지, 언제, 왜 이리로 와야 했는지도 모른 상태에서, 모두가 당신을 쳐다보고 있고, 기다리고 있고, 왜 서두르지 않냐고 다그치는 것과도 같았다. 그리고 뭐라 설명을 안 하니까 그들도 도와줄 방법을 알지 못했다. 그들이 많은 단어로 말하면 뭔가를 말하려는구나, 하고 알긴 알겠는데, 그게 정확히 무엇인지 모르겠고, 당신이 가진 단어들은 그들의 단어와 달라서 겨우 그것만으로는 충분치가 않은 것이다. 모든 것이 달랐고 그것에 어떻게 적응해야 하는지도 몰랐다. 상황을 있는 그대로 바라보고 일이 어떻게 흘러가는지 이해가 된다 해도, 걱정만 잔뜩 쌓이는 것이다. 어떻게 하면 그 변화에 스스로 몸을 던질지 의아해하는 상황, 이해가 되는가? 정말 모르겠는데 달리 방법이 없으니 그것을 해내야만 하는 상황에 처한 것이다. 그리고 당신은 그것을 원하기도 한다. 얼마나 좋을지 눈에 훤히 보이니까. 지금껏 가져본 그어떤 것보다도 좋다. 그것은 돈이고 옷이며 계획을 세우고 어딘가로 빨리 가는 것이다. 그게 어떨지 뻔히 보이는데, 그 안에 속하는 법을 모르는 것이다. 너무도 많고 사방에 온통 널려 있어도 너무 빨라서 손에 쥘 수가 없는 것이다. 우선 익숙해져야 하지만 그게 힘들다. 혼자 내버려둬야 한다. 많은 것들을 마음속에서 끄집어내야만 하는데, 안 그러면 모든 게 온통 뒤죽박죽돼버리는 것이다. 마음을 편히 먹고 가끔 진탕 술을 마시며 누군가를 잊어야만 하는데, 그게 어려워 포기하고 싶어진다. 여기서 빠져나가 고향으로 돌아가고 싶은 것이다. 어딘가에 소속되어 있다고 느끼고도 싶을 것이다. 언덕에 올라가 노랫소리와 이야기를 들으면서 고향으로 돌아가는 생각을 한다. 하지만 다음 날이면 그게 소용없는 생각임을 알게 된다. 집에 간다 해도 거기에는 텅 빈 대지와 노인들, 아무 데도 가지 않고 죽어가는 이들만 있다는 사실을 알기 때문이다. 하지만 그 사실 역시도 잊어야 한다. 아무튼 그들이 끊임없이 들락거리며 경고를 하는 것이었다. 그를 가만히 내버려두지 않았고, 얼마 못 가 그가 온통 뒤죽박죽이 되어버렸다는 것을 나는 알 수 있었다.

공장에서 말썽이 있었다. 한동안 일손이 달렸던 탓에 우리는 상당한 초과 근무를 해야 했다. 대니얼스—현장 주임이었다—가 신경이 곤두서 있었고, 내 생각에, 주문이 밀려드는데 작업 속도가 못 따라가서 그랬을 것이다. 아무튼 그는 함께 일하기 힘든 사람이었고—일밖에 몰라서 작업 중에 노닥거리는 걸 못 보는 사람 있잖은가—그때는 정말로 걱정이 됐는지 우리에게 눈을 떼지 않고 꽤 못되게 굴었다.

어느 밤, 열두 시간 낮 근무를 마친 우리는 토사마가 머무르는 곳에 가서 포커 게임을 벌였다. 다섯인가 여섯 명이 있었을 거다. 그리고 모두 거나하게 술을 퍼마시고 흥에 겨운 시간을 보내고 있었다. 다음 날 일찍 일어나야만 했기에 나는 걱정이 되기 시작했다. 점점 늦어지고 있었고, 죽도록 피곤했다. 그 역시도 피곤해 보였고 술기운이 오르는 것 같았다. 그는 토사마를 잘 몰랐는데, 토사마는 기분이 썩 좋아 보였다. 온갖 일에 참견을 해대며, 알다시피 잘난 체를 하기도 했다. 뭐랄까, 그가 토사마를 탐탁지 않게 여기는 모습이 역력했고, 그것 때문에 예민해 보였다. 내가 계속 집에 가서 자야 한다고 말했는데도 그는 내 말을 듣지 않았다. 그저 계속 자리에 앉아서 토사마가 떠드는 소리를 들으며 마시고 또 마시는 것이었다. 내 생각에는 토사마도 그가 무슨 생각을 하는지 눈치를 챘던 것 같다. 이내 그에 관한 이야기를 시작했으니 말이다. 직접적으로는 아니더라도 긴 머리가 어떻고 인디언 자치 지구가 어떻고 따위의 이야기를 하기 시작했다. 나는 그가 좀 닥쳐줬으면 하고 바랐는데, 그 자리에 있던 다른 이들도 같은 마음이었을 것이다. ―병신처럼 웃고만 있는 크루즈는 빼고 말이다. 다들 입을 다물고 각자 손만 내려다보면서, 이제 어떻게 할지 결정하려고 애쓰는 듯한 태도 있잖은가. 나는 뭔가 안 좋은 일이 일어나리라는 것을 직감했다.

당신도 알다시피, 어떤 사람들은 열이 받을 때 빙그레 웃기도 하는데, 열이 받으면 받을수록 더 심하게 웃는다. 그가 그랬다. 그저 가만히 앉아서 미소를 짓고 있었고, 그것은 나쁜 징조였다. 하지만 그걸 눈치챈 사람은 나 말곤 없었다. 나는 말썽이 일어날 참이라는 것을 느꼈고 점점 겁이 났다. 그리고, 정말로, 얼마 지나지 않아 그는 버럭 화를 냈다. 마치 그의 내면에 있던 모든 게 폭발하는 듯했는데, 갑자기 자리를 박차고 일어나 토사마에게 달려들었다. 하지만 만취한 상태였던 그는 몸을 가누지 못했다. 비틀거리다가 뒤로 물러나 개수대 위로 쓰러졌다. 그는 토사마를 찾으며 험상궂고 겁나는 얼굴을 하고 있었지만, 시선을 고정하지도, 제대로 움직이지도 못했다. 그는 그냥 개수대에 기대어 몸을 가누려고 안간힘을 쓰면서, 마치 새어 나오는 기침인가 뭔가를 참으려 애쓰는 사람처럼 몸을 부들부들 떨었다. 정말 순식간에 벌어진 일이었다. 크루즈가 웃기 시작했고, 다른 이들도 웃어대기 시작했다. 그러자 그에게서 싸울 힘이 다 빠져나간 것처럼 보였다. 마치 사람들이 비웃었다는 이유로 그가 항복해야만 하는 것처럼. 그는 삽시간에 모든 일에서 관심을 잃은 듯했다. 그때는 일이 그 정도로 끝나서 다행이라고 생각했다. 싸움이라도 벌어졌더라면, 그들이 그를 탓했을 것이기 때문이었다. 그러나 후에는 그가 그날 일로 상처를 받았다고 생각하게 되었다. 내면에 어떤 상처를 입은 것이다. 그것도 꽤 심한 상처 말이다.

다음 날과 또 그다음 날에도 그는 일터에 나가지 않았다. 심지어 나와도 말을 하지 않아 일하러 가자고 할 수가 없었다. 수치심을 느꼈던 것 같다. 그게 아니라면, 아마 내가 화가 났다고 생각했을지도 모르겠다. 대니얼스는 그가 어디에 있는지 당장 알려고 했고, 나는 그가 아프다고 했다. 대니얼스, 그는 아무 말도 하지 않고는 두어 번 욕을 하더니 나를 내버려두었다. 내 말을 믿지 않았을 거라고 생각한다. 주문은 계속 밀려들었는데 우리는 전혀 작업 속도를 맞추지 못했다.

집에 가보니 그가 쓰러져 있었다. 이틀 동안 술에 찌들어 있었다. 아무 데도 가지 않고 방에서만 지낸 것 같았고, 병이 나도록 술을 마셔댄 것이다. 그가 직장을 잃을 것 같아서 나는 불안했다. 그에겐 직장이 필요했으니까. 그곳은 좋은 직장이었고, 그는 잘해나갈 수도 있었다. 그러나 아니나 다를까, 그가 다시 나오자 대니얼스가 그를 찾았다. 대니얼스는 작업 라인 가까이 와서 그냥 서 있었다. 그가 하는 모든 행동을 유심히 지켜보면서 말이다. 그런 상황에서 일을 제대로 하기가 쉽지 않다는 걸 알잖는가. 누군가 높은 사람이 와서 빤히 쳐다보면 말이다. 그가 진땀을 빼는 게 내 눈에도 역력했다. 한두 차례 실수하긴 했는데 대니얼스는 그것을 놓치지 않았다. 그 실수들은 신경 쓸 만한 것도 아니었고 철사 침을 느슨하게 박거나 구부러뜨리거나 하는 정도의 실수였다. 하지만 대니얼스는 무슨 큰일이라도 난 것처럼 행동하고 자꾸만 큰 소리를 내며 인부들의 주의를 끌었다. 아무튼 그는 대니얼스의 그런 행동을 참는 데 한계를 느끼는 듯 보였다. 오전 내내 못살게 굴었는데 이제 더는 참을 수 없는 듯했다. 그는 결국 하던 일을 아예 멈추고 대니얼스를 뚫어져라 노려보았다. 마치 한 대 치기라도 할 것처럼 보더니 자리를 박차고 나가버렸다. 내 생각에 대니얼스가 몹시 놀란 것 같았다. 입이 떡 벌어져서 일 분 정도를 그 자리에 미동도 없이 서 있었으니까. 그러다 정말로 화가 치밀어올랐는지 팔딱팔딱 뛰면서 "이런 씨발, 더러운 새끼가"라는 둥 고래고래 욕을 퍼부어댔다. 하지만 내 생각에는 그도 스스로 바보가 된 것처럼 느꼈을 것이다. 일손이 부족한 상황에서 손기술이 좋은 사람을 찾아 다시 숙달시키려면 시간이 걸리니까 말이다. 어찌 됐건 그를 심하게 몰아세우고 큰 소리로 실수를 나무랄 권리가 그에겐 없었다. 우리는 잘해나가고 있었고 작업을 제때제때 해냈으니까 말이다.

그 일 이후, 그의 상태는 급속도로 악화했다. 내가 일을 마치고 돌아오면 어떤 때는 그가 있었고, 또 어떤 때는 없었다. 그는 깨어 있는 시간 중 절반은 취해 있어서, 내가 어떻게 할 방법이 없었다. 나는 그를 좀 달래보려고 했지만 그는 내가 무슨 말만 하려고 하면 화를 냈고, 상태가 더욱 나빠졌다. 곧바로 그는 수중에 돈이 다 떨어져서 거의 매일 밤 돈을 빌려달라며 조르기 시작했다. 얼마 지나지 않아 내가 더는 돈을 꿔주지 않았더니, 그가 어쨌는지 아는가? 밀리에게 돈을 요구하기 시작했다. 새 옷을 사야 한다느니, 일자리를 구하러 갈 버스비를 달라느니 하면서 말이다. 밀리는 매번 2달러나 3달러, 가끔은 5달러씩도 달라는 대로 주었다. 그러면 그는 곧바로 술을 사는 데 돈을 다 날렸다. 나는 그가 뭘 하고 다니는지 밀리에게 말했지만 그녀는 자기도 안다고 하면서 그저 그가 안쓰럽다고 했다. 재배치 담당자들이 그에게 학교 일자리를 구해주었다. 운동장 등을 청소하는 일자리는 그가 두어 번 술에 취한 상태로 출근하는 바람에 열흘 만에 잘리고 말았다. 밀리도 그에게 일을 구해주었다. 어떤 제과점에서 밤에 일하는 자리였는데 그녀 말로는 보수도 꽤 괜찮은 편이라고 했다. 하지만 그는 아예 첫날부터 모습을 보이지 않았다. 당신도 알다시피, 그가 처음 들어갔던 나와 같은 작업 라인에 잘만 붙어 있었다면 괜찮았을 것이다. 우리는 서로를 좋아했고 같이 작업도 잘 해냈다. 뭐랄까, 같이 일할 때 그를 지켜보면서 도와주기도 하고, 그런 게 나는 좋았다. 내 생각엔, 그는 돌봐줄 사람이 필요했던 것 같다. 하지만 밀리와 나 말고는 아무도 그에게 관심을 가지지 않았다.

우리는 그 이후로도, 아주 가끔이지만 좋은 시간을 보내기도 했다. 어떤 일요일 아침에 밀리가 샌드위치 몇 개와 시원한 음료수, 사과와 과자 같은 게 들어 있는 바구니를 들고 왔었다. 그리고 우리 셋은 버스를 타고 산타모니카에 가곤 했다. 한적한 해변에 자리를 잡고 앉아 볕을 쬐며 이야기를 나누고 서로 놀리기도 하면서 헤엄치는 사람들과 새들, 그리고 바다를 바라보았다. 밀리는 늘 조그마한 흰색 수영복을 챙겨와 이따금 물에 들어갔고, 우리는 그 모습을 바라보곤 했었다. 밀리가 그걸 입은 모습이 조금은 우스꽝스럽다고 생각하긴 했는데, 그가 그녀에 대해서 뭐라 뭐라고 농담을 하면, 난 웃긴 했어도 기분이 별로 좋지는 않았다. 나는 밀리를 많이 생각했고, 그녀는 우리에게 좋은 사람이었으니까. 그가 그런 식으로 말할 때 난 절대 대꾸하지 않았다. 내가 대꾸했더라면, 알다시피, 그가 나를 놀려대며 내가 밀리와 그렇고 그런 사이라고 했을 테니 말이다. 사실 그렇지 않았다. 밀리는 나보다 그를 더 좋아했었고, 나는 그가 어쩌다 밀리에게 상처를 주진 않을까 늘 걱정이었다. 그녀는 성격이 온순하고 누구에게나 다정한 사람이었다. 누구든 믿었는데, 내 생각엔 그냥 그런 사람들이 있는 것 같다. 그리고 그녀는 살면서 온갖 고생을 했다. 그래서 아마 꽤 쉽게 상처를 입었을 것이다.

가끔 그렇게 셋이 나갈 때면, 밀리는 우리에게 자신의 가족 이야기를 들려주곤 했다. 어렸을 때 가족이 어땠는지 말이다. 그녀는 어디 농장에서 자랐고, 내 생각인데, 가족들이 다 힘들게 살았던 것 같다. 그녀는 아버지 이야기를 많이 했다. 죽을 때까지 농장에서 일했고, 농작물을 키우려고 갖은 고생을 했었다고 말이다. 땅이 좋지 않아서 그런지 수확물이 변변치 않았다고 했다. 밀리를 학교에 보낼 돈을 마련하려고 오랫동안 일했다고 했다. 그녀는 늘 아버지에게 빚을 갚겠노라 말했지만, 갚을 돈을 벌기도 전에 아버지는 돌아가셨다.

밀리는 어떤 사내와 사랑에 빠져 얼마간 결혼 생활을 했다. 그 이야기를 한 건 단 한 번뿐이었는데, 한동안은 모든 것이 괜찮았다고 한다. 그전보다 더 나아졌었다는 것이다. 그러고 나서는 곧장 다른 이야기로 화제를 돌렸다. 마치 곧 울 것 같은 얼굴을 하고, 왜 있잖은가, 마치 뭔가 안 좋은 일이 생겼었던 것처럼. 하지만 그녀는 좋은 일들에 관해서도 이야기했다. 그녀는 늘 재밌었던 일들을 기억하고 있었고 잘 웃었다. 언제든 그렇게 웃을 준비가 된 사람은 여태 본 적이 없었다. 그리고 그녀는 늘 우리도 웃게 해주었다. 그녀에게 상처를 입히기란 얼마나 쉬운 일인지 당신도 알 수 있었을 것이다.

아니, 잠깐만 기다려요. 웃는 사람이 있었어요. 웃을 준비가 된, 두 눈이 늘 웃고 있는 사람. 맞아요, 어느 여름날 옥수수밭에 한 소녀가 있었어요, 네.

그리고 밀리는 우리의 입을 금방 열곤 했다. 그녀와 함께 있으면 뭐랄까, 자유롭고 편안한 기분이 되었고, 알다시피, 다른 누구에게도 하지 않을 법한 이야기를 그녀에게 들려주게 되는 거였다. 딱히 의도한 건 아닌데도 그냥 그렇게 흘러 갔다. 그녀가 늘 웃으면서, 뭐랄까, 마음을 열고 우리 이야기를 들으면서 비웃지 않는다는 걸 분명 알 수 있었으니까. 우리는 인디언 자치 지구에 관해 이야기를 들려주었는데, 알다시피, 농담 비슷하게 말했기 때문에 다 괜찮았다. 우리에게 일어났던 재미난 일들에 관해서도 얘기했다. 어느 날인가도 우리는 그저 해변에 둘러앉아 바다를 바라보고 있었다. 그 주 내내 춥고 안개가 껴 있었지만 그날만큼은 맑고 따뜻했고, 우리는 기분 좋게 늘어져 있었다. 밀리가 물에 들어가 있다가 나오더니 우리 둘 사이에 앉았다. 머리카락은 젖었고, 즐겁게 웃는 그녀의 얼굴과 팔다리에 온통 물방울이 묻어 있었다. 그러고 있으니 그녀가 정말 예뻐 보였다. 맑고 시원하면서 상쾌해 보이는 그런 모습 있잖은가. 하얗고 깨끗한 피부를 가진 그녀는 두 발을 모래 속에 집어넣고 발가락을 꼼지락거렸다. 그가 며칠간 일을 수습하려고 애쓰던 때였고, 다시 일을 구하느니 어쩌니 하는 이야기를 하고 있었다. 밀리는 그를 믿었고, 나 역시도 그랬던 것 같다. 아무튼 우리 셋은 온갖 잡다한 얘기로 웃고 떠들면서 즐겁게 시간을 보내고 있었다.

어쩌다 우리는 말들에 관한 이야기를 하게 되었다. 그가 예전에 길렀던 말에 관해 이야기를 꺼냈다. 그의 말은 작고 날래고 좋은 말이었지만 완전히 길들지는 않았다고 했다.

270

이따금 난폭하게 행동하기도 했고, 노새처럼 못된 고집을 피우기도 했다고. 그 말은 물을 좋아했어, 하고 그가 말했다. 그 말은 항상 강 쪽으로 가려고 했다고, 어떤 때는 말이 그냥 나가버려서 찾으러 가면 늘 같은 장소에 서 있었다고 했다. 그냥 강가에서 주위를 둘러보며 마치 모든 것이 있어야 할 대로 잘 있는지 확인이라도 하듯이. 어찌 됐건, 어느 날 그 말을 타고 그가 밭에서 돌아오는 길에 우연히 한 노인과 마주쳤다. 노인은 어떤 중요한 위치에 있는 사람이었다. 행정관인가 의술사인가 그런 사람 말이다. 그 노인은 정말 위엄 있어서, 절대 웃지를 않았다. 그런 노인이 말에 태워달라고 했고, 그는 좋다고 하며 그 노인을 뒤에 태웠다. 그들은 바로 출발했고, 강을 건너야 했다. 그리고 강 한가운데로 왔을 때, 그 미친 말이 그냥 드러눕는 바람에 노인이 물에 빠지고 말았다는 것이다. 나이가 많았던 그는, 이런 형편없는 말이 다 있냐고 생각했을 것이다. 노인은 물에서 일어섰고, 예상했겠지만, 물에 빠진 암탉 꼴을 하고 굳은 표정을 짓고 있었다. 말도 한마디 하지 않았고, 그저 고개를 내저으며 강가로 걸어나갔다. 신발이 물에 젖어 저벅대는 소리가 꽤 오랫동안 들렸다.

그가 어찌나 재미있게 말했던지 밀리는 그 얘기를 듣고

웃음이 킥킥 새어 나오는 것을 어찌하지 못했다. 그녀가 웃음을 참지 못하자 이내 우리도 같이 웃고 말았다. 그러다 그녀가 딸꾹질을 시작해서 우리는 더 심하게 웃게 되었다. 우리는 거의 배가 아플 정도로 웃어댔다. 그 자리에 앉아서 몸을 흔들며 눈물이 흘러내릴 정도로 바보들처럼 굴었고, 남들 눈은 개의치 않았다. 웃을 때 그녀는 참 예뻤다.

어느 여름날 한 소녀가 옥수수밭에 있었어.

밀리는 그를 믿었다. 알다시피, 그녀는 모든 사람을 믿고 싶어 했으니까. 그녀는 그랬다. 그리고 모든 게 다 괜찮아질 거라고 우리도 믿도록 만들었다. 우리는 행복했고, 앞으로 어떻게 살아갈지 계획들도 세웠다.

사람들이 그녀를 조랑말이라 부르자 그녀는 웃었어. 그녀의 피부는 하얗고 손은 작았고 어두운 파란색 벨벳 블라우스를 입고 있었고 달처럼 생긴 오래된 나야헤 펜던트가 달린 구슬 목걸이를 하고 있었어…….

내 생각엔 그도 잘될 거라 믿었던 것 같다. 하지만 일이 그렇게 풀리지는 않았다. 일이 잘되기엔 이미 너무 늦었고, 모든 것은 돌이킬 수 없게 되어버린 것이었다. 그리고 그는 이미 속병이 나 있었다. 아마 병이 난 지 이미 오래고, 늘 그랬듯, 아무도 그것에 대해 알지 못했으며, 그 병이 처음으로 나타나기 시작하자 기색이 뚜렷했다. 아마 그렇게 된 것일 터였다.

어느 여름날 한 소녀가 옥수수밭에 있었고, 그녀가 웃었지만, 다시는 그녀를 볼 수 없었어. 학교에 가려고 멀리 떠나 있었는데, 그때 처음으로 고향이 그리워져서 다시 그곳에 돌아가니 좋았어. 모든 게 그대로였지. 대지가 영원히 이어지고 변한 건 아무것도 없었으니까. 챔버스 역에서 버스를 내려서 와이드 루인스 역에 있는 교역소까지 걸어갔고, 그렇게 오래 걷는 데 익숙하지 않아서 꽤 오래 걸렸고, 날씨도 더워서 지쳤어. 시원한 걸 마시려고 들어갔더니 프레이저 할아버지가 나를 보고 반가워했어. 그래서 허세를 조금 떨었지. 멀리 나갔다가 돌아오면서 그동안 볼 건 다 봤다 싶었으니까. 날이 더웠고, 늦은 오후로 흘러가고 있어서 집까지 더 걸어가고 싶지가 않았어. 괜스레 할아버지가 물을 사러 오시지는 않을까 내심 기대했지. 그런데 우리 할아버지가 어제 다녀가셨다고 프레이저 할아버지가 알려줬어. 그냥 시원한 데 들어와 있는 게 좋았고 프레이저 할아버지도 날 반가워하길래 거기 서서 이런 저런 얘기를 나눴지. 그는 다음 날 밤 옥수수밭 근처에서 여인들의 무도회가 열린다고 했어. 여인들 무도회를 구경한 지 꽤 오래됐었지. 가보면 좋겠다 싶었고, 당장 가고 싶어졌어. 거드름을 피우면서, 마치 옛날 사람이라도 된 것처럼 천천히 편안하게, 크게 개의치 않는다는 듯 거래를 시작했어. 그리고 조금 있다가 좋은 말이 있으면 팔지 않겠냐고 물었어. 좋은 검은 말 하나가 있지, 하고 그가 대답했어. 아주 비싼데 당장 팔 생각도 없다고. 그래서 그냥 고개만 끄덕이고 서 있다가 얼마가 지나고 옥수수밭 서쪽에 사는 삼촌이 아주 좋고 오래된 케토[12]를 갖고 있는데, 삼촌이 그것을 내게 줄 거라고 말했어. 오래전부터 가지고 있던 아주 좋은 물건이고, 한가운데 커다란 거미줄이 그려져 있고 그 주위로 작은 원들이 에워싼 물건이라고 하면서, 붙어 있는 은판은 무겁고 두껍다고 말이야. 하지만 오래된 거고, 요즘엔 볼 수 없는 거라고도 말했어. 너무 오래되고 구식이라 애석하다는 듯이 행동하자, 이내 그가 그것에 대해 골똘히 생각하는 게 보였어. 그 물건을 언제 받게 되냐고 그가 묻길래, 무심한 듯한 표정으로 글쎄 여인들 무도회에 가게 되면 삼촌에게 여쭤보겠노라 대답했어. 그러고 나서는 그 물건을 받으면 어디에 쓸 거냐고 그가 물었어. 그래서 음, 잘 모르겠다고 했지. 오래되고 무겁고, 그런 물건을 좀처럼 볼 수 없으니까 그게 마음에 들었을 뿐이라고. 얼마간 갖고 있으면서 어쩔까 생각해보려고 한다고. 그런데 그때 그가 말했어. "자자, 그럼 내가 말을 보여줄게, 진짜 괜찮은 말이라네." 진짜 괜찮은 말이긴 했어. 작고 예쁜 검은 말이었는데, 온몸에 윤기가 흐르고 둥글면

274

서 다리도 길었지. 잘 달릴 것처럼 보였어. 그래도 느리고 게을러 보이는데요, 운동을 충분히 안 한 것처럼요, 하고 말했지. 아마 사게 되겠지만, 우선은 하루 이틀 타볼게요, 괜찮으시다면요, 옥수수밭에 타고 가서 케토를 받아 오든지 할게요, 하고 말했어. 그는 처음엔 안 된다고 했지만, 계속 삼촌에 관해 이야기하면서 가나도의 상인들이 그 케토를 얼마나 사고 싶어 했는지 이야기하니까, 결국엔 말에 고삐를 달고 나와 내 손에 끈을 쥐여주었지.

그 검은 말에 올라탔을 때 감촉이 좋아서 할아버지 댁까지 천천히 달리도록 그냥 두었어. 해가 넘어가며 대지는 붉게 물들고 있었고 바람이 약간 일면서 선선해졌어. 다시 집에 돌아온 거였지.

밤새 비가 내릴 것 같다. 언덕 위는 춥고 비가 내리고 아무도 없다. 어둡고 조용한 게 땅은 질퍽거린다. 오랫동안 진흙탕일 것이다. 당신도 알다시피, 그는 앞으로 어떻게 되는 건지 내가 말해주길 바랐다. 날이 그렇게 맑다가 하룻밤새 비가 내리더니, 아예 그칠 것 같지 않게 계속 내리는 걸 보면 우습다. 아마 그는 비를 벗어났을 것이다. 그렇지 않은가? 지금쯤 아마 그곳 어딘가에 닿았을 것이고, 비도 내리지 않고, 잠에서 깨어 대지 위로 빛나는 별빛과 달빛을 보고 있을 것이다. 기차가 속력을 늦추어 윌리엄스와 플래그스태프 주변 산맥을 오르고 있을 것이고, 수풀 위로 달빛이 내려앉고 하늘을 배경으로 선 새까만 나무들을 볼 수 있을 것이다. 아마도 밤새 깨어 있고 괜찮아지겠지.

그러고 나서 기차가 남동쪽으로 가서 아래쪽 대지로 갈 거야. 그러면 태양이 떠오르고 대지를 가로지르는 기나긴 길이 보이겠지. 이른 아침이면 물감 칠한 사막 위로 드러나는 땅과 어두운 골짜기 그리고 붉은빛 보랏빛 대지를 볼 수 있어. 온통 아름답고 고요한 곳. 그 대지는 와이드 루인스와 클라게토와 옥수수밭까지 펼쳐지지.

그곳에서는 기분이 좋아. 마치 내면의 모든 게 괜찮고 고요하고 시원한 것처럼. 그리고 그 검은 말은 바람처럼 달리고 있어. 연세가 더 드신 할아버지는 우셨어. 어머니와 아버지가 돌아가시고 홀로 손자를 키웠는데 멀리 떠났다가 다시 집으로 돌아왔으니까. 난 남자답게 검고 아름다운 말을 타고 돌아왔지. 할아버지는 그 모습에 대해 노래를 부르셨고. 이제 다 괜찮았어, 모든 것이. 그리고 더는 할 말도 없었어.

그때 너무 피곤해서 아침을 기대하며 잠이 들었어. 그리고 날이 밝자 밖으로 나갔고 지금 어디에 있는지 알았어. 그리고 모든 건 그대로였지, 기억하는 대로, 그래야 한다고 알고 있던 그대로, 그리고 아무것도 변하지 않았어. 첫 새벽빛에, 동이 트기 전 잠시 동안, 난 생각했지. 그곳의 모든 것은 늘 그대로일 거라고. 그곳은 원래 그랬어. 그게 다야. 태어날 때도 그랬고, 죽는 날에도 그럴 거고. 날이 추웠고, 얼굴과 손에서 추위가 느껴졌어. 구름들도 그대로였어. 흐릿하고 작고 멀리 떨어져 있었지. 대지는 어둡고 고요하고 온 사방으로 뻗어 하늘과 맞닿아 있었어. 그곳을 채울 것은 아무것도 없었지만, 태양이 떠오르면 사방이 밝아질 거고, 물보다도 밝아져서, 백 가지의 색채로 이뤄진 대지의 밝음에 눈을 상하게 될 정도였지. 하지만 첫 새벽빛은 그윽하고 희미하면서 아주 고요했어. 아무런 소리도 없었지. 온 사방에는 하늘이 기다리고 있었고, 동쪽은 조개껍데기처럼 하얬지. 동틀 녘 대지는 홀로 몹시도 고요했어. 드디어 바라던 대로 그 자리에, 홀로 있었어. 아무도 보고 싶지 않았고, 아무 말도 듣고 싶지 않았지. 할 말도 아무것도 없었어.

태양이 뒤에서 떠오르고 나는 검은 말을 타고 옥수수밭으로 향했어. 좋은 말이었어, 정말이지, 다른 말들보다 좋았어. 가슴이 깊고 넓어서 숨이 길었어. 서둘러 가고자 하면 내내 쉬지도 않고 달릴 수 있었지. 하지만 시간이 충분히 일렀고, 멀리 갈 필요도 없었어. 하루 반나절이나 그보다 조금 더 달리면 될 터였어. 나는 내 밑으로 땅이 지나가는 것을 볼 수 있었고, 말발굽 소리를 듣고 느낄 수 있었지. 충분히 이른 시간이었고, 열기도 아직 저만치 물러서 있어 검은 말이 나를 태우고 서두르지 않는 아침 대기 속으로 꽤 힘차게 달렸지. 그렇게 나가는 것은 좋았고 난 기도를 올리고 싶어졌어.

저는 터키석 부족 여인의 아들이옵나이다.
허리띠를 두른 산꼭대기에,
아름다운 말―족제비처럼 늘씬한 말이 있사옵니다.
제 말의 발굽은 줄무늬 마노와 같고,
말굽 뒤 돌기는 고매한 독수리 깃털과 같고,
다리는 재빠른 번갯불 같나이다.
제 말의 몸체는 독수리 깃털을 단 화살 같고,
제 말의 꼬리는 길게 나부끼는 먹구름 같나이다.
저는 말 등에 부드러운 짐들을 실었고,
작고 신성한 바람께서 그의 머리털 사이로 불어오나이다.
그의 갈기는 짧은 무지개로 빚었나이다.
제 말의 귀는 둥근 옥수수로 빚었나이다.
제 말의 두 눈은 큼지막한 별들로 빚었나이다.
제 말의 머리는 물―신성한 물이 섞인

물로 빚어져 ─ 목마름을 느끼는 법이 없나이다.

제 말의 이빨은 하얀 조개껍데기로 빚었나이다.

기다란 무지개가 입 안에 고삐처럼 놓여 있어,

나는 그것을 잡고 그를 인도하나이다.

제 말이 히잉 울면, 형형색색 말들이 뒤따라오나이다.

제 말이 히잉 울면, 형형색색 양 떼가 뒤따라오나이다.

　　저는 그로 인해 부유하나이다.

　　제 앞도 평화요,

　　제 뒤도 평화요,

　　제 아래도 평화요,

　　제 위도 평화요,

　　제 주위가 온통 평화롭고 ─

평화로운 목소리로 그가 울음 우나이다.

저는 영원하고 평화롭나이다.

저는 제 말을 수호하나이다.

　클라게토까지 올라가 그곳 교역소에 가서 떠들고 웃고, 검은 말을 자랑하다, 해가 기울고 다시 서늘해지자 이른 오후 시간을 그 안에서 보냈어. 말을 타고 샘 찰리의 집으로 갔고, 나머지 길은 그와 동행했어. 우리 두 사람은 웃고 떠들면서 학교에 있는 소녀들—남베 소녀들과 아파치들—에 대해 농담을 했어. 샘 찰리의 말은 늙고 일에 길들여진 말이었어. 검은 말 옆에 서면 초라해 보였고, 그 검은 말은 빙빙 돌고 고개를 내밀며 달리고 싶어 했지. 케토는 있지도 않았지만, 아무튼 검은 말은 당분간 내 소유였으니 그 말을 타고 옥수수밭에 갔어. 그게 중요했지.

그리고 후에, 옥수수밭에서 서쪽으로 약간 떨어진 곳에서, 태양이 지며 어스름이 깊어지고 하늘에는 진홍빛이 깔리다 추위와 함께 밤이 내렸어. 거기엔 마차와 모닥불이 있었고, 이야기 소리가 들리고 커피 향과 빵 굽는 냄새가 연기를 타고 풍겨왔어. 동쪽에선 얼룩덜룩한 달이 떠올랐는데, 한가운데를 망치질해서 얇고 움푹 패인 조개 같았어. 그리고 북소리. 북소리가 들려와서 아직 그곳에 가는 도중이고 혼자이길 바랐지. 몇 킬로쯤 떨어진 곳에서 북소리가 들려오고, 대지 위에는 달빛만이 내리쬐는 곳에서, 마침내 저 멀리 불빛이 보이길 바랐지. 한밤중 저 멀리 어딘가에서 북소리가 들려와도 불빛이 보이기 전까지는 어디서 들려오는 소리인지 알 수가 없지. 북소리는 온 사방에서 들려오니까. 몇 킬로 떨어진 곳까지 퍼지면서. 그러다 언덕에 오르면 마침내 그곳에 모닥불과 북들이 있는데, 그래도 여전히 북소리는 멀리서 들려오는 듯하지.

사람들이 춤추기 시작했고 나는 떨어져 서서 바라보았지. 다

른 쪽에 한 소녀가 있었는데, 웃고 있는 모습이 아름다웠고, 그녀
를 바라보자 기분이 좋았어. 불빛이 그녀의 살갗 위로 너울거리
고 그녀는 웃고 있었어. 불빛이 그녀의 파란 벨벳 블라우스 위에
서 그리고 파리한 달 모양 나야헤 펜던트 위에서 반짝였지. 그러
다 얼마 뒤에 그녀가 보지 않을 때면 내내 그녀를 바라보았지. 그
녀가 얼마나 아름다운지 차차 알게 되었으니까. 그녀는 몸집은
야위고 자그마했어. 그녀가 북쪽으로 살짝 옮겨가서 자리를 잡아
섰고, 기다란 치마가 발끝에서 찰랑거렸고, 모카신[13]에는 은화들
이 달려 있었어.

"이봐, 자네. 저 여자가 자꾸 자넬 쳐다보는데, 생각 중인 모양
이군." 샘 찰리가 어깨에 손을 얹으며 말했어.

"목걸이 멋지군. 누군지 아나?" 내가 물었지.

"이런! 목걸이가 멋지다니! 목걸이 때문에 다른 걸 주겠다는
건가? 사람들은 저 여자를 조랑말이라 부르더군. 저기 나슬리니
근처에 산다던데."

그리고 얼마 지나자 사람들이 짝을 맞춰 불가에서 춤을 추었
어. 담요를 둘러쓰고 손을 맞잡은 채, 북소리에 맞춰 가볍게 발을
굴리면서 앞으로 지나갔지. 그들이 엉긴 모습이 불을 등지고 어
둡게 보였지. 그러다 그녀를 놓쳐버렸어. 주위를 온통 둘러보아
도 그녀는 없었지. 샘 찰리가 뭐라고 말해도 알아들을 수 없었고,

북소리만 들려올 뿐이었어. 내 심장박동처럼 두근대는 북소리만. 그리고 그때 그녀가 내 팔을 붙들고 웃으면서 말했어. "이리 와요, 아니면 뭐 값나가는 걸 주시든가요." 그녀의 웃음에는 뭔가가 있었어. 방심케 하면서도 자신감을 주었으니까. 그리고 나는 그 웃음소리를 언제든 듣고 싶어졌지. 그녀는 자기 담요를 건넸고 모닥불 옆 빈자리로 이끌었어. 그리고 그녀가 담요로 내 등을 덮도록 그냥 내버려두었고, 그녀도 담요 아래로 들어오도록 했지. 곁에 와 있는 그녀의 작은 몸이 옆으로 바짝 붙었어. 웃고 있었어. 나는 춤을 추며 오래도록 그녀를 붙들어두었어. 둘은 함께 천천히 불가로 옮겨가 박자에 맞춰 모닥불 주위를 돌았어. 그녀는 곁에서 웃고 있었고, 달은 높이 떠 있었고, 북소리는 밤의 먼 곳까지 울려 퍼졌고, 검은 말은 천막 옆에 매여 있었고 달빛과 모닥불 빛이 검푸른 벨벳 옆구리의 굴곡을 비추었고 내 손이 그 검푸른 벨벳 위에 놓여 있었고 고개를 숙여 보니 빛이 내리쬐는 모래밭을 스쳐 간 그녀의 조그마한 발자국이 남아 있었어. 그 반짝이는 은화들과 짙고 붉은 가죽, 그리고 뒤축이 만들어낸 하얀 기울기를 보았지. 그리고 다시는 그녀를 보지 못했어.

어느 밤 헨리네 집에 갔다가 집으로 오는 길이었다. 우리는 다른 여러 사내들과 어울려 바깥에 서 있었고 꽤 큰 소리로 떠들며 기운차게 놀았다. 하지만 알다시피, 얼마 후에 파장했고 시간이 늦어 집으로 돌아가기로 한 것이다. 우리는 뭐랄까, 그냥 천천히 걸으면서 꽤 큰 소리로 이야기를 나눈 것 같고, 그때의 거리는 어둡고 한산했다. 그 아래로 골목이 하나 있었다. 막힌 길이었고, 못 쓰는 나무 막대나 쓰레기 깡통만 굴러다닐 뿐 한산한 곳이었다. 가장 가까운 가로등이 구획 맨 끝에 있어서 밤이면 늘 어두웠다. 낮에는 비둘기들이 많다. 사람들이 거기다가 아무거나 내다 버린 탓에 언제 가봐도 통조림 깡통이나 깨진 유리들이 흩어져 있다. 그리고 냄새도 고약하다. 어찌 됐든, 우리는 그 골목을 지나고 있었다. 그때 마르티네즈가 불쑥 나타나 우리를 가로막고 섰다. 처음엔 그냥 그렇게 서서, 손에 든 막대를 툭툭 치며 우리를 쳐다보았다. 그 어두운 골목에서 갑자기 나타난 그를 보고 우리는 소스라치게 놀라 할 말을 잃고 잔뜩 겁을 먹었다. 그러자 그가 우리더러 골목 안으로 들어가라고 하더니 우리 뒤를 따라 들어왔다. 나는 술이 확 깼다. 어두운 곳이었고 그가 바싹 따라붙어서 그를 잘 볼 수도 없었다. 그가 뭘 어쩌려는지 알 수가 없었고, 겁에 질린 나는 몸을 벌벌 떨고 있었다.

"안녕하신가, 베날리." 그가 말했다. 몹시 부드럽고 편안한 말투였다. 그의 얼굴이 보이진 않았지만, 상대가 겁먹은 걸 눈치챘을 때의 표정으로 웃고 있는 것은 알 수 있었다. 우리는 그냥 집에 가는 중이라고 하면서 원하는 게 뭐냐고 내가 물었다. 그는 가만히 서서 그냥 웃을 뿐이었다. 우리가 식은땀을 흘리는 것을 보고 비웃으면서 말이다. "네 손 좀 보자, 베날리." 그가 가까이 다가왔고 우리는 등을 벽에 기대고 서 있었다. 나는 손을 들어 그에게 내밀었다. 손이 그의 몸에 거의 닿을 뻔했다. 그는 들고 있던 플래시를 켰다. "네 손이, 베날리, 떨리고 있네." 그는 손을 왜 떠는지 의아하다는 듯, 걱정스럽다는 듯 말했다. 그는 그 환한 불빛 아래서 내 손을 오랫동안 내밀고 있게 했는데, 손은 미친 듯이 떨렸고 나는 떨리는 손을 어떻게 할 수가 없었다. 그러자 그가 돈을 얼마나 지니고 있는지 물었다. 내가 봉급을 받았다는 것을 아는 것 같았다. 나는 남은 돈을 모두 다 주었다. 그는 마치 이걸로는 모자란다는 듯 한참이나 돈을 들여다보았고, 나는 겁이 나서 벌벌 떨었다. 잠시 후 그가 "안녕하신가." 하고 말하며, "이 친구는 누구지, 베날리?" 하고 물었다. 그러고는 그의 앞으로 다가가더니 불빛을 들어 그의 얼굴을 비추었다. 나는 그의 이름을 말해주며, 직장에서 잘리고 일자리를 구하고 있어서 돈이 없다고 말했다. 마르티네즈는 그에게 손을 내밀어 보라고 말했고, 그는 천천히, 처음에는 내밀지 않으려는 듯했지만, 손을 내밀어 손바닥을 내보였다. 나는 불빛에 비친 그의 손을 보았는데 손바닥이 활짝 펴져 있었고 동요 하지도 않았다. "뒤집어 봐." 마르티네즈가 말하자 그는 두 손을 내려다보았고, 그때도 손은 동요하지 않았다. 그때 갑자기 불빛이 위로 솟더니 마르티네즈가 막대기로 아주 빠르고 세게 손을 내리쳤다. 보지는 못했지만 나는 막대기가 손가락뼈를 때리는 소리를 들었고, 그것 때문에 구역질이 났다. 그는 울거나 앓는 소리를 내지 않았어도 벽에 기대어 선채 몸을 움츠려 두 손을 붙들고 고통스러워했다. 그때 불이 꺼졌고 마르티네즈가 어둠 속에서 나를 지나쳐갈 때 빠르고 짧게, 마치 웃듯이 숨을 내쉬는 걸 들었다. 우리도 그곳에서 빠져나와 집으로 갔다. 그의 손은 부러지지 않았지만 심하게 부어올라 다음 날에는 손가락을 거의 움직일 수도 없었고 손가락 관절 위에는 크고 흉측한 상처가 나 있었다. 온통 누렇고 푸르게 멍든 것이었다. 밀리에게는, 당신도 알다시피, 라디에이터를 고치다가 손 위에 떨어져서 그랬다고 말했다.

그는 그 일을 잊지 못했다. 그 일은 토사마 집에서 일어났던 일과 비슷했다, 기억나는가? 그는 아무 말이 없었고―심지어 일이 벌어지던 그 순간에도 아무 말이 없었다. 그저 움츠린 채로 벽에 기대어 손만 붙들고 있었으니까. 하지만 그 일을 잊을 수는 없던 것이었다. 그는 가만히 앉아서 내내 손만 내려다보곤 했다. 몇 번인가 내가 뭐라고 말을 붙였는데, 그는 못 들었다는 듯, 무슨 기분 나쁜 생각이라도 하는 듯, 하지만 그게 뭔지는 모르는 듯이 행동했다. 그러고 나서 얼마가 지나 고개를 들고서 내게 뭐라고 했냐고 되묻곤 했다. 그에게 말을 거는 일이 갈수록 힘들어졌다. 알다시피, 밀리가 가끔 우스운 소리를 했고, 그녀와 나는 웃으며 그를 바라보았는데, 그럴 때면 그도 웃긴 했지만 다른 생각을 하고 있고 무슨 말인지 듣지도 못한 것이 눈에 확연히 보였다. 심지어 그는 술에 취했을 때도 어쩐지 예전과는 달랐다. 원래는 술에 취하면 기분이 좋아져서 같이 웃으며 농담도 주고받곤 했는데, 그날 밤 이후로는 뭔가 달라졌다.

어느 날, 나는 우연히 그를 만나 같이 웨스트우드로 갔다. 이따금 내가 작업 속도를 꽤 빠르게 맞춰주면 대니얼스가 내게 트럭 배달을 다녀오게 해주었다. 당신도 알겠지만 그 건 꽤 괜찮은 휴식이다. 여러 가지 바깥 구경을 하고 신선한 공기도 마실 수 있으니 말이다. 급히 서두를 일이 없어 그렇게 어딘가로 나가게 될 때면 나는 늘 그를 데리고 다니곤 했다. 대니얼스는 절대 눈치를 채지 못했다. 만일 알았더라면

난 해고되었을 것이다. 아무튼 날씨가 맑았고, 그가 근처에서 뭘 할지 모르는 듯 앉아 있어서 나를 따라가자고 하니 꽤 기쁜 듯한 얼굴이었다. 우리는 윌셔로 나갔다. 화창한 날이었고 정오가 가까워지던 시간이었다. 나는 한 시까지 들어가지 않아도 괜찮았고 짐을 푸는 데는 몇 분도 채 걸리지 않을 터였다. 볼일을 다 마치면 그와 같이 햄버거를 사 먹고 해변으로 드라이브를 갈 수 있을 거라 생각했다. 나는 늘 웨스트우드를 좋아했는데, 날이 좋아서 거리엔 많은 이들이 나와 있었다. 나는 트럭을 몰고 골목에 들어갔다가 제방에 차를 세웠다. 운전석을 보도 쪽에 약간 걸쳐서 댄 탓에 사람들이 길을 돌아가야 했다. 짐을 내리는 동안 그는 운전석에서 기다렸다. 큰 주문 건이 아니어서 일을 꽤 빨리 끝냈다. 내가 다시 트럭에 올라타 출발하려고 하자 그가 나더러 기다리라고 했다. "가자." 내가 말했다. 우리에겐 대낮의 윌셔에서 혼잡한 도로를 달려 해변으로 갈 시간밖에 없었다. 하지만 그가 기다리라고 했고, 우리는 그저 가만히 앉아서, 뭐랄까, 영문도 모르고 미칠 것 같았다. 얼마 지나지 않아 한 여자가 근처 가게에서 나왔고 그는 내게 그녀를 보라는 듯이 고개를 까딱였다. 한껏 차려입은 그 여자는 천천히 걸으며 가게 유리창 안을 들여다보고 있었다. 그녀가 우리 바로 옆으로 지나가자, 그는 그녀가 못 보길 원하는 듯 몸을 살짝 뒤로 기대었다. 나는 대체 무슨 영문인지 알 수가 없었다. 물론 그 여자가 인물이 괜찮긴 했지만, 그리 젊거나 몸매가 끝내주는 것도 아니라 그가 왜 그리 긴장하는지 이해할 수 없었다. 그녀는 돈이 많아 보였고 약간 마른 몸매였다. 볕에 피부가 그을려 금빛으로 탄 게 눈에 들어왔고, 뭐라고 해야 할까, 평범한 흰색 드레스에 조그맣고 하얀 장갑을 끼고 흰 신발을 신고 있었다. 이미 말했듯이 인물이 좋긴 했다. 선글라스를 쓰고 작은 입술에 연하게 립스틱을 발랐고, 긴 머리칼은 단정하면서도 반짝거리는 게 깔끔해 보였다. 온통 새까맣게 빛나는 머리칼 위에 맑고 널찍한 은빛 줄기가 어려 있었는데, 태양 볕 아래서는 거의 구릿빛에 가까웠다. 우리는 그녀가 사라지도록 지켜보고만 있었다.

그는 그녀를 안다고 했다. 그녀 밑에서 일을 했다던가, 아무튼 그녀가 그를 좋아했다고 했다. 그는 그녀가 자신을 도와줄 거라고 말했다. 말하자면, 그녀가 그를 아주 좋아했고, 둘이 놀아났었고, 그녀가 그에게 일자리도 구해주고 인디언 자치 지구에서 벗어나게 해주려던 참이었는데, 그가 문제에 말려들었다는 것이다. 그는 계속 이야기를 이어나갔다. 그녀가 자신을 좋아했다느니, 어떻게든 도우려 했다느니, 그런데 자신이 말썽거리에 휘말렸다느니 하는 얘기 말이다. 나는 처음에는 그의 말을 믿지 않았고, 그런 식으로 백인 여자랑 엮어서 자꾸 젠체하고 헛소리를 하니까 짜증이 났다. 하지만 후에 그의 말이 사실이란 걸 알게 되었다. 알다시피, 그가 다쳤을 때, 그녀 얘기를 하며 그녀의 이름도 말해주었다. 그가 너무 심하게 다치고 정신도 거의 나간 상태여서 지어낸 얘기가 아니란 걸 분명히 알 수 있었다. 우스운 일이긴 한데, 처음에 내가 그의 말을 믿지 않을 때도, 그는 어쩐지 그녀에 관해 모든 걸 안다는 듯, 그녀는 특별하고 착하고 그를 아주 좋아했던 것처럼 행동하긴 했다. 나는 그녀를 병원에서 다시 보았다. 예쁘긴 했다. 잡지에서나 볼 법한 뭐 그런 얼굴이었다.

그는 더 이상 일자리를 찾지 않았다.

창문을 닫는 걸 깜빡하지 않았더라면 좋았을 것을. 비. 그놈의 비가 그쳤었더라면. 이곳은 늘 춥고 비가 내리면 어딘가 모르게 텅 빈 기운이 돈다. 우리는 말이나 자동차들 그리고 배들의 사진을 오려서 벽에 붙여놓으려고 했었다. 한번은 밀리가 커튼을 가져온 적이 있었는데 우리는 결국 그것을 달지도 못했다. 아마 내일쯤 내가 커튼을 달 생각이다. 밀리가 아주 좋아할 것이다. 우리는 그 조그마한 여행 가방을 갖고 그를 놀리곤 했었다. 그것은 방 한구석에 놓여 있었는데, 조그만 거미 한 마리가 항상 거기다가 거미줄을 칠 태세를 하고 있었다. 밀리가 올 때마다 거미줄들을 쳐내곤 했지만, 그 조그만 놈들은 곧장 그 자리에다가 다시 거미줄을 쳐놓는 것이었다. 절대 포기할 줄을 모르는 놈이어서, 결국 우리는 그녀에게 내버려두라고 말했다. 그 거미도 우리 룸메이트잖아, 하고 말했는데, 그녀에겐 우리 방에 올 때마다 거미를 쫓아버릴 권리는 없었다. 그러면 그녀는, 그 누구도, 심지어 거미조차도 여행 가방에서 살아서는 안 되며, 언젠가 철 가위를 가져와서 여행 가방으로 인형 집을 만들 거라고 했다. 거미에게는 흔들의자가 필요하다고 그녀가 말했다. 비가 내리면 이곳은 추워진다. 여긴 아주 괜찮은 곳이다. 정말 근사하게 꾸밀 수도 있다. 주변에도 좋은 데가 많다. 원한다면, 개인 목욕실이 딸린 집을 어렵지 않게 구할 수도 있을 것이다. 좋은 일자리가 있는 사람이라면 원하는 건 뭐든 할 수 있다.

카를로치니 노인이 얼른 집에 들어와야 할 텐데. 그녀는 나이가 많은데, 이렇게 비가 내릴 때 바깥에 있어선 안 될 일이었다. 조만간 어느 날에 그녀는 그냥 거리에서 쓰러져 죽게 될 터였다. 그게 아니라면 누군가 작은 방에서 홀로 죽어 있는 그녀를 발견하겠지. 알다시피, 그녀는 접시나 숟가락 같은 조그마한 잡동사니들을 가지고 있고 매일 아침 다섯 시 반 정도 되면 아래층에서 그녀가 부산하게 움직이는 소리가 들린다. 바깥에 나갈 때면 늘 그 검은색 낡아빠진 모자를 쓴다. 우스꽝스러운 모습으로 말이다. 모자가 너무 커서 챙이 축 늘어진 데다가 한쪽 눈 밑으로 처진 낡고 찌든 꽃 한 송이가 걸을 때마다 덜렁거린다. 그녀는 결코 안녕 따위의 인사를 건네는 법이 없다. 하지만 늘 사람을 빤히 쳐다보며, 마치 누구라도 불쑥 다가가거나 몰래 뭔가를 훔쳐갈지도 모른다는 듯 경계한다. 그녀는 누가 계단만 올라가도 그 소리를 듣고는 문을 살짝 열어두고, 그 틈으로 지나가는 사람을 쳐다보고 있다. 그녀가 해야 하는 일이란 전부 다 그런 것들이다.

언젠가 한 번 우리가 밖으로 나가는데, 카를로치니 노인이 계단 아래서 몸을 완전히 굽히고 미동도 없이 잠든 듯 앉아 있었다. 그녀의 방문이 활짝 열려 있었는데, 그녀는 그냥 그곳 계단에 앉아 있는 것이었다. 그리고 우리가 그녀의 방 안을 들여다본 것은 그때가 처음이었다. 정말 어둡고 지저분해 보였고 계단에 서서도 그 악취를 맡을 수 있을 정도였다. 방문이 그렇게 활짝 열린 게 아마 그때가 처음이 아닐까 싶었다. 그녀는 목욕도 절대 하지 않았는데, 노인들한테서 어떤 냄새가 나는지, 그리고 어두운 데서 꽁꽁 싸매고 있는 걸 얼마나 좋아하는지는 당신도 잘 알 것이다. 꽤 역겨웠다. 그 냄새 말이다. 아무튼 그 노인을 빙 돌아가려고 하는데 그녀가 뭐라고 말을 했다. 돌아서서 보니 노인은 우리를 쳐다보고 있었고 눈가가 온통 젖어 있었다. "빈첸초가 아파." 노인이 말했다. "이번에는 진짜 안 좋아." 노인은 손에 들고 있던 작은 종이 상자를 내밀어 우리에게 보여주었다. 영문을 알 수 없이 들여다본 상자 안에는 어떤 조그마한 짐승이 죽어 있었다. 돼지쥐였던가, 그랬을 것이다. 검은 털과 하얀 털이 나 있었는데, 한쪽 털이 눌려 있고 그 밑에는 더러운 흰 천이 깔려 있었다. "이번에는 진짜 안 좋아."라고 말하며 노인은 고개를 저었다. 우리는 뭐라 말해야 할지 몰랐고, 그녀는 울면서 우리를 쳐다보며 마치 우리가 원하기만 한다면 어떻게 해볼 수 있지 않냐는 표정을 지었다. 노인은 우리가 혹시나 모든 것을 되돌려주기라도 할 듯이, 몹시 다정하고 상냥한 투로 말했다. "얘 이름이 빈첸초야. 정말 똑똑하지. 당신네 같은 신사들처럼 똑바로 설 줄도 알고, 작은 손바닥으로 손뼉도 쳐." 그러고는 노인의 두 눈동자가 반짝였고, 그 생각을 하니 웃음이 절로 나는 듯 미소를 지어 보였다. 노인은 그런 식으로 계속 말을 이어갔다. 그 조그만 녀석이 아직 살아 있고 다시 발딱 일어서서 어린아이처럼 손뼉을 치기라고 할 것처럼. 그걸 보고 있자니 참으로 눈물겨웠다. 그토록 늙고 외로운 노인이 그 조그마한 짐승을 손에 들고서, "당신네 같은 신사들처럼"이니 어쩌니 하는 게 말이다. 우리는 뭘 어떻게 해야 할지 몰라 그저 듣기만 하면서 그 작은 털이 난 짐승을 내려다볼 뿐이었다. 그러다 한참 후에 그가 자기 생각에는 이미 죽은 것 같노라 말했다. 처음에는 그가 그 말을 하지 말았어야 하는데, 하고 생각했다. 어쩐지 조금 각박하지 않은가? 하지만 노인은 어차피 그 말을 들었어야 했다. 내 생각엔 노인도 사실 그 사실을 내내 알고 있었을 것이고, 누군가가 말해주길 기다렸을 터였다. 스스로 어떻게 말해야 할지 몰랐으니까. 노인은 갑자기 상자를 휙 치우더니 몇 분 동안인가 그를 매섭게 노려보았다. 마치 상처 입은 것처럼, 그리고 대체 이해를 못 하겠다는 듯이, 대체 왜 말을 그따위로 하느냐는 듯이. 하지만 그러고는 그냥 고개를 끄덕이다가 몸을 앞쪽으로 약간 늘어뜨렸다. 더는 말하지 않았고, 울지도 않았다. 그저 몹시 지쳤다는 듯, 기운이 하나도 없다는 듯한 몸짓이었다. 내가 빈첸초를 복도로 내가는 게 어떻겠냐고 물어도 노인은 아무런 대답이 없었다. 그저 계단에 앉아서,

그 조그마한 죽은 짐승을 가까이 끌어안고, 끔찍할 정도로 외로운 모습을 하고 있었고, 밤이 내리고 있어 날은 점점 어두워지고 있었다. 당신도 알다시피 참 우스운 일이다. 그 작은 짐승이 노인의 친구였는지 몰라도 방에 항상 데리고 있었나보다. 우리는 그것도 몰랐지만 말이다. 그리고 그 후에도 내내 마찬가지였다. 노인은 우리에게 결코 다시는 말을 걸지 않았다.

해마다 이맘때면 늘 비가 많이 내린다. 나쁘진 않다. 비는 잠시 후면 그치고 모든 것이 맑고 깨끗해지니까. 살기에는 좋은 곳이다. 항상 분주하게 돌아가고, 길만 잘 알아놓으면 가볼 만한 곳이나 볼거리가 많다. 일단 길을 익히고 모든 것에 익숙해지면, 당신이 태어난 그곳에서 대체 어떻게 지냈었는지 의아해진다. 알다시피 그곳엔 아무것도 없다. 그저 대지가 펼쳐져 있는데 그 대지는 황량하고 죽어 있다. 모든 것은 이곳에 있다. 원할 수 있는 모든 것 말이다. 혼자 있을 필요가 전혀 없다. 읍내로 나가면 주변엔 온통 사람들이고 다들 즐겁게 시간을 보내고 있다. 그들이 어떻게 사는지 본다. 돈과 좋은 물건들, 라디오며 자동차며 옷과 큰 집들을 가지고 어떻게들 살아가는지. 그리고 당신도 그런 것들을 원하게 된다. 원하지 않는다면 정신이 나간 거지. 당신 역시 그것들을 다 가질 수 있다. 그건 아주 쉬운 일이다. 번화가에 있는 가게는 휘황찬란한 새 물건들로 가득 차 있어서 원하는 게 뭐든 사기만 하면 된다. 그곳 사람들은 대부분 아주 친절하고, 언제든 당신을 도와줄 태세다. 심지어 당신이 누군지 모른다 해도 어쨌든 그들은 친절하고, 다정해 보이기 위해 애를 쓸 정도다. 당신과 악수를 하고 당신에게 주의를 기울인다. 이따금 당신이 어떻게 행동해야 할지 모르면, 그들은 당신이 편하게 느끼도록 애를 쓴다. 마치 그들은 당신이 잘 지내길 원해서, 당신에게 무슨 일이 생기지 않도록 보살피는 것 같다. 재배치 담당자들 역시 괜찮은 사람들이다. 토사마가 말한 것과는 다르다. 그들은 당신이 이곳에 처음 오면 어떤지, 얼마나 겁을 내는지, 그런 것들을 모두 다 잘 알고 당신에게 신경 쓴다. 당신을 위해 돈을 내주고, 일자리와 거처할 곳을 구해주고, 심지어 아플 때는 돌봐주기까지 한다. 당신은 하나도 걱정할 게 없는 것이다.

"아니야, 이보게 베날리, 자네는 걱정할 게 전혀 없다고." 토사마는 이렇게 말한다. 그는 항상 인디언 재배치니 복지니 해고니 하는 타령뿐이고, 그 작고 뚱뚱한 크루즈는 언제나 그를 졸졸 따라다니면서, 실실 웃고 고개를 끄덕이는 게 뭐가 뭔지 다 안다는 투다. 나는 줄곧 토사마의 말에 귀를 기울였다. 그는 광대고, 그가 하는 어떤 말에 당신은 웃기도 한다. 하지만 그 말을 어떻게 받아들일지도 알아야 한다. 그는 계속 당신을 열 받게 하고, 가만히 놔두면 당신을 웃음거리로 만들고 만다.

보자…… 보자. 많은-양떼는 내게 3달러를 주었고, 나는 포도주 한 병을 샀다. 그 덩치 큰 여자가 누구였더라. 내겐 2달러 11센트가 남았다. 포도주를 조금 더 마시면 좋을 텐데. 포도주를 한 병 더 샀더라면…… 그리고 1달러짜리 지폐…… 그리고 은전 두 개…… 2페니.

에이 예이! 뭐 그런 이름이었는데, 그녀는 은전들을…… 신발에 달고 있었지.

그녀는 오클라호마 출신이었을 거야.

헨리, 그 1달러짜리 지폐하고 2페니는 자네가 갖게. 내겐 그 반짝이는 은전을 열두 개만 줘. 옛정을 생각해서라도, 헨리, 반짝이는 은전 열두 개만 주게나. 은전은 옛것이 되었고, 포도주는 빛나네.

아마 조금 지나면 비가 그칠 것이다.

그는 더 이상 일자리를 찾지 않았다. 알다시피, 우스운 일 아닌가? 모든 게 정말 빠르게 진행되었다. 우리는 싸웠다. 나는 그에게 말을 걸 수 없었다. 그는 늘 취해 있었다. 우리는 함께 취하곤 했었는데, 그럴 때면 둘 다 늘어서서 기분 좋게 농담을 주고받으며 골치 아픈 일은 다 잊었기 때문에 괜찮았다. 하지만 얼마 후, 마르티네즈와 그 일이 있었던 밤…… 아니면 그 이전부터였는지, 나도 잘 모르겠다. 어쨌든 이제 더는 재미가 없었다. 술을 마셔도 달라지는 게 없었고, 그는 내내 그대로 가만히 앉아 고개를 늘어뜨리고 있었다. 모든 게 싫다는 듯, 자신도 싫고 취한 것도 싫고, 나와 밀리도 못마땅하다는 듯. 그래서 나는 그에게 말을 걸 수 없었다. 내가 뭐라고 말을 걸어보려 하면 그는 버럭 화를 냈다. 당신도 알다시피, 그렇게 해선 안 됐다. 그런 상태로 가다가는 최악의 상황에 이를 것 같았으나 나는 어찌해볼 도리가 없었다. 그는 당최 남의 도움을 받으려 하지 않았고, 그래서 나 역시도 열이 받았던 거 같고, 그러다가 어느 날 싸우게 된 것이다. 그는 정신이 나갈 만큼 취해서 추했다. 자기 몸에 온통 게워놓고, 어떻게 해보지도 못한 채, 그저 가만히 앉아서 차마 내뱉기도 힘든 말을 연거푸 지껄여댔다. 나는 그따위 말을 듣고 싶지 않았고, 뭐랄까, 약간 겁이 나서, 그에게 그만 좀 하라고 말했다. 화가 났다기보단 겁이 났던 것 같다. 아무튼 난 참을 수 있는 만큼 참았다. 항상 그를 걱정하는 것도 지겨웠고, 그는 점점 안 좋아지고 있었으며 뭔가 나쁜 일이 일어날 것 같았는데, 절대 엮이고 싶지 않았다. 그는 그저 심해질 뿐이었고, 화가 나서 내게 온갖 나쁜 말을 쏟아내길래 나는 지쳐서 그에게 나가라고 말했다. 그러자 그가 곧장 일어서더니 비틀거렸는데 얼굴은 온통 새빨간 게 땀 범벅이 돼서 덜덜 떨고 있었다. 그리고 알다시피 굉장히 거칠어 보였는데, 나도 화가 나서 개의치 않았다. 알겠어, 그가 말했다. 그게 다였다. 그래서 나는 입을 닫았고, 그는 떠났다. 그는 뱀을 찾으러 나간다고 말했다. 뱀에게 앙갚음하겠다고 말이다. 나는 알아서 하라고 말하며 신경도 안 썼다. 그가 문을 쾅 닫고 나가버리자 속이 시원했고, 계단을 내려가는 그의 발자국 소리를 들었다. 정신이 나간 그가 발을 헛디뎌서 다칠 것만 같았지만, 신경은 쓰지 않았다.

마음을 가라앉힌 나는 이내 미안한 마음이 들어 걱정하기 시작했다. 하지만 그래 봤자 별 소용이 없을 것 같았다. 알다시피, 그는 멈춰야만 했다. 뭔가 조치를 해야만 했다. 그가 돌아오지 않자 걱정이 되었다. 오랫동안 기다렸고, 꽤 늦은 시간이 되었다. 잠들기가 어려웠다. 내내 귀를 기울였는데 그는 돌아오지 않았다. 나는 그가 두 발로 그렇게 나간 것이 되레 잘된 일이라며 스스로를 다독였다. 알다시피 그는 취해서 제정신이 아니었으니 멀리 갈 수는 없었으리라. 아마 경찰한테 잡혀서 감방에 갔을지도 모르겠다고 생각했다. 아니면 누군가가 온전하지 못한 그를 발견해 병원에 보냈을지도 모른다. 그날 밤 그는 돌아오지 않았고, 그다음 날 난 일을 나가야 해서 쉴 새 없이 바빴고 기분도 괜찮았다. 작업 라인에서 열심히 일했고, 모든 게 잘 돌아가는 기분이었다. 집에 가면 그가 있을 테지, 그러면 모든 상황을 다 바로잡으면 될 거야.

그는 사흘간 집에 오지 않았다. 나는 날마다 일이 끝나면 바로 집으로 갔는데, 그는 없었다. 헨리네 가게에도 가보고 온 주변을 뒤졌는데, 그를 보았다는 사람은 아무도 없었다. 그는 감방에도 없었다. 어찌해야 할지 알 수 없었다. 그러다 나흘 뒤 잠에서 깼을 때 계단 아래서 무슨 소리가 나는 걸 들었다. 밖으로 나가 복도에 불을 켜자, 그가 계단 아래 어두운 구석에서 마치 죽은 사람처럼 앉아 있는 것이 보였다. 카를 로치니 노인의 방문이 약간 열려 있었고, 그 노인이 밖을 내다보고 있었다. 그 방에서 새어 나온 불빛이 그를 가로질렀고, 그는 몸이 비비 꼬인 상태로 조용히 앉아 있었다. 그것은 그였다, 좋다, 그런데 그는 거의 죽은 것 같았다. 나는 그가 죽었다고 생각했고, 어찌해야 할지 몰랐다. 나는 계단 아래로 뛰어 내려가 불빛이 고장난 걸 생각할 겨를도 없이 스위치를 눌러댔다. 나는 노인에게 문을 열어보라고 고함을 쳤다. 하지만 그녀가 그저 가만히 서 있기만 해서 저리 비키라며 밀어버렸다. 아주 심하게, 그러고 노인이 넘어졌던가— 잘 모르겠다. 어쨌든 나는 문을 열었다. 그는 계단에 배를 깔고 엎어져 있었는데 그를 바로 누인 나는 정신이 아찔해 울 것 같은 심정이었다. 그는 온통 맞았는지 멍들고 찢어지고 피투성이였다. 피는 거의 말라붙어서 옷에도 머리칼에도 덕지덕지 엉겨 있었다. 피를 엄청나게 흘린 것 같았다. 불빛을 받은 그의 살갗은 창백하고 노랬다. 두 눈은 퉁퉁 부은 채로 감겨 있었고 코는 뭉개지고 입은 시퍼렇게 멍든 데다 피가 흐르고 있었다. 두 손도 부러져 있었다. 온통 박살이 나 있었다. 내가 볼 수 있는 건 그게 다였다. 그의 얼굴과 두 손. 옷을 끌러 보고 싶지 않았다. 차마 눈 뜨고 볼 수 없었으니까. 그렇게 심하게 얻어맞은 꼴은 그때껏 보지 못했다. 알다시피, 나는 그를 위로 끌어오려 했으나 그는 몸을 일으키지 못했고, 그를 움직이려니 겁도 났다. 나는 담요로 그의 몸을 감싼 다음 밖으로 나가서 구급차를 불렀다. 곧장 구급차가 나타났고, 사람들이 그를 들것에 올렸다. 그가 말을 하지도 못해서,

그들은 내게 함께 가야 한다고 했다.

　그날 밤 내내 나는 병원에 머물며 기다렸다. 주변에는 많은 의사와 간호사가 분주히 오갔고, 내겐 아무것도 말해주지 않았다. 나는 그가 이미 죽었거나 죽을지도 모른다고 생각하며 그저 앉아서 그가 어디 있는지, 일이 어떻게 돌아가는지 아무것도 모른 채 기다릴 뿐이었다. 곧 바깥이 밝아왔고, 간호사 한 명이 내게 오더니 여러 가지 질문을 하기 시작했다. 다 엉뚱한 질문들이었다. 가족 사항이니 의료 기록이니 보험이 어떻다느니, 다 그런 내용이었다. 대부분 질문에 뭐라 답해야 할지 몰라서 나는 간호사에게 그의 상태가 어떤지 묻기만 했다. 간호사는 계속 질문을 이어갔다. 그 질문들이 무엇보다도 가장 중요한 내용이며, 내가 뭔가를 숨기고 있다는 듯이. 간호사는 경찰에 보고서를 제출할 것이고, 무슨 일이 있었던 건지 정확히 알아야 한다고 했으며, 그에게 친인척이 있으면 곧장 와야 한다고도 했다. 그러고 마침내, 그가 혼수상태이며, 의사들도 그가 어떻게 될지 아직 모르는 상황이라고 알려주었다. 그러면서 그를 보려면 한참 기다려야 한다고 말하길래 기다리겠다고 했다. 내가 몹시 걱정하는 게 간호사 눈에도 안쓰러웠는지, 얼마 후에 커피 한 잔을 가져다주었다. 후에, 난 일하러 가야 한다는 것을 깨달았고, 대니얼스에게 전화를 걸어 아프다고 말했다. 그는 알겠다고 했다.

나는 하루 온종일 기다렸다. 오후 늦게야 그들이 나를 데리고 그가 있는 병실로 갔다. 병실은 어두웠고 그는 잠든 채 누워 있었다. 그들이 그를 꽤 깨끗하게 씻겨놓았고 머리와 팔 그리고 가슴은 모두 붕대로 감아놓았다. 그들은 내가 원한다면 침대 옆에 앉아도 된다고 했다. 그들은 할 수 있는 모든 걸 한 것 같았고, 내가 보기에 모든 게 당분간은 괜찮을 것 같았다. 가끔 한 번씩 간호사가 들어와 그를 살폈다. 그는 깨어나지 않았고, 결국 그들은 내게 집에 가보라고 했다.

그날 밤 나는 그 백인 여자에게 전화를 걸었다. 이유는 모르겠지만 왠지 그래야 할 것만 같았다. 밀리에겐 무슨 일이 있었는지 말하고 싶지 않았고, 다른 누구에게 전화해야 할지 알 수 없었다. 전화를 걸어서 횡설수설했던 것 같다. 그녀는 처음에 내가 도통 무슨 소리를 하는 건지 알아듣지 못했는지, 내가 누구고 대체 왜 전화한 건지 물었다. 나는 이렇게 번거롭게 해서 미안하지만, 그가 심하게 다쳤고 뭘 어떻게 해야 할지 몰라서 전화했노라고 말했다. 그녀는 잠시간 뭔가를 곰곰이 생각하는 듯 침묵하더니, 내게 고맙다고 말하고 전화를 끊었다. 그리고 이틀 뒤 그녀가 병원에 나타났다.

나는 얼마간 병원에 머물렀다. 그는 의식을 되찾았고 한 쪽 눈을 뜰 수 있었지만, 얼굴에 부분적으로 붕대를 감아놔서 이야기하기가 힘들었다. 알다시피, 나는 다 잘될 것처럼 이것저것 챙겨주었다. 내가 그 계획을 세운 것도 바로 그때였다. 얼마 지나지 않아 그녀가 병실에 들어왔고, 나는 곧바로 그녀가 누구인지 알아차렸다. 잘 차려입은 그녀는 외모가 훌륭했고 향수 냄새를 풍겼다. 나는 약간 당황한 채 뭘 어떻게 할지 몰라 나오려고 일어섰다. 하지만 그녀는 괜찮으니 나가지 말라면서, 내게 다가와 악수를 청하며 고맙다고 말했다. 내가 거기 있어도 전혀 방해되지 않을 것 같았고, 그녀는 바로 그에게 말을 걸었다. 그녀는 그가 아파서 마음이 아프다고 하며, 금방 나아질 거라고 말했다. 그녀는 할 말을 준비하기라도 한 듯 꽤 빠르게 말을 이어갔다. 그곳에 있기가 민망하단 생각이 들었지만, 그녀는 개의치 않는 듯했고, 자기 아들 피터에 대해 그에게 말하기 시작했다. 피터는 잘 큰다고 그녀가 말했다. 그러면서 피터를 데려오고 싶었는데 친구들이랑 노느라 바빠서 같이 오지 못했다는 것이었다. 그녀는 자신이 그를 많이 생각했고, 어떻게 지내는지, 뭘 하고 사는지 궁금했다고 했다. 알다시피, 늘 사려 깊게 그를 생각했으며, 언제나 친구로 여겼다는 둥, 피터가 항상 인디언에 관해 물었다고 그녀가 말했다. 그러면 그녀는 젊고 용감한 인디언 이야기를 들려주었다고 했다. 그는 곰과 처녀 사이에서 태어났는데 위엄 있고 현명했지. 숱한 모험을 하고 위대한 지도자가 되어 자신의 부족을 지켜냈단다. 그것은 피터가 제일 좋아한 이야기였다. 그리고 그녀는 그 이야기를 할 때마다 그를, 바로 아벨을 떠올린 것이었다. 정말 다정한 말투로, 마치 그를 끔찍이 생각하는 듯 보였다. 그리고 그 이야기가 그녀에게 일종의 비밀스러운 의미를 갖는다는 것을 알아챌 수 있었다. 알다시피, 거기서 그걸 엿듣고 있던 나를, 뭐랄까, 부끄럽게 만들었으니까. 그녀는 내가 전화를 해줘서 얼마나 고마운지 모른다고 거듭 말했다. 다시는 그를 못 볼 줄 알았다고 하면서. 나도 그녀가 와줘서 고마웠고, 그역시도 고마워하는 눈치였지만, 그는 후에 그 일에 대해 아무 말도 하지 않았다. 그가 무슨 생각을 하고 있는지 알 수가 없었다. 그는 고개를 옆으로 돌렸다. 왜, 다시 통증이 느껴지면 그러지들 않는가.

에이 예이! 곰 한 마리! 곰 한 마리와 한 명의 처녀라니. 그녀는 백인이었고 그 이야기를 생각해냈다. 뭐랄까, 일부러 그 이야기를 꾸며낸 것이다. 그것은 마치 옛날에 할아버지

304

가 내게 들려주시던 이야기 같았다. 그 에스드자 샤쉬 나들[14]이나 드질 퀴기[15] 같은, 그래 바로 그런 이야기들 말이다. 어떤 얘기였더라? 기억난다. 그래, 포도주를 조금 들이켜면 기억이 난다. 옛날에 아주 어두웠을 때, 모닥불을 바라보며 귀를 기울이면, 할아버지는 할 일을 하면서 이야기를 들려주셨지. 그가 아는 모든 것에 대해. 그는 모르는 게 없었고, 이야기와 노래에는 끝이 없었다.

그리고 그런 일들이 일어난 뒤에, 사람들이 암석 대지에서 내려왔단다. 그들은 에스드자 샤쉬 나들을 두려워했지. 사람들은 달력 돌을 묻고 깃털로 된 담요로 죽은 자들을 감쌌어. 그러고는 물건들을 모두 남겨둔 채 달아났어. 그리고 그들이 살던 바위 위에는 곰처럼 보이는 것을 놓아두었지.

애야, 그것은 바로 여기, 킨첼에서 일어난 일이란다. 동굴 사람 두 명을 죽인 것 말이다. 열두 형제와 두 자매가 있었지. 자매들은 혼기가 되었어. 그리고 늙은 남자 둘이 있었는데, 곰과 뱀이었지. 그들은 산꼭대기로 올라가 몸을 씻었고, 좋은 옷을 입고 사람의 모습으로 변했단다. 힘세고 잘생긴 사내의 모습으로 말이다. 그들이 피우는 담배 연기는 달았고 산 아래로 퍼져 내려갔어. 두 자매는 우연히 연기에 취해 마법에 걸렸고 그 연기를 따라 산으로 올라갔지. "당신은 어디서 오셨나요?" 언니가 물었어. "나는 산에서 왔소이다." 곰이 대답했어. "나는 평원에서 왔소이다." 뱀이 대답했지. 두 자매는 담뱃대의 연기를 마시고 잠이 들었어. 그러고 나서 잠에서 깼을 때 그들은 자신들이 곰과 뱀하고 같이 잤다는 사실을 알았어. 겁이 났지. 언니는 산꼭대기로, 동생은 평원으로 달아났어. 언니는 마침내 예이 비차이에 있는 광활한 키바에 다다랐어. 네 명의 신성한 남자와 네 명의 신성한 여자가 그녀를 맞으러 나왔어. 여자들은 그녀를 깨끗이 씻기고 기름을 부어주었어. 옥수숫가루와 꽃가루도 몸에 발라주었지. 그녀는 아름다웠어. 그녀는 여자아이를 낳았지. 귀 뒤쪽과 팔다리 아래쪽에 털이 덥수룩이 나 있었어. 예이가 사람들에게 산 노래를 부르라고 말했고, 그때부터 그 언니는 곰처녀라 불리게 되었지.

이후 사내아이가 태어났고, 곰처녀는 그를 홀로 내버려두었어. 아이가 울자 그 소리를 들은 올빼미가 아이를 데려갔지. 아이는 자라서 힘이 세졌어. 사냥꾼이 될 참이었지. 올빼미는 겁이 나서 그를 죽이려 했어. 하지만 바람이 아이에게 달아나라고 말해주었어. 리오 만코스를 따라 동쪽으로 가라는 거였지.

그는 성년이 되어 위대한 추장의 첫째 딸과 혼인했고 이후 의술사가 되었지. 하지만 둘째 딸이 아름다워서 그녀에 대해 생각했지. 그는 그녀와 잠을 잤고 그녀는 그가 누구인지 몰랐어. 하지만 이후에 알게 되었지. 아이를 갖게 된 그녀는 수치스러웠어. 아이가 태어났을 때 그녀는 아이를 나뭇잎 속에 감추었어. 그 아이를 발견한 것은 곰이었지.

제 앞에 아름다움을,
제 뒤에 아름다움을,
제 위에 아름다움을,
제 아래 아름다움을,
제 주변에 온통 아름다움을……

언덕 위는 어둡고 비가 내린다. 어젯밤에는 선선하고 맑았다. 알다시피, 우리는 우리끼리 갔었고, 노랫소리를 들으며 별도 보았다. 우스운 일이지만, 뒤돌아보고 싶지 않았다. 거기 불빛이 있다는 걸 알았고, 저 아래 열과 사각형을 이루며 너울대는 불빛들은 아름다웠다. 내 생각에 우리는 보지 않고도 그것이 거창하고 아름답다는 사실, 모든 것이 거기에 있고, 그 너머에는 깜깜한 물과 하늘밖에 없다는 것을 알았다. 그러나 우리는 돌아보고 싶지 않았다. 노랫소리가 들리고 별들이 보였다. 하늘에는 연기처럼 희미한 노란 빛이 있었지만, 하늘은 너무나도 거대했고, 그 중심에는 별들이 있었다. 어찌나 작고 고요한지. 그리고 그는 집으로 가는 중이었다.

나는 기도했다. 그는 집으로 가는 중이었고, 나는 기도하고 싶었다. 나를 보살펴주소서, 하고 기도했다. 날마다 지켜주시고 내 기도를 들어주소서. 우리는 함께 말을 타고 언덕을 오를 것이었다. 첫 새벽빛에 말을 타고 언덕을 오를 터였다. 그 광경이 어떤지, 내내 어땠었는지, 태양이 산들바람을 타고 올라 대지 위로 어떻게 빛을 뻗어내는지 볼 참이었다. 잔뜩 술에 취해보자고 내가 말했다. 우리는 오직 둘이서, 흠씬 취하도록 마시고 노래를 부를 것이었다. 언제나 그 모습 그대로인 것에 대해 노래할 것이었다. 그리고 그것은 옳고 아름다울 테지. 그것이 마지막이 될 터였다. 그리고 그는 집으로 가는 중이었다.

4
새벽에 달리는 사람
1952년, 왈라토와

2월 27일

시커먼 강물이 빠르게 흘러갔고, 둑을 따라 눈 덮인 얼음
이 얇고 울퉁불퉁하게 깔려 있었다. 골짜기는 으슥하고 추
웠으며, 산맥은 어둡고 희미하게 하늘로 떠올랐다. 그리고
거대한 회색의 움직임 없는 눈과 안개구름이 협곡 깊숙한
데 있었다. 들판은 횅하니 색이 바랬고, 엉킨 회색 나뭇가지
들이 과수원 위로 솟은 게 꼭 뿔과 뼈처럼 보였다. 마을은 늦
은 겨울 정오에 웅크리고 있었고 윗벽과 전나무 들보는 물
에 얼룩져 있었으며, 엷고 까만 연기 기둥이 지붕 위로 올라
와 몸을 부풀리고 하늘의 낮은 천장에 매달렸다. 거리는 텅
비어 있었고, 여기저기 울타리 막대와 바위 위에 딱딱하고
부서지기 쉬운 눈송이들이 흙과 재와 뒤섞여 있었다. 태양
의 흔적은 없었고, 단지 대지의 온 구석을 비추면서도 그림
자는 만들지 않는 차갑고 희미하고 고른 빛만이 있었다. 온
사방에는 적막이 깃들었고 종소리도 아무런 자국을 남기지
않고 스쳐 갔다. 연기가 잠깐 자욱하게 피어올라 흘러가는
것 말고는 아무런 움직임도 없었다. 마을 바깥 남쪽으로 난

옛길 위에는 눈이 고스란히 덮여 있었는데 양쪽 바위 위에도, 노간주나무 위, 샛길 위에도 쌓여 있었다. 커다란 늙은 산토끼가 거대하고 갑작스러운 각을 그리며 튀어나와 언덕 등성이를 넘어 눈 속으로 사라지자, 다시 적막이 흐르고 토끼는 보이지 않았다.

올권 신부는 신부관의 자기 집에 있었다. 그는 홀로 분주하게 어두운 방에 머물렀다. 지난 7년간 그는 직무와 계획에 따라 살며 차분해졌다. 한때 열렬히 타던 영혼의 불이 잦아들었고, 그와 더불어 움직임과 절망의 찌꺼기도 재가 되었다. 그는 나이를 먹었다. 그는 자신이 행복하다고 생각하지 않았다(그는 그런 특별한 추상적 개념을 경멸했으므로). 하지만 어떤 진정한 의미에서 평화로움을 느꼈다. 가능한 유일한 방식으로, 아마 그는 마을 사람들을 받아들이는 법을 배웠고, 무엇보다 그것은 그의 목표였다. 확실히, 무언가 이전부터 이어져온 분열의 문제가 있었다. 그것은 어떤 배제나 완전한 듯하지만 모호하게 소외시키는 책략 같았음에도 쉽게 다른 일로 치부할 수 있었다. 그것은 가끔 그의 생각에 차갑고 갑작스럽게 돌풍을 일으킬 뿐이었으니까. 그것은 그의 중심 견해와는 무관했으며, 그의 안전과 성스러운 고독이 응당 치러야 할 정당한 대가에 불과했다. 그 안전성—그 배타적 고독―은 분명, 그가 한 모든 맹세의 의미였으며, 그의 계획으로 생겨난 것으로, 즉 그의 금욕으로 인한 것이지 마을 사람들이 야기한 건 아니었다. 무엇보다, 그는 마을 문제를 잘 극복했다. 경건함의 표본을 세웠고, 좋은 일들 가운데 많은 부분이 그의 덕분이라고 평가되기도 한 터였다. 아주 오랜만에 그는 높은 곳에 감춰진 선반에서 먼지투성이인 프레이 니콜라스의 일기장을 꺼냈다. 그는 이제 그것을 편한 마음으로, 친근한 존경심으로, 그리고 일종의 경건한 선의를 품고 볼 수 있었다. 그것은 그의 두 손 위에서 진귀하고 상처 입은 새처럼 누워 있었다. 다친 새라기보다는 더 아름다운 새. 그리고 그는 가볍고 온화한 영적 훈련을 치렀다. 늘 그의 믿음과 겸허함을 회복시켜주는 훈련이었다.

아벨은 할아버지의 집 어두운 데 앉아 있었다. 저녁이 가까워 왔고, 헐벗은 회색빛이 창가로 내리기 시작했다. 그는 온종일 고개를 푹 숙이고 그렇게 앉아 있었다. 불을 보거나 노인의 얼굴을 살펴볼 때만 몸을 일으켰을 뿐이었다. 그는 전날에도, 그 전날에도 그곳에 있었다. 집에 돌아온 후로 얼마 동안 날마다 그곳에 있었다. 첫날과 둘째 날에는 바깥에 나가 취하도록 술을 마셨다. 셋째 날에도 나가려고 했으나 수중에 돈이 없었고 날이 무척 춥고 통증 탓에 몸이 너무 아팠다. 그는 엿새 동안 동틀 녘마다 그곳에서 할아버지의 목소리에 귀를 기울였다. 이제야 목소리가 들렸지만, 아무런 의미가 없는 소리였다. 이런저런 말들이 입에서 함께 떨어져 아무런 의미를 만들지 못했다.

노인 프란치스코는 죽어가고 있었다. 그는 아침 내내 몸을 떨며 춥다고 웅얼거렸다. 방에 불도 피운 데다 담요 세 장과 아벨의 회색 외투까지 덮고 있었는데도 말이다. 정오가 되자 그는 다시 혼수상태에 빠졌고, 어제와 그 전날과 같은 상태가 되었다. 그는 새벽에 다시 정신이 드는지 아벨을 알아보았고 말도 하고 노래도 했다. 하지만 날이 갈수록 목소리가 작아져 이제는 거의 들리지 않을 정도였고 단어들이 한꺼번에 쏟아질 뿐 아무런 의미를 만들어내지 못했다. "아벨리토…… 나는 아주 작아…… 마리아노…… 춥구나…… 주어진 건…… 너무, 너무 추워…… 패배…… 아예, 포르친굴라…… 얼마나 하얀지, 아벨리토…… 하얀 악마들이…… 마녀가…… 마녀가…… 그리고 시커먼 남자가…… 그래…… 시커먼 남자들이 아주 많이…… 빠르게, 빠르게 달려…… 춥구나…… 아주 빠르게…… 아벨리토, 비달리토…… 뭐 하니? 뭐 하고 있는 게야!"

아벨은 가만히 들으면서 기다렸다. 그는 무엇을 할지 생각해보려 했다. 그는 일찍이 동틀 녘에 할아버지에게 말을 걸어보려 했지만 할 말이 생각나지 않았다. 그저 어둠 속에서 올라오는 그 희미한 목소리에 귀를 기울이며 속절없이 기다렸다. 그 죽어가는 단어들이 마음으로 들어왔지만, 그를 아무 곳으로 데려가지는 않았다. 그는 자신의 병 때문에 이미 절망에 빠져 있었다. 그는 오랫동안 아팠었다. 눈알은 타는 듯했고 온몸은 두근거리며 어찌해야 하는지 잘 생각할 수 없었다. 늘 그래왔듯 방이 그를 에워쌌다. 그 작고 어두운 내부에서 이 목소리 저 목소리가 일어나 벽에 영원히 남아 있듯, 그가 아는 영원의 전부이기라도 한 듯 말이다. 그 방은 그가 태어난 곳이었고 어머니와 형이 죽은 곳이었다. 바로 그때, 그리고 몇 분, 몇 시간, 며칠 동안, 그는 그 방 바깥으로 나갔던 기억을 송두리째 잊은 것 같았다.

목소리가 사그라들었고 단어들은 함께 흘러나오지만 더는 단어들이 아니었다. 불이 잦아들고 있었다. 그는 일어나 등잔불에 성냥을 그어댔다. 하얀 벽들이 그에게 덮쳐오는 듯하며 물체들이 선명해졌다. 그림자들이 하얀 벽으로 뛰어들고 유리창은 갑작스레 까맣고 불투명하게, 거울과 같은 시야의 종착점이 되었다. 그의 육체는 일어나 불을 붙이러 가는 동안에도 통증을 느꼈다. 그는 불에 장작을 올리기 위해 무릎을 꿇었다. 장작에 불이 붙기까지 기다리면 가늘고 뾰족한 불꽃이 장작 주위로 가물거리는 걸 볼 수 있었다. 장작은 타닥타닥 소리를 냈고 눈부신 불꽃이 황토 상자 구석까지 튀다가 바닥으로 튀어나왔다. 그때 조금 더 멀리 떨어진 벽이 희미하게 빛나며 노란빛의 파동으로 울렁이기 시작했고, 불빛이 침대와 노인의 얼굴, 머리칼 위로 떨어져 꿈틀거렸다. 노인의 숨결은 깊고 다급했다. 노인의 희미한 몸체가 일렁였고 목소리는 가르랑거리다 멀리멀리 흩어져갔다. 두 눈동자는 툭 튀어나온 채로 두리번거렸다.

아벨은 외투를 펴서 할아버지의 목 아래까지 끌어올려주었다. 노인의 얼굴이 타고 있었고, 입술은 바싹 말라 갈라져 있었다. 아벨은 헝겊을 물에 적셔 할아버지의 입에 부드럽게 댔다. 할아버지의 눈을 적셔주고 싶었으나 두 눈이 떠진 채로 앞을 보려고 두리번거리고 있어 대신 이마에 대주었다. 더는 할 일이 없어서 그는 다시 탁자에 앉아 고개를 숙였다. 주변으로 벽들이 몸을 떨었고 불이 웅웅거리다 포효하기 시작했으며 차고 새까만 유리창 위로 가느다란 연기가 퍼져갔다. 탁자 위에 놓인 빈 병이 둔탁하게 빛났는데, 유리병 안에는 옛날 기름 헝겊의 선들이 쭈글쭈글하게 보였다. 등잔의 녹색 유리 속에는 등유가 낮게 깔려 있었다. 그리고 이따금 아주 약간의 검은 연기 다발이 등 갓 위로 피어올랐다. 밤이 깊어가는 중에 그는 꾸벅꾸벅 졸았다. 여전히 그는 눈에 보이지 않는 그 멀고 깊은 숨결 위에 놓인 할아버지 목소리의 가장자리가 희미하게 들려왔고, 그 소리는 새벽을 향해 나아가고 있었다…… 또 다른—또 하나의 새벽을 향해서 말이다. 목소리는 날마다 더 옅어지다 오직 동틀 녘에만 되살아났다. 노인은 새벽에 여섯 번 입을 열었다. 그리고 그 기억의 목소리는 온전하고 맑으며 새벽빛처럼 자라나는 중이었다.

그들은 당시 나이를 충분히 먹었었는데, 여명이 밝자마자 손자들을 데리고 캄포 산토로 갔단다. 중앙 광장의 남서쪽 말이야. 그는 손자들을 바로 그곳, 낮고 하얀 바위 꼭대기에 세워두고 동쪽을 마주 보게 했어. 그들은 그 검은 암석 대지가 첫 여명에 모습을 드러내는 걸 볼 수 있었고, 그는 거기 태양의 집이 있었다고 말했지. 그들은 저 까만 암석 대지의 온전한 윤곽을 알아야만 해. 손바닥 들여다보듯, 늘 속속들이 알고 있어야 하는 게야. 태양이 저 까만 암석 대지 위로 뜨는 위치는 날마다 다르거든. 그것은 저기, 중앙 비탈 꼭대기에서 출발해서, 어느 지점에 이르면 잠시 멈췄다가, 온종일 그 높고 낮은 기나긴 고원을 지나 남쪽을 향해 가는 거야. 아침저녁으로 바람 부는 곳을 향해 끌려갔다가 다시 되돌아오고. 그들은 태양이 검은 암석 대지 위를 지나는 그 기나긴 여정을 알아야만 했어. 계절마다 해마다 태양이 어떤 모습으로 지나가는지를. 그리고 태양이 모습을 드러내는 데 맞춰서 살아가야만 했어. 그래야만 자신과 다른 모든 것들이 어디에 있는 건지 때맞추어 알 수 있으니까. 저기 둥근 언덕에서 태양이 나타나면 옥수수를 심을 때고, 저기 저곳, 가장 높다란 평원이 갑자기 내려앉는 곳에서 태양이 뜨면 수탉 경주를 치를 날이고, 그 후 엿새가 지나면 검은 황소 달리기 경주와 작은 말 무도회를 열어야 하고, 그다음 날에 페코스 이주의 날, 그리고 저기, 저기, 저기서 해가 뜨면 비밀 무도회를 열고, 키바에서 나흘마다 단식하고, 잡초를 제거하고 수확을 해야 하는 게야. 토끼와 마녀사냥도 하니 지파와 부족 사람들에겐 더할 나위 없이 좋을 때지. 그리고 바로 저기 산등성이, 높고 검은 땅, 다른 어느 곳보다 하늘이 낮고 찬란한 곳에서 해가 뜨면 봄비를 대비해 도랑을 파고 동틀 녘엔 시커먼 사내들이 기나긴 달리기 경주를 하는 게야.

이런 것들을 그는 손자들에게 느긋하고 차분하게, 오랫동안 일러주었지. 아주 오래고 진실한 것들이라도, 한 세대가 다음 세대에게 잊히듯 충분히 말하지 못했거나, 아예 말하지 못한 채로 노인의 목소리가 잠기듯 쉽사리 잊힐 테니까. 하지만 손자들은 이미 알고 있었지. 그 집과 연관된 나날의 정확한 태양의 위치나 그 이름들은 아니더라도, 거대한 유기적 달력 자체의 더 큰 움직임과 의미, 새벽과 황혼, 여름과 겨울의 급변, 태양의 순환 자체와 이미 존재했던, 그리고 앞으로 다가올 모든 태양의 모습을 말이야. 그는 손자들이 그 모든 것을 안다는 걸 알았고, 그는 그들을 데리고 밭으로 나가 땅을 파헤치고 옥수수를 만지고 태양 볕 아래서 달콤한 멜론을 먹었어.

　그는 젊은 사내였고, 망아지를 타고 북서쪽으로 나아갔어. 사냥 말들을 끌고, 강을 건너 하얀 벼랑과 평원을 건너 언덕과 암석 대지, 협곡과 동굴을 지나갔단다. 그리고 한번은 바위 경사가 거의 수직이고 매끄러운 데다 오래전 박아놓은 손잡이도 몇 세기 동안 비바람에 그림자처럼 닳아빠져서 말들이 더는 나아갈 수 없자, 그는 그 바위 벼랑과 봉우리 사이를 기어 올라갔어. 넝쿨처럼 바위 경사에 꼭 달라붙은 채로 혼신의 무게를 거의 사뿐할 정도로 경사에 쏟으며, 몸무게의 중심을 보이지 않는 구멍이나 틈새로 뻗었지. 그때 그 틈새에서 몹시 오래된 목소리 같은 바람의 휘파람과 신음 소리가 들렸어. 그리고 저 아래로는 볕이 내리쬐는 골짜기에 있는 말들이 보였어. 그리고 그곳에 동굴이 있었지. 그는 갑자기 좁은 바위 턱에 들어서 동굴 입구에 서게 되었지. 은빛

거미줄로 입구는 막혀 있었어. 그는 거미줄을 쳐냈어. 들어가려고 몸을 구부리고 바닥에 무릎을 꿇었지. 동굴 안은 서늘하고 좁았어. 축축한 흙내와 오래전 사그라진 불 냄새가 났지. 마치 수 세기 전에 들어온 공기가 거미줄 뒤편에 머물러 있었던 것처럼. 꺼진 불씨와 재들은 바닥 흙더미 위에 그대로 놓여 있었어. 바닥은 짙은 진흙으로 다져진 채 짐승의 피가 칠해져 있었지. 끌로 맞물린 천장은 낮았고 연기에 그을려 있었어. 한쪽의 둥근 벽은 바위와 회반죽이 뒤섞여 완벽한 반구를 이루고 있었어. 여기저기 황토 사발이 널브러져 있었는데 하나는 아주 큰 것이 입구 부분만 약간 깨진 상태였고, 그 안은 깊고 불에 달구어진 것이었어. 아주 아름다우면서도 두께가 얇고 자칫하면 깨질 듯한 사발이었지. 하지만 그가 손톱으로 툭 건드려보니 쇳소리가 났어. 입구 옆으로는 까만 옥수수 맷돌과 불에 그을려 거칠어진 곡식 가루로 영원히 표백된 사발 조각, 그리고 재 속에는 옥수숫대와 알갱이들이 있었는데 모두 엄지손가락보다는 작고 새까맣게 타서 바삭했지만 나무처럼 온전하고 단단했어. 그리고 죽은 자들의 물건들 사이, 그 적막 속에 그는 귀를 기울였고, 들리는 것은 오로지 윙 하는 바람 소리뿐……. 그러던 그때 거대한 새가 날개를 치며 수직으로 날아들자, 그는 곁눈으로 빛 한가운데를 휙 지나가는 무시무시한 그림자를 보았지. 낭떠러지 위에서는 날갯소리와 토끼 한 마리의 작고 가녀린 울음소리가 들렸어. 바로 그 순간 거대한 날개들이 적막과 함께 서서히 솟구치며, 죽음의 무게를 지고 저 멀리 날아갔단다.

그는 오후 내내 푸른 산꼭대기를 향해 말을 몰았어. 마침내 폭포와 험한 숲이 우거진 비탈 높은 곳에 다다랐지. 태양이 대지 너머로 떨어지고 수풀 사이로는 땅거미가 내렸어. 그는 여전히 황혼 속에서 갈 길을 갔지. 그 대지 꼭대기에 오르기 위해서 말이야. 그는 오후 내내 들짐승들의 발자국을 보았고 양쪽에서 낙엽이 흔들리고 나뭇가지가 꺾이는 소리를 들었어. 사슴은 두 번 보았지. 그 사슴은 미동도 없이 그를 쳐다보면서 손 닿을 듯한 거리에 서 있었는데, 빛과 그림자에 얼룩진 채 나뭇잎과 대지 속으로 사라졌지. 그는 사슴을 그냥 내버려두었어도 그들이 서 있던 자리와 모습은 기억했어. 그들의 두려워하는 몸짓과 뛰는 동작, 그들의 나이와 무게를 본능적으로 정확히 어림잡아 보면서.

그는 늑대와 퓨마들의 발자국과 반쯤 자란 곰의 깊이 파인 발자국을 보았고, 땅거미가 질 무렵 작은 빈터를 찾아 그곳에 천막을 쳤단다. 위치가 좋았어. 주위가 어두워지기 전에 운 좋게 그 자리를 발견했지. 고목이 바위 위에 쓰러져 있었어. 젖은 흙이나 잎새가 달라붙어 있지 않은 나무였지. 불을 지펴보아도 연기가 나지 않았어. 주변 나무들은 온통 아름드리나무로 빈터에 피워놓은 불의 빛과 소리를 붙들어주고 있었지. 그는 거기, 불과 되도록 가까운 곳에 말을 매어두었어. 그러곤 침낭을 풀고 뭘 좀 먹었어. 그 다음 말 안장에 기대앉아 잠을 청했어. 불은 계속 지펴두고 장전된 장총은 허리춤에 걸쳐두었지.

그는 말들의 몸이 뻣뻣하게 굳어지자 놀라서 깼단다. 말들은 고개를 높이 쳐들고 가까이 어두운 나무숲을 바라보며 팽팽하게 긴장된 근육을 파르르 떨었어. 바로 그때 그는 숲 사이를 어슬렁대는 검은 형체를 보았어. 그 형체는 여럿이었는데 모두 미동 없이 둘러앉아 있었어. 그들의 귀는 짧고 뾰족하게 섰고, 눈은 부드럽게 반짝이는 것이 다정하고 사려 깊게 보일 정도였으며, 회색 머리들이 던지는 그 시선은 오직 환대와 과감한 선의만을 띤 것이었어. 그는 아직 젊고 그들을 마주한 게 처음이어서 소리를 내지 않고 장총을 치켜들었어. 천천히 시야를 돌려 그 적막한 그림자 같은 형체들을 하나씩 살펴보았지. 그러나 고개를 멈칫 들어 올린 것 말고는 그들은 아무 미동도 없이 한 무리의 짐승 새끼들처럼 깜깜한 고요 속에서 부끄러움과 경이, 기쁨으로 충만해 보였어. 그는 곰의 발자국을 끈질기게 찾고 있었어. 그것은 분명 그날 밤 근처 어딘가에 있었고, 그를 알아채고 있었고, 오후와 저녁 몇 시간 동안, 내내 같은, 서둘지 않는 발걸음을 유지하면서 자신의 위치와 그의 위치, 그리고 둘 사이에 놓인 여러 단계를 속속들이 염두에 두면서, 늘 보일 듯 말 듯, 들릴 듯 말 듯 거리를 유지하고 있었어. 그리고 이제, 그 어둠 속에 서 있었지. 가만히, 모습을 감춘 채 기다렸던 게야. 그는 밤의 정적을 깨고 싶지 않았어. 그것은 신성하고 심오했으니까. 그것은 휴식이자 회복이었고, 사냥꾼이 바치는 죽음의 제물이었고 쫓기는 자의 슬픈 감시였지. 차가운 어둠 속 어딘가에서 기다리며 쉬이 생명을 토해내는 밤. 마침내 용서와 화해에 이르는 밤. 용서와 화해에 이르려면 반드시 침묵이 필요했어. 그리고 그 침묵은 아주 오래되고 범접할 수 없는 끈처럼 둘 사이에 놓여 있었지. 비겁함이 존재하지 않는 터라 그는 비겁함을 이용할 수도, 이용당할 수도 없었어. 그는 장총을 내려놓고 낮은 목소리로 말들을 진정시켰어. 그는 새 장작을 끌어다가 불 위에 놓았고, 그 희미한 형체들은 빛의 가장자리로 슬금슬금 밀려났어. 아침이 되자 그들은 보이지 않았단다.

동이 트기 전이라 날이 어둑했고 잎새 위에는 서리가 내려 있었어. 그는 말안장을 올리고 다시 길을 떠났어. 천천히, 발자국을 따라, 바람 속으로. 해가 뜰 무렵 그는 산등성이에 다다랐어. 몇 시간 동안 그 등성이를 올랐지. 그러자 저 아래로 멀리 펼쳐진 대지가 보였어. 늦가을 날씨가 청명했고, 거대하고 빛나는 경사면들은 푸른 빛을 띠고 양쪽 어둠 속에서 솟아올랐어. 노란 잎사귀와 얇고 하얀 나무껍질이 달라붙은 사시나무 수풀도 볕이 내리쬐며 찬란하게 빛났지. 그 아래로 멀리 떨어진 대지의 짙은 주름 속에서는 새까만 소나무 끝이 흔들리는 게 보였어. 아침이 한참 지나고 그는 산마루의 움푹 파인 곳에 다다랐어. 그러고는 거대한 바위가 툭 불거져 나온 곳에 이르렀는데 그곳에서 발자국이 끊겼어. 오래전의 수로가 계단처럼 왼편 아래로 뻗어 있었는데, 폭포는 처음엔 넓고 얕다가 갈수록 좁고 깊어졌어. 그는 말을 매어놓고 걸어서 바위 아래로 내려갔어. 장총으로 균형을 잡으면서. 천천히 조용하게 내려가다가 마침내 바위가 깊게 파인 곳에 다다르게 되었지. 양쪽 지면이 급하게 경사져내려 너른 산골짜기와 그 너머 숲 가장자리에 닿아 있었어. 거기서 그는 곰이 바위를 떠나 아래로 미끄러져 내려가며 긁힌 땅, 골짜기 수풀 속에서 곰이 나뒹군 흔적을 보았지. 그는 같은 길로 가야겠다고 생각했어. 그게 쉽고 빠를 터였지. 그는 수로 근처에 있었어. 마음이 조급하고 답답했지만 서두르는 소리를 낼 수는 없었어. 곰은 그가 다가오는 걸 알고 있었고, 얼마나 가까워졌는지를 그보다 더 잘 알았고, 계속 기다리며, 수풀 속에서 그를 쳐다보고 있었어. 하지만 여전히 서두르는 기색을 보여서는 안 될 터였지. 깊이 파인 매끄러운 벼랑은 대략 6미터 아래쯤 골짜기 둑에서 한데 겹쳐졌어. 골짜기는 향긋한 클로버와 카스텔리야, 그리고 세이지 꽃으로 가득했어. 그는 가능한 한 멀리 장총을 뻗어 쏴버렸어. 총알은 거의 아무 소리도 없이 기다랗고 향긋한 클로버 위로 떨어졌고, 둔한 개 머리판과 기다란 총대가 초록 노랑 줄기들이 휘어진 틈에서 빛났어. 그는 깊이 파인 벼랑으로 내려갔지. 벽에 맞버틴 힘만으로 조심스레 자신의 무게를 지탱하면서. 몹시 힘들고 느릿한 동작이었지. 그러고 거의 다다랐을 때 팔다리가 후들거리기 시작했어. 하지만 그는 젊고 튼튼했고, 바위 끝에서 그 아래 모래밭으로 뛰어내려 장총을 집어 들고 계속 길을 걸었어. 서두르지 않고, 다만 곰이 간 만큼 빠른 속도로, 곧장 곰의 발자국을 따라서, 골짜기를 건너 둑을 넘고 수풀을 통과했어. 이제는 좁혀 들어가고 있다는 것을 느끼며, 별로 조심하지도 않은 채, 계속 발자국을 내려다보며 길을 걸었단다.

마침내 그가 고개를 들어 위를 보았을 때, 빛의 웅덩이에 숲이 우거져 있었고 덤불 맨 가장자리에 고요하게 작은 곰이 서 있었어. 방심하고 주의를 기울이지 않은 채로. 그는 장총을 치켜 들었고, 곰은 고개를 들어 뒤를 돌아보았지. 두려운 기색이라곤 없었어. 짙은 그림자 속 곰의 형체는 작고 까맸는데, 빛으로 얼룩져 있었어. 몸체를 4분의 3가량 돌린 채 완벽하게 정지한 모습이었어. 그를 뚫어지게 바라보는 작고 검은 눈동자와 평평한 머리는 어깨 위와 척추뼈 아래로 축 늘어져 있었어. 곰은 어리고 살찐 놈이었어. 하체와 짧고 두꺼운 다리 뒷면은 겨울털로 수북이 덮여 있었는데, 그 털은 다른 털보다 길고 가벼우면서 먼지처럼 희미해 보였어. 그의 손이 개머리판을 거머쥐자 장총이 솟아오르며 날카로운 소리가 벽을 치고 경사면으로 퍼져나갔어. 머리 위의 새들이 갑자기 흩어지는 소리가 들렸고 그림자들이 온통 주변으로 이리저리 치닫는 게 보였지. 총알은 곰의 살점을 통렬하게 파고들어 시커먼 몸뚱이 전체를 한 번 뒤흔들었어. 하지만 머리는 여전히 움직이지 않았고 눈동자도 여전히 그를 수평으로 응시했지. 그때, 오직 그 순간에만, 처량하고 무의미한 조급함이 일었지. 곰은 몸을 돌리면서 무겁게 움직였는데, 두렵거나 상처받은 모습은 아니었지만 분명 서두르는 모습이었어. 약간 기울어진 듯한 발걸음, 한 발짝, 두 발짝, 아니면 세 발짝. 그러다 곰은 꼼짝도 못 했어. 몸을 떨면서 다시 한 번 뒤를 돌아보고는 쓰러졌단다.

사냥이 끝나자 그제야 그는 서두를 수 있었어. 일이 끝났고, 아주 잘 끝났으니까. 상처는 작고 깨끗했는데, 몸 아래 앞다리 뒷부분, 털과 살이 아주 적은 부분이었어. 입가에는 피가 나지 않았어. 그는 꽃가루를 담은 자루를 꺼내어 곰의 눈 위에다 노란 줄을 그었어. 거의 정오가 되었지. 그러고 나서 그는 서둘렀어. 곰의 내장을 꺼내고 피가 털 속으로 흘러 가죽에 얼룩이 남지 않게끔 부목을 대고 살덩이를 도려냈어. 그는 곰의 간을 급히 먹은 다음 나머지를 챙겼고, 이제 자신이 바위 아래로 내려오던 것과 그때 그 아래로 펼쳐져 있던 그 대지의 모습, 산등성이에서 그의 시야로 들어오던 사방의 풍광을 떠올렸어. 그러고는 재빨리 골짜기 아래로 조금 내려가, 이윽고 산등성이 근처 말들이 서 있을 만한 자리가 있는 곳에 다다랐어. 곰의 피가 온몸에 묻어 있었지. 손에 든 간은 따스하고 축축했어. 그가 산등성이에 다다르자 망아지는 야만의 눈빛으로 콧김을 내뿜고 뒤로 물러서며 바위에다 발굽을 쳐댔고 갈기 아래 살갗을 구물구물 움직였어. 그는 말을 걸며 천천히 망아지에게 다가가 고삐를 쥐었어. 사냥 말은 노련하고 느긋한 표정으로 꼬리를 흔들며 바라봤지. 지체할 시간이 없었어. 그는 고삐를 힘차게 움켜쥐고 망아지의 입에 물린 재갈을 내리 눌렀어. 그의 목소리는 약간 격앙되고 날이 서 있었지. 그는 곰의 살덩이를 천천히 망아지의 훅훅 타는 코에 갖다 대며 주둥이를 문질렀어.

그러고 그는 망아지를 타고 다시 산에서 내려왔단다. 사냥 말 위에 곰을 싣고 말이지. 그 늙은 사냥 말과 젊은 곰처럼 그와 망아지도 성년 사냥꾼이 되었어. 그날 밤 그는 멀찌감치 아래로 내려와 준평원에 천막을 치고 별을 보았고 저 멀리 강가에서 들리는 코요테 소리를 들었어. 다음 날 아침 일찍 그는 말을 타고 마을로 돌아왔지. 이제 그는 사내였어. 몸에는 곰의 피가 얼룩져 있었고, 그는 고함을 내질렀어. 그러자 사람들이 그를 보러 나왔지. 그들은 장총을 들고 나왔어. 그는 사람들에게 곰 고기를 한 조각씩 주었는데 그들은 그걸로 자신들의 총대를 감쌌어. 그러자 이내 여인들이 막대기를 쥐고 나와서 곰에게 뭐라고 말을 하고는 가죽에 막대기를 놓았어. 남자와 여자들은 기쁨에 차서 온 사방을 둘러쌌어. 그는 돌처럼 굳은 얼굴로, 앞을 똑바로 응시하면서 그들의 한가운데로 나아갔지.

그녀는 마녀의 아이였단다. 그녀는 자기 엄마, 자신이 그토록 겁을 냈던 그 늙은 페코스 여자처럼 거칠었지. 그녀의 엄마는 입가에 기다랗고 하얀 털이 나 있었고, 사람들을 증오하며 홀로 살았기 때문에 누구에게나 두려운 존재였어. 하지만 그 소녀는 어리고 아름다웠으며 포르친굴라라는 이름으로 불렸지. 마을 여인들은 그녀의 뒤에서 뭐라고 수군거렸지만, 그녀는 그저 웃을 뿐이었다. 그녀는 그 여인들의 아들을 다루는 법을 알았으며, 이글거리는 눈빛으로 자신이 받은 멸시를 그들에게 되돌려주었단다.

따뜻한 여름밤, 그녀는 강가에서 그를 기다렸단다. 둑이 끊어진 모래밭으로 나온 그는 그녀를 보지 못하고 주위를 두리번거리며 그녀를 불렀어. 대답이 없었지. 흐르는 강물에 달이 비쳤고 미루나무 잎사귀들은 하늘을 배경 삼아 미동도 없이 새까맸지. 마침내 숨어 있던 그녀가 나왔어. 장난기 어린 웃음을 띠고 말이지.

"음, 당신이 어쨌든 일찍 나오셨군요. 그리고 전 아직 마리아노와 끝내지 않았어요." 그녀가 말했지. 그는 "이리와 봐."라고 말하며 그녀에게 다가가 손으로 그녀의 젖가슴을 움켜쥐고 입을 맞추었어. 하지만 그녀가 처음에는 새침을 떼고 농담도 하면서 밀어냈어. 그는 이제 성구 관리인이 아니었던가? 그의 이름은 프란치스코였고, 그 늙고 병든 사제의 꼬임에 넘어갔던가? 그의 아버지가 그녀는 누구라는 걸 분명 말해주었을 텐데 말이지. 그녀는 계속 그랬어. 얼마 동안 그렇게 그를 감질나게 할 참이었지. 하지만 그는 그녀의 몸을 어루만졌고 그녀는 말을 잃고 많이 고팠었는지 몸이 풀려버렸지. 그녀는 그를 모래밭으로 끌어내려 그의 손을 자신의 벌거벗은 살갗 위에 올렸어. 그 따스한 배의 곡선, 넓적다리 사이 길고 어둡게 움푹 꺼진 곳에 손을 얹게 하고, 손가락 끝으로 힘줄과 음모를 누르게 해, 건들기만 해도 열렸다 닫혔다 생기를 띠는 그 뜨겁고 축축한 살 속으로 손가락을 집어넣게 했지. 그때 그녀가 거칠게 타오르는 듯하며 넓적다리를 벌리자 그가 갑자기 단단하고 깊게 그 위를 덮쳤어. 그녀는 아래에 누워 몸부림쳤고 애원하고 저주하며 숨을 헐떡이다 팔과 다리로 그의 어깨와 허리를 감싸고는 온 힘을 다해 그의 육체를 끌어안았지. 지긋지긋하게 빗나가는 그의 힘을 요부 깊숙한 곳으로 받아들이기 위해서 말이야.

그녀는 웃고 흐느끼며 겨울 내도록 그의 아이를 뱃속에 품고 다녔고, 해산일이 다가올수록 더더욱 아름다워졌어. 그녀의 눈동자에서는 예의 그 거칠고 부서질 듯한 빛이 사라졌고 목소리에서는 그 딱딱하고 높은 웃음소리가 사라졌어. 그녀의 눈동자는 애달프고 사랑스러우면서도 그윽해졌으며 건강하고 자그마했고 그에게 다 내어주었지. 하지만 그는 겁이 났어. 마을 여인들이 자기들끼리 수군거렸고, 늙은 사제는 그를 피하며 뒤에서 쳐다보기만 했으니까. 그러다 밤에 그녀가 옆에 누워 있으면 그녀가 누구였는지 생각하고는 등을 돌렸어. 죽은 아기가 태어났고, 그 광경에 그가 두려워한다는 것을, 다 끝장이라는 것을 그녀는 알았어. 예의 그 빛이 그녀의 눈동자에 다시 돌았고, 그녀는 스스로를 내던지고 마구 웃어댔어.

"아벨리토! 어서 오거라, 얘야!"
그는 곧 밭에 나갈 참이었지만, 우선 다른 일을 해야 해서 비달을 마차에 태워 앞서 보냈단다. 그는 말에 올라 작은 손자를 앞에 앉히고 마을에서 북쪽으로 얼마간 달렸지. 둘은 발레치토 남서쪽에서 이어진 넓은 바호 협곡을 건너 골짜기의 꼭대기에 다다랐어. 그곳, 푸른 산맥 사이의 평원, 붉은 벼랑들의 낮은 행렬 사이에, 그 둥글고 붉은 바위가 있었지. 남쪽에서 그곳에 가까워지니 그것은 단지 평원의 완만한 경사처럼 느껴졌지만, 그곳에 올라서니 대지는 저만치 멀리 떨어져 있었어. 그는 손자를 말에서 내리고 북쪽을 바라보며 바위 가장자리에 섰어. 아래로는 짙고 붉은 바위의 정면이 저 아래 평원까지 12미터가량 되었지. 아래로 밭들이 펼쳐져 있었고, 수많은 언덕 너머의 협곡 입구까지 볼 수 있었어. "들어봐." 그가 말했어. 그렇게 두 사람은 꼼짝하지 않고 그 바위 가장자리에 서 있었어. 태양이 골짜기를 장악했지. 그러자 그림자 속에서 아침 산들바람이 솟아올랐고 동쪽 암석 대지가 이루는 길고 새까만 선이 뒤로 물러났어. 저 아래에서는 산들바람이 반짝이는 옥수수 잎새 위로 솔솔 불었어. 그때 달리는 발소리가 들려왔어. 처음엔 희미하게 먼 데서 들리는 듯했으나 그 소리는 천천히 솟아나며 다가왔어. 백 명, 이백 명, 삼백 명이 달리는 소리. 빠르지 않게, 하지만 쉬이 영원처럼 달려가는 소리. 백 명의 남자가 달리는 단 하나의 소리. "들어봐." 그가 말했어. "죽은 사람들의 달리기란다. 바로 여기서 달리지."

　때는 11월이었어. 마차들의 긴 행렬이 거리에 쫙 깔려 있었고 마을 위로는 불이 타들어가는 소리와 목소리들이 낮게 드리워져 있었어. 아침 내내 하늘이 흐려서 지붕 위로는 여전히 잿빛 연기 아지랑이가 떠다녔고 거위 떼가 희미하게 강을 가로질러 남쪽으로 날아갔어. 하지만 정오가 되자 연기가 위로 올라가고 하늘이 맑아졌어. 그때는 날씨가 맑고 추웠는데 평원에서는 갑자기 형형색색의 색채들이 터져 나왔지. 벽들이 황금빛으로 짙어지고 이글거리는 땅 위로 불이 번지면서 태양은 처마에 매달린 진홍빛 콩깍지에 빛을 쏟아부었어. 호박 지파 사람들이 키바에서 나오자 그도 북을 들고 나와 따로 서 있었어. 춤꾼들이 자리를 잡자, 그는 기다렸고, 그들이 준비를 마치기까지 꽤 오래 지난 듯했어도 그는 계속 기다렸단다. 그는 이전에 북을 들어본 적이 한 번도 없었고, 남들이 다 자기만 쳐다보는 것 같아 겁이 났어. 노인과 노래꾼들, 관리들이 그를 쳐다보고 있었고, 지금도 쳐다보는 것만 같았지. 그는 흰색 바지에 어디서 빌려 온 은 허리띠를 차고 있었어. 길게 땋은 머리에는 밝은 새 헝겊을 감고, 눈 밑에는 녹빛 립스틱을 칠해놨어. 그는 노래와 춤꾼들의 발놀림, 회전 동작들과 조롱박 소리, 그 모든 숨결의 계산된 멈춤과 뛰는 듯한 북소리의 리듬을 미리 떠올려보려 했지만, 그것들은 그의 마음속에서 온통 뒤죽박죽이어서 겁에 질려 안절부절못하며 노인들의 눈총을 받고 있었어. 노래가 낮은 소리로 멀리서 들려오듯 시작되자 앞에 섰던 춤꾼 두 명이 몸을 움직이며 나갔고 차례차례로 다른 사람도 그 뒤를 따랐어. 그러자 완벽한 움직임이 앞에서 뒤로 천천히 연속해서 이어지며 춤 열이 천천히 뻗어 나가고 소리가 그 위로 부풀어 올랐지. 그의 손 안에서 북이 천둥처럼 우르릉거렸고 그는 그렇게 그윽한 소리를 내본 기억이 없었어. 이미 벌어진 일, 그는 더 이상 두렵지 않았지. 아니 두려움에 관한 생각조차 나지 않았어. 그는 볼 필요가 없었고, 춤꾼들은 북소리에 맞춰 춤을 출 필요가 없었지. 그들의 발은 땅 위로 떨어졌고 그의 손은 북으로 천둥소리를 내고 있었어. 그것은 같은 것이었지. 소리로 이뤄진 한 가지 움직임. 그는 시간의 흐름을 잊었어. 노인 한 명이 다른 북을 들고 그의 곁으로 왔어. 불가에 있던 더 큰 북이었기에 따뜻했지. 그는 계속 북을 두드리며 기다렸어. 하나 둘 세지는 않고, 겁먹지 않고, 지나가길 기다리면서, 다만 박자에 맞춰 고개를 끄덕일 뿐. 동작을 하던 그 순간 그는 달구어진 북 위에 북채를 얹었고 무겁고 따스한 북은 그의 손안에 있었고 노인은 몸을 돌렸고 ─ 아무것도 잃은 것 없이, 아무것도, 잃어버린 시간도, 동작이나 마음에 어떤 빗나감도 없었지. 다만 뭐랄까, 묘하게 하락하는 음의 높이, 따스하고 팽팽한 북이 내는 더 그윽한 소리가 부풀어 오를 뿐이었지. 그것은 완벽했어. 그리고 모든 게 끝났을 때, 마을 여인들이 바구니를 들고 나왔어. 그들은 노래꾼들과 군중 사이로 가서 완벽한 연주를 축하하며 먹을 걸 나눠주었지. 그리고 그날 이후부터 그는 지파에서 영향력이 생겼고, 그다음 해에는 태어날 때부터 아팠던 아이를 치유해주었어.

* * *

이대로는 계속 나아갈 수 없다고 그가 느낀 순간이 있었단다. 그는 처음에 속도 조절을 잘 못해서, 다른 사람, 더 잘하는 사람에게 맞는 속도로 시작했어. 웬 사내가 거의 단숨에 힘의 절정에 올라 힘들이지 않고 발걸음을 내디디고 준비운동도 없이 나아가는 걸 보았어. 그리고 바보처럼 그 미끼에 걸려들어서, 완전히 그 즉시, 경기장으로 뛰어들도록 자신을 내버려두었어. 그다음 순간 그의 폐가 터질 것 같았어. 폐가 아픔으로 타는 듯했고 그 통증이 호흡의 마지막 가장 작은 요소까지 몰아내고 있었으니까. 그는 비틀대다 쓰러질 게 뻔했어. 하지만 그 순간은 지나갔어. 그 순간이 지나고, 그다음 순간, 또 그다음 순간도. 그리고 그는 여전히 달리고 있었지. 소용돌이치는 안개 속을 달리는, 미동도 없는 그림자 같은 어두운 형체를 볼 수 있었지. 그리고 그는 그 그림자를 붙들었고 자신의 고통을 넘어 계속 달렸단다.

2월 28일

아벨은 갑자기 깨어 정신을 번득 차리고 귀를 기울였다. 등불이 꺼져 있었다. 그를 깨운 건 아무것도 없었다. 방 안에는 아무 소리도 나지 않았다. 그는 꼿꼿이 등을 세우고 앉아 할아버지가 누워 있는 구석을 바라봤다. 짙고 붉은 불씨가 남아 있었고 벽 위로는 부드러운 빛이 어렸다 사라졌다. 바깥에는 바람도 소리도 없었고, 다만 엷은 밤의 한기가 방 안에 들어와 동굴의 으슬으슬한 찬 기운이 흙바닥에 깔려 있었다. 그는 아무런 움직임도 볼 수 없었고, 노인이 죽었다는 것을 알았다. 창유리 쪽으로 고개를 돌려 엷은 빛을 반사하는 그 석탄처럼 새까만 네모 칸들을 바라보았다. 아무것도 없었다. 동이 트기 전이었고, 일곱 번째 새벽에 앞서 첫 새벽 빛이 비치기 전 적막이 흐를 때였다. 그는 일어나 채비를 차리기 시작했다. 노래꾼들이 올 필요는 없었다. 그래 봐야 달라질 게 없었으니까. 그는 무엇을 해야만 하는지 알고 있었다. 그는 노인의 머리를 곧게 세우고 물로 머리칼을 적셨다. 기다랗고 하얀 머리칼을 땋아서 실로 묶었다. 그러고는 형형색색의 밝은 의복을 노인에게 입혔다. 노인이 입던 포도주색 벨벳 셔츠, 흰색 바지, 그리고 고령토를 발라 희고 부드러운 질감의 굽이 낮은 모카신까지. 서까래에서는 꽃가루와 음식 주머니, 성스러운 깃털들, 그리고 그 오래된 장부를 꺼냈다. 음식을 사방에 뿌린 다음 색을 칠한 옥수수알들과 함께 이 물건들을 할아버지 옆에 두었다. 그런 다음 담요로 그의 시체를 쌌다.

동이 트기 전은 칠흑같이 어두웠고, 그는 울타리를 따라 과수원을 지나 선교회로 갔다. 모터가 돌아가며 하나둘씩, 계단과 위층, 그리고 홀에 전깃불이 들어왔다. 올귄 신부가 물을 활짝 열어젖혔다.

"대체 무슨 일로—?" 그가 물었다.

"할아버지가 돌아가셨습니다. 당신이 할아버지를 묻어주어야 합니다." 아벨이 대답했다.

"돌아가셨다고? 오…… 그래— 그래, 그렇겠지. 근데, 맙소사, 조금 더 있다가 와도—"

"저희 할아버지가 돌아가셨다고요." 아벨이 거듭 말했다. 그의 목소리는 낮고 차분했다. 그 속에 감정이라곤 전혀 없었다.

"그래, 그래. 알아들었네." 신부는 자신의 멀쩡한 한쪽 눈을 비비며 말했다. "아니, 아무리 그래도 그렇지, 지금이 몇 시인지는 아나? 지금이 몇 시냔 말일세? 자네가 어떤 기분인지 이해는 한다만, 그래도—"

하지만 아벨은 자리를 뜨고 없었다. 올긴 신부는 추위에 몸을 떨며 어둠 쪽을 가만히 응시하며 말했다. "이해하네. 이해할 수 있다고. 듣고 있나?" 그러다 그는 고함을 치기 시작했다. "난 이해한다고! 오 주여! 내가 이해한다니까! —이해한다고!"

아벨은 할아버지 집으로 돌아가지 않았다. 그는 서둘러 마을 가장자리를 따라 남쪽을 향해 걸어갔다. 맨 마지막 집에서 그는 잠시 멈추어 서서 웃옷을 벗었다. 추위로 몸이 얼얼하고 쓰려서 화덕 입구에 무릎을 꿇고 앉았다. 그러곤 화덕 안쪽의 얼어붙은 표면으로 손을 뻗은 다음 팔과 가슴에 재를 문질렀다. 그리고 그는 일어서서 서둘러 길로 나가 어둠 속에서 남쪽 마차 길로 갔다. 자신의 빠르고 고른 발소리 말고는 아무 소리도 들리지 않았다. 그는 계속해서 길을 따라 걸어 멀리까지 갔다.

대지 위로 옅은 빛이 드리웠고 그것은 단지 어둠의 속임수에 지나지 않았다. 느릿한 밤의 동요, 그리고 물러섬 같은 것. 그런 다음 눈과 모래언덕과 까만 상록수 이파리를 비추는 탁한 납빛의 부풀어 오름. 그러다 새까만 고원지대 위에서 동쪽이 짙어지다 빛이 나타났다. 부드럽고 연한 빛 사이사이에 그어진 회색빛. 그는 거의 그곳에 닿아 있었고, 저 멀리 떨어져서 달리는 사람들을 보았다.

그는 그들 사이로 왔다. 그들은 추위 속에서 함께 웅크리고, 기다렸고, 동이 트기 전 옅은 빛이 계속해서 솟아났다. 세상 위에 단 하나의 구름이 떠 있었다. 무겁고 고요한 구름. 검은 암석 대지 위에 놓여, 그것의 가장자리를 가리고 바람이 불어가는 쪽으로 쏟아지고 있었다. 하지만 안장 모양의 산등성이에는 아무것도 없었다. 다만 영원의 맑은 웅덩이가 있을 뿐이었다. 그들은 그 위로 눈을 응시하며 기다렸고, 그 허공은 아주 천천히 다채롭게 깊어지며 변화하기 시작했다. 돌, 진주, 자개, 오렌지와 장미의 옅고 발그레한 찬란함. 그리고 그때 짙게 매달린 가장자리에 불이 붙더니 갑작스럽고 차가운 새벽의 섬광이 그 둘레를 때렸고, 달리던 이들은 날아가버렸다.

그들이 달려가는 그 부드럽고 갑작스러운 소리, 모두 한꺼번에 재빨리 출발한 그 소리는 그를 깜짝 놀라게 했고, 그는 그들을 쫓아 달리기 시작했다. 그는 달리고 있었고, 그의 육체는 통증으로 찢겨졌으며, 그는 계속해서 달리고 있었다. 그는 달리고 있었고 달리는 이유는 아무것도 없었으며 오로지 달리기와 대지와 밝아오는 새벽이 존재할 뿐이었다. 태양이 안장 모양의 산등성이 위로 솟아오르며 눈 덮인 골짜기와 언덕길 위로 화살 같은 빛을 쏘아댔고, 밤의 한기는 물러나고 비가 내리기 시작했다. 그는 저 멀리 달리는 사람들의 가느다랗고 검은 형체들을 보았다. 그것들은 경사져 내리는 빛살과 빗속으로 소리 없이 미끄러져 들어가고 있었다. 그는 달리고 있었고 차가운 땀이 솟아났고 달리며 숨이 가빠와 고통스러웠다. 그의 다리가 꺾어지며 눈 위로 쓰러졌다. 눈 속으로 쓰러진 그의 주변으로 비가 내렸고 그는, 부러진 손가락과 그 위로 비가 줄기를 이루어 눈 위에 검댕이 뚝뚝 떨어지는 것을 보았다. 그리고 그는 일어나서 계속 달렸다. 그는 홀로 달리고 있었다. 존재의 모든 것이 단지 달리는 그 행위 자체에만 몰입했다. 그는 통증을 신경 쓰는 경지를 넘어섰다. 완전한 탈진이 그를 사로잡았고, 마침내 그는 생각해야 할 필요도 없이 볼 수 있었다. 그는 협곡과 산맥을 볼 수 있었다. 비와 강과 저 멀리 들판을 볼 수 있었다. 그는 동틀 녘의 어두운 언덕들을 볼 수 있었다. 그는 달리고 있었고 차오르는 숨결 아래로 노래를 부르기 시작했다. 아무런 소리도, 목소리도 없었으며, 오로지 노랫말만 내뱉고 있었다. 그리고 그는 노래를 시작하며 달리고 있었다. 꽃가루로 빚은 집, 여명으로 빚은 집. 퀘체다바Qtsedaba.[16]

벤과 밀리와 우리

콜럼버스는 1492년 인도로 향하는 새로운 항로를 찾던 중 어떤 섬에 당도했다. 그 섬을 섣불리 인도라고 착각한 데는 그곳에서 마주한 사람들의 용모가 영향을 주었다고 전해진다. 콜럼버스 무리가 만난 이들은 미개한 야만인이 아닌 화려한 옷을 차려입은 건장한 인간들이었다. 그 땅을 창조의 근원지라 믿고 어머니 대지를 섬기며 본디부터 터를 잡고 살아온 토박이들은, 그렇게 졸지에 '인도 사람(인디언)'으로 불리게 된다.

그로부터 오백여 년이 지나도록, 그들은 인디언으로 불리며 인류사와 세계사에서 박한 분량의 한 챕터를 장식해왔다. 나 역시도 인디언, 하면 얼굴에 물감으로 무늬를 그리고 근사한 깃털 장식의 모자를 쓴, '현명한 들소'라는 이름을 가졌을 법한 추장님의 모습부터 떠올렸다. 하나 의아한 점은 그들의 표정에서 씩씩한 기상과 굳은 절개를 엿보았음에도 동시에 어떤 열패감이 어려 있음을 짐작했다는 것이다.

그렇다면 나는, 그리고 독자들은, 리바이스 청바지에 회색 맨투맨을 입고, "모카신"이 아닌 낡은 운동화를 신은 채 "은반지"가 아닌 달러로 술을 사는 인디언을 떠올리거나 본 적이 있는가? 영어로 대화를 하면서도 "가진 단어들은 그들의 단어와 달라서 겨우 그것만으로는 충분치 않은" 젊은 인디언을 말이다. 이 작품을 번역하면서 나는, (1945년) 이야기가 시작되고 7년이 흘러 (1952년 2월 20일) 나바호 출신 청년 벤 베날리가 화자로 등장했을 때, 그제야 비로소 화자에 완전히 몰입해 그 젊은 인디언을 만나게 되었다. 그는 바로 이 소설의 주인공인 아벨이다. 눈앞에 생생하게 펼쳐질 만큼 세세히 묘사된 왈라토와 협곡의 풍광을 읽고 옮기면서도 이 작품은 여전히 '의뢰받아서 번역하게 된 책' 그 이상도 그 이하도 아니었지만, 벤 베날리의 눈으로 다시 아벨을 바라본 순간 "고향 얘기도 나누면서 서로를 이해할지도 모르겠다."는 그의 생각이 나의 마음으로 전해졌고, 이 작품이 왜 내게 왔는지, 이 작품이 시사하는 바와 그 의의는 무엇일지 다시 생각하게 된 것이다.

이 작품의 문학적 예술적 의의는 이미 1969년에 퓰리처상 심사위원들이 충분히 설득력 있게 설명했을 것이다. N. 스콧 모머데이는 카이오와족의 언어가 모어인 아버지에게서 구전 전승으로 전해오는 원주민들의 이야기를 들으며 자랐다. 그 이야기들은 백인들의 방식으로 기록되지 않았을 뿐, 흙에서 우러나 햇살과 바람의 향기를 머금고 짐승들에게 그늘을 드리우며 구름처럼 흘러왔을 터. 시인으로 문학 활동을 시작한 저자는 심신에 켜켜이 쌓아온 이야기와 경험을 녹여 내 첫 소설을 세상에 내놓았고, 백인들에게는 다른 각도의 시선을, 동시에 원주민들에게는 자긍심을 안겨주었다.

옮긴이로서 나는 이 작품을 비롯해 앞으로 차례로 출간될 원주민 문학 시리즈의 어떤 시의성이나 메시지는 무엇일지 곰곰이 생각해본다.

"그들은 이 땅에서 가장 무력한 생명체 중 하나다. 어부들, 연인들, 그리고 지나가는 이들은 맨손으로 그들을 잡아 든다."

유럽인들은 아메리카 대륙을 정복하는 과정에서 원주민들이 살아온 터전을 피로 물들였다. 그리고 19세기 후반에 이르자 미국 정부는 인디언들에게 '생활방식을 바꾸든지, 아니면 아예 사라져버리든지' 택하도록 채근했다. 당시 원주민들의 거주지는 '보호' '보존' '자치'라는 그럴싸한 명목으로 분리되어 있었다. 생활방식을 바꿔보려고 그곳을 벗어나 다른 미국인처럼 학교에 다니고 직업 교육도 받았던 이들이 물론 있었지만, 그러고 나서도 아벨처럼 차라리 '아예 사라져버리'게 될지 모를 곳으로 되돌아가는 길을 택할 수밖에 없었던 이들도 있었다.

문명화되지 못했던 원주민들을 비난하고 질책한다면, 아마 그들은 옛 추장들과 마찬가지로 '되지 못한 게 아니라 원치 않는 것'이라고 답했을지도 모르겠다. 지나친 문명화로 많은 문제를 맞닥뜨린 우리는 지금 그들에게 물어야 할 것이 많다. 먼 옛날 일부 아메리카 원주민 부족들은 자신들의 행동이 일곱 세대 뒤에 올 후손에게 미칠 영향을 고려해 행동했다. 눈에 보이는 내 새끼 내 손주만 걱정하지 않고, 눈에 보이지 않는 것까지 보았던 그들은 "이곳 범위를 벗어나 (…) 풍경 너머를, 모든 형태와 그림자와 색채 너머"를 볼 줄 아는 영혼의 소유자였다. 문명의 이기를 누리며 여기까지 달려온 우리에게 지금 가장 절실한 가치가 바로 그러한 영혼에서 나온다는 점을 부인하긴 쉽지 않다.

또 하나 절실한 가치는 인간을 향한 연민 어린 마음이다. 우리에게는 베날리와 밀리의 '아벨과 친구가 되려는 노력'이 그 어느 때보다 절실하다. 자꾸만 선을 긋고 구분지어 분리된 구역들을 만들 것이 아니라, 함께 해변에 둘러앉아 어떻게 하면 조금 덜 힘든 이가 조금 더 힘든 친구에게 도움을 줄 수 있을지 고민해야 한다. 아벨을 도우려는 친구들의 노력은 다름과 아픔을 깊이 이해하려는 애씀이며, 결국 인간에 대한 사랑이자 연민이다.

그런 점에서 적어도 이 책을 읽고 난 나와 독자들은 "추장님이라고 부르질 않나, 독주를 마셔봤냐고 묻지를 않나, 시답잖은 소리를 지껄이기"보다는 "우리는 다 함께 아주 잘 지냈다."라고 끝맺는 이야기를 전할 수 있길 바란다.

2021년 가을
이윤정

1   아메리카 원주민, 특히 디네(나바호)족에 관한 연구로 잘
     알려진 미국 육군이자 민족 학자 겸 언어학자이다.

2   애리조나주, 뉴멕시코주 등 미국 남서부 지역의 원주민으
     로 농사를 기반으로 한 정착 생활을 주로 해왔다.

3   예로부터 헤메즈 푸에블로의 원주민은 이야기를 시작할 때
     이 말을 사용했다. '아주 먼 옛날'과 유사한 의미로 쓰인다.

4   꼭대기는 평평하고 등성이는 벼랑으로 된 언덕. 메사mesa
     라 불리며 미국 남서부 지역에서 흔히 볼 수 있다.

5   사슴족, 영양족, 까마귀족, 들소족은 시아 푸에블로의 영
     적 공동체이다.

6   푸에블로 원주민이 영적 의식 및 사회 정치적 모임 등을
     진행하는 구조물이다.

7   Bienvenido a la tierra del encanto. 뉴멕시코주로 넘어가는
     경계 표지판에 쓰인 문구이다.

8   가톨릭교회 성직자와 수도자의 의무로 날마다 올리는 공적 기도를 의미한다.

9   디네Diné는 나바호족 원주민을 뜻하는 나바호족 언어이다. 많은 나바호인들이 스스로를 디네라고 지칭한다.

10 '태초에 말씀이 계시니라'라는 의미의 라틴어 성경 문구이다.

11 디네(나바호)족 원주민의 성지이다.

12 은, 터키석, 가죽 등으로 만드는 디네(나바호)족의 전통 장신구이다.

13 동부 알공퀴안Eastern Algonquian어 단어인 마카신에서 유래된 이름으로 동물 가죽으로 만든 북미 원주민의 전통 신발을 말한다.

14 디네(나바호)족 원주민의 '산 노래'의 중심 캐릭터인 '곰으로 변한 여자'를 가리킨다.

15 디네(나바호)족 원주민 조상 땅의 산이다.

16 예로부터 헤메즈 푸에블로의 원주민은 이야기를 끝낼 때 이 말을 사용했다.

여명으로 빚은 집

1판 1쇄 인쇄   2021년 10월 1일
1판 1쇄 발행   2021년 10월 15일

지은이   N. 스콧 모머데이
옮긴이   이윤정
펴낸이   임정림
펴낸곳   (주)코스모스하우스
기획 및 책임편집   임혜림
편집   윤진희 최찬미 윤정빈

주소   서울시 마포구 와우산로29가길 80(서교동)
전화   02-332-1526
팩스   02-332-1529
홈페이지   www.hoembooks.com
이메일   info@hoembooks.com
출판등록   2015년 5월 7일 제2015-000153호
임프린트   혜움이음

한국어판 ⓒ (주)코스모스하우스, 2021

ISBN   979-11-960367-6-8   (03840)

· 혜움이음은 (주)코스모스하우스의 임프린트입니다.
· 잘못된 책은 구입한 곳에서 바꿔드립니다.
· 책값은 뒤표지에 표시되어 있습니다.